# HARD CODE – CODICE DURO

## Un Romanzo Tutto Da Ridere

### MISHA BELL

♠ Mozaika Publications ♠

Copyright © 2021 Misha Bell
www.mishabell.com

Pubblicato da Mozaika Publications, stampato da Mozaika LLC.
www.mozaikallc.com

Traduzione italiana: Martina Pompeo

Copertina di Najla Qamber Designs
www.najlaqamberdesigns.com

ISBN: 978-1-63142-669-8
Print ISBN: 978-1-63142-670-4

## Capitolo Uno

"*H*ai assunto una prostituta per testare dei sex toys?"

"Abbassa la voce!" sibilo ad Ava, con il viso che avvampa, mentre scruto gli altri clienti di Starbucks in fila con noi. La maggior parte di loro ha gli auricolari nelle orecchie e si perde dentro i telefoni, ma comunque… Se qualcuno ci sentisse?

Lei sorride maliziosamente e abbassa la voce alla tonalità più vicina a un sussurro di cui sia capace. "Solo se mi riveli tutti i particolari più piccanti."

"D'accordo. Per cominciare, Dominika *non è* una prostituta. È una showgirl."

"Aspetta." Gli occhi ambrati di Ava brillano maliziosamente. "È quella 'showgirl' del locale di spogliarelliste in cui Voldemort ti ha trascinata a Praga? Quella che ha violato le suore sul palco?"

"Interpretava il ruolo di una succuba. E non erano suore vere."

Il suo accenno a Colui Che Non Deve Essere Nominato (ovvero il mio ex) non fa che aumentare il mio disagio. Ero andata in quel locale per dimostrare a Bob che non ero una puritana, ma lui mi ha mollata lo stesso.

Ava mi conosce bene, perciò si lancia in qualcosa che mi distrarrà di sicuro. Alzando la voce di un'ottava, dice: "Mi sorprende che le Rockettes non mettano in scena uno spettacolo simile per Natale. Una di loro potrebbe penetrare una finta suora con un dildo indossabile, un'altra con un pugno…"

"Parla piano!" Le mie guance sono abbastanza calde, da cucinarci una frittata. "Mi serviva qualcuno con esperienza nell'uso dei sex toys, perciò l'ho assunta, ok?"

"Uh-huh." Ava fa un passo avanti, man mano che la fila si muove. "Per il tuo nuovo progetto di QA."

Lancio un altro sguardo furtivo intorno a noi. "Come ho detto, sto testando un'applicazione per un'azienda di teledildonica."

"Teledildonica" ripete lei, assaporando la parola. "Il prefisso *tele* si riferisce alla lunga distanza; il suffisso *onica* significa 'relativo a', e la radice è *dildo*… ovvero, quella cosa che ti sto convincendo a provare." La sua voce si fa più alta. "Stiamo parlando di dildo a lunga distanza?"

Mentre rabbrividisco, faccio un voto mentale: gliela farò pagare per questo. Rimpiangerà questo giorno.

"Precisamente." Sono orgogliosa di quanto la mia

voce sia uniforme. "L'app che testerò permette a un utente di controllare un dispositivo utilizzato da un altro utente via Internet."

"Certo. Certo." Fa la faccia seria. "Per dirla in parole povere: un dildo penetrerà Dominika a Praga, e tu la farai venire tramite l'app da New York."

A questo punto, non sono soltanto le mie guance traditrici ad essere rosse; lo sono persino le mie orecchie. "Si chiama test end-to-end. Deve avvicinarsi il più possibile al modo in cui il prodotto verrà utilizzato nel mondo reale."

"O test happy-ending." Scuote le sopracciglia in modo suggestivo. Quando le volto le spalle, ride e mi chiede: "Non è sostanzialmente come fare sesso con Dominika? Dopo averla pagata? Come può non essere una prostituta, allora?"

La realtà, in effetti, è peggiore. Dominika *e il suo ragazzo* parteciperanno al test, ma non lo dirò ad Ava, per il momento. O forse mai. "D'accordo. Non è una semplice showgirl. Contenta, adesso?"

"Ehi." Finalmente, abbassa la voce. "Non ho niente contro la professione più antica del mondo. Se non avessi già sprecato anni con la scuola di medicina, e se tutti i clienti fossero attraenti e le malattie veneree non esistessero, ci metterei la firma. Per lo meno, se si guadagnasse bene e se non fossi fidanzata. Soprattutto, se fossi in astinenza da orgasmi come te. Ora che ci penso…"

Per fortuna, è arrivato il nostro turno di ordinare. Lei prende abbastanza caffeina da far scatenare un rinoceronte, mentre io chiedo la mia camomilla in tazza grande, nella speranza di calmarmi, prima dell'incontro per cui sono in ansia.

Ci facciamo da parte per aspettare le nostre bevande, e Ava sogghigna come il Grinch. "Dunque, torniamo alla teledildonica."

Prima che io possa zittirla di nuovo, entra *lui*.

Mi dimentico quello che stavo per dire. Mi dimentico di *respirare*.

Lineamenti scolpiti, che mi ricordano in egual misura gli dei greci e gli angeli; occhi della tonalità blu intenso dei lapislazzuli, incorniciati da eleganti occhiali con montatura di corno. Labbra che implorano di essere baciate. Capelli scarmigliati, neri come l'inchiostro, con una ciocca ribelle che gli ricade in mezzo al viso e m'implora letteralmente di andare lì e scostargliela (cosa che dovrei allungarmi per fare, perché lui è più alto di me di almeno una trentina di centimetri). Nonostante il caldo, indossa un trench nero con sotto una camicia nera: un abbigliamento che accentua la larghezza possente delle sue spalle e…

"Terra chiama Fanny." La voce di Ava s'intromette nel mio cervello stordito dall'ossitocina.

Mi giro, prima che lei si accorga che stavo mangiando con gli occhi Mr. Schianto Tenebroso. Conoscendola, mi avrebbe spinta verso di lui, o assillata perché andassi a parlargli, o avrebbe fatto un milione di altre cose che mi avrebbero messa in imbarazzo fino a farmi venire un attacco di panico.

Una come me e un ragazzo così sexy non legano.

Prima che Ava possa ricominciare a tormentarmi con la teledildonica entro la possibile portata d'orecchio di Mr. Schianto Tenebroso, mi ficco preventivamente la mano in tasca e tiro fuori uno dei miei beni più preziosi: il mio telefono, alias, il mio Tesoro. "Devi vedere l'app che ho creato" dico ad Ava, lanciando uno sguardo furtivo alle mie spalle.

Mr. Schianto Tenebroso solleva le sopracciglia, al sentir menzionare un'applicazione?

Macché. Né, nonostante le apparenze, mi sta guardando in questo momento. Probabilmente, starà esaminando il tabellone del menù proprio dietro di me.

"Ok…" Ava sembra tanto entusiasta quanto lo sono io, quando lei mi racconta una storia disgustosa sul suo tirocinio al pronto soccorso. "Ti trasforma in un cartone animato, vero?"

"No." Apro l'applicazione e guardo con orgoglio la nitida interfaccia utente a cui ho lavorato duramente per mesi. "Ti dice a quale personaggio dei cartoni animati assomigli di più."

"Stessa cosa. Ma starò al gioco. A chi assomiglio io?"

Sentendomi un po' birichina, la faccio posizionare per bene e scatto una foto con l'applicazione. Solo che punto la fotocamera su Mr. Schianto Tenebroso, anziché su Ava, e l'app mostra prontamente un personaggio dei cartoni animati: Clark Kent di *Superman*, la serie animata.

Ci credo bene. Quella ciocca di capelli, gli occhiali

MISHA BELL

e i lineamenti cesellati corrispondono. La diabolica genialità di questa mossa è che l'app memorizza anche la foto originale; perciò, se volessi, potrei effettuare una ricerca a partire dall'immagine per trovare, diciamo, il suo profilo sui social media.

Supponendo che io voglia diventare una stalker, s'intende.

Prima che Ava se ne accorga, punto la fotocamera su di lei e scatto un'altra foto.

"Tu sei Belle." Le mostro l'immagine con gli occhi da cerbiatta e i capelli castani sul telefono. "Da *La Bella e la Bestia*."

"È una storia, sai, vera più che mai" canticchia. "Immagino sia un complimento. Posso farlo io a te?"

"Fa' pure." Le piazzo il telefono in mano, soprattutto perché voglio vedere se riesce a capire come usare l'applicazione senza il mio aiuto.

Con mio grande sollievo, lo intuisce al volo. Non è efficace quanto un test della nonna, ma ci va vicino. Ho dovuto insegnare ad Ava come programmare il suo telecomando universale.

Quando l'app le dà il risultato, lei ridacchia. "Biancaneve. Esce sempre una principessa Disney?"

"Non sempre."

"Scommetto che è per via delle tue guance pallide, che arrossiscono facilmente." Mi esamina da vicino. "O il viso rotondo."

Lancio un'altra sbirciatina a Mr. Schianto Tenebroso. "Sono solo contenta che non sia uno dei sette nani."

"Oh sì, con la barba saresti la copia esatta di Mammolo."

Rabbrividisco. La sua voce è più alta che mai; il ragazzo dovrebbe essere sordo per non notarci, a questo punto. "Per favore, abbassa la voce."

"Scusa." Mi restituisce il telefono. "Hai intenzione di fare soldi con questa app?"

Do un'occhiata all'ora per assicurarmi di non essere in ritardo, prima di mettermi in tasca il mio Tesoro. "L'app è gratuita. L'ho persino resa open source, così chiunque può usare il mio codice a piacimento."

"È per quella promozione che desideri, allora?"

Faccio spallucce. "Non una promozione, ma un trasferimento. L'app serviva a dimostrare a me stessa che ho quello che ci vuole per fare la sviluppatrice. Ora, ho solo bisogno che anche i miei colleghi di lavoro credano in me, o almeno che mi stimino abbastanza da darmi la possibilità di cambiare reparto."

Con la coda dell'occhio, vedo Mr. Schianto Tenebroso fare il suo ordine; questo significa che, se non prendiamo subito i nostri drink, lui mi verrà così vicino, che potrò sentire il suo odore.

O toccarlo.

O…

"E questo progetto di sex toys intelligenti ti sarà d'aiuto?" mi chiede Ava, parlando ancora a voce troppo alta per i miei gusti.

"Il proprietario della nostra azienda in persona ha

scritto l'app. Questo rende il test di altissimo profilo."
Mi sforzo di sentire cosa stia ordinando il tipo, ma
riesco a distinguere solo la parola *tè* (ed è piacevole
sapere che esiste un altro babbeo disposto a pagare
una cifra esorbitante per una bustina di foglie secche).

"E questo proprietario sarebbe il famigerato Vlad
l'Impalatore, giusto?" Pronuncia il nome con
entusiasmo.

"Così lo chiamano le voci di corridoio in ufficio.
Sono sicura che sia il signor Vladimir Chortsky,
quando ce l'hanno di fronte."

"Oppure Maestro" dice lei, facendo la sua
migliore interpretazione della voce di Renfield. "E lo
incontrerai oggi? Non dovresti avere dell'aglio intorno
al collo, o una croce dentro le mutandine?"

Ridacchio nervosamente. "Effettivamente, dicono
che non dorma mai. O almeno, risponde alle email a
qualsiasi ora, giorno e notte."

Ava fa un'espressione estatica. "E brilla?"

"Lo scoprirò oggi." Mr. Schianto Tenebroso sta
venendo nella nostra direzione, ora, quindi ce la
metto tutta per mantenere la calma. "Ho controllato il
suo codice per questa app, ed era molto elegante e
creativo: appropriato per una creatura della notte
centenaria. Il mio capo, Sandra, mi ha detto anche
che, quando lui scrive qualcosa, non lavora con il
team di sviluppo, eppure le sue app non hanno mai
bug…"

"Che cosa non entusiasmante." Ava sbadiglia in

modo esagerato. "Quello che voglio sapere è: ha impalato qualche dipendente?"

Delle note sensuali di mandarino e bergamotto mi penetrano nelle narici.

Il tè di qualcuno, oppure l'acqua di colonia di Mr. Schianto Tenebroso? È proprio accanto a me, adesso, così vicino che non oso guardarlo, per non sciogliermi in una pozzanghera. Il mio cuore batte in modo irregolare, e sento una nuova ondata di colore caldo riversarsi sulle mie guance.

"Fanny. Ava." Il barista schiaffa i nostri drink sul bancone.

Perfetto. Prima che Ava possa mettermi ancora più in imbarazzo davanti a Mr. Schianto Tenebroso, afferro la mia bevanda, le piazzo in mano la sua e la trascino fuori dallo Starbucks per il gomito.

"Devo andare al lavoro" le dico, una volta uscite. Subito, il clacson assordante dei taxi mi riempie le orecchie. Siamo di fronte a Battery Park, con la Statua della Libertà visibile in lontananza.

Ava mi da un bacio sulla guancia. "Buona fortuna. E se l'Impalatore ti trasforma in un vampiro, dovrai fare lo stesso con me appena puoi. Posso rubarci le sacche di sangue dall'ospedale."

Lancio un ultimo sguardo nostalgico a Mr. Schianto Tenebroso attraverso il vetro oscurato. "Ti conviene comportarti bene, invece, altrimenti farò di te la mia sgualdrina di sangue."

Lei si allontana ridendo, mentre io mi precipito

verso il vicino grattacielo e prendo l'ascensore per raggiungere il piano della mia azienda.

Uscendo, esamino i dintorni. *Binary Birch* recita la targa sul muro in caratteri molto seri. La fredda natura utilitaristica dell'arredamento moderno non è cambiata, da quando sono stata qui per i colloqui di persona, qualche mese fa. Non ci sono sale giochi né angolini per dormire, come quelli che potrebbero trovarsi in altre società di software più di tendenza; non con l'Impalatore al comando.

Le persone intorno a me sono per lo più estranee. Stando alla politica aziendale, tutti hanno la possibilità di lavorare da remoto, se lo desiderano; quindi, io ho lavorato da casa e comunicato con l'ufficio tramite email, messaggi istantanei e, occasionalmente, un'applicazione per teleconferenze.

Tiro fuori il mio Tesoro e controllo l'ora. Mancano dieci minuti, prima di dover affrontare l'ufficio dell'Impalatore.

Sorseggiando il mio tè, mi connetto al Wi-Fi e controllo i miei messaggi.

Sandra, la responsabile del reparto QA nonché mio diretto superiore, vuole vedermi, se ho tempo.

Mi dirigo nel labirinto di cubicoli. Dato che lei è una delle poche persone che conosco di vista, la individuo rapidamente e busso alla parete di vetro del suo cubicolo.

"Ciao, Sandra" la saluto, quando distoglie lo sguardo dal suo schermo.

"Oh, ciao, Fanny. Eccoti qui." Con un sorriso

affettato, si alza in piedi e ci conduce in una piccola sala riunioni.

"Dunque" esordisce, senza incontrare il mio sguardo, mentre ci sediamo una di fronte all'altra. "Volevo solo riconfermare... Sei d'accordo con l'eccentrico progetto di test che stai per intraprendere, vero?"

"Sì" affermo con tutta la sicurezza che riesco a fingere.

So perché continua a domandarmelo. L'ultima cosa che l'azienda vuole è che io intenti una causa per molestie sessuali per questo, o dica all'Impalatore che non accetto l'incarico, facendo così apparire lei, la mia manager, un'idiota.

"Ne sono lieta" afferma; poi, rivediamo rapidamente il progetto che ho appena finito di testare: un'applicazione che funziona con un braccialetto fitness tracker.

Lei sorride, quando le dico che ho addirittura perso qualche chilo, grazie a tutte le camminate per testare la funzionalità del pedometro.

Poi, giunge il momento dell'incontro che temevo, e Sandra mi conduce nell'unico ufficio senza pareti di vetro su quel piano.

Secondo alcune battutine, all'Impalatore non piace la luce, mentre secondo altre, ha bisogno di privacy per compiere le sue uccisioni in santa pace.

"Vuoi che la prenda io?" mi chiede Sandra, preoccupata, guardando la mia tazza quasi vuota.

"Non è permesso bere lì dentro?" le chiedo.

Lei lancia uno sguardo nervoso alla porta. "Meglio che la prenda io."

Mentre le porgo la tazza, la mia mano precedentemente ferma comincia a tremare.

Quanto può essere spaventoso il nostro glorioso leader?

"Tienimi informata." Sandra mi apre la porta.

Sentendomi come un agnello che va al proverbiale macello, entro nel covo dell'Impalatore e, prima ancora di riuscire a vedere l'uomo in persona, la mia manager chiude cortesemente la porta alle mie spalle, come il tirapiedi di un vampiro che tende una trappola.

Della musica soffusa fa vibrare l'aria qui dentro. *Nell'antro del re della montagna* di Edvard Grieg: una melodia adatta a farsi dissanguare.

Sento odore di mandarino e bergamotto, e mi viene un colpo.

Non può essere!

Mi giro.

Illuminato dalla luce bluastra di un grande monitor, c'è il bellissimo viso dello sconosciuto per cui stavo sbavando da Starbucks.

Persino il suo tè è qui, sulla sua scrivania immacolata.

"Buongiorno, Ms. Pack" dice Vlad l'Impalatore, con un leggero accento transilvano. "Piacere di conoscervi, finalmente."

## Capitolo Due

*L*'accento, in realtà, è russo: tutti sanno quel poco del nostro CEO solitario. Inoltre, il suo luogo di nascita potrebbe essere il motivo per cui si è rivolto a me in modo così formale; ho letto che, in Russia, spesso usano il plurale *voi* e il patronimico, sia come segno di rispetto, sia per distinguere gli amici intimi dagli sconosciuti.

Ms. Pack è un discreto equivalente inglese, tranne che mi fa sembrare la signora Pac-Man: rotonda e affamata di ciambelle. E, detto tra noi: quel gioco non avrebbe dovuto chiamarsi Pac-Woman, o Signora Pac? Ripensandoci, grazie al cielo non si chiamava Signora Pac; sarebbe stato troppo simile al mio nome (e venivo già presa in giro a sufficienza per il fatto di chiamarmi Fanny Pack, che in inglese significa "marsupio").

Poi, il sangue abbandona il mio viso.

Lui potrebbe aver sentito la mia conversazione con Ava. Qual era l'ultima cosa che…

Mi rendo conto che, all'improvviso, incombe su di me, con la mano tesa, come Nosferatu.

Deve aver usato la velocità soprannaturale da vampiro per saltare fuori da dietro la scrivania e fiondarsi verso di me, prima che il mio cervello potesse elaborare la cosa.

Merda! Da quanto tempo me ne sto qui, impalata, ignorando quella mano? E come diavolo è successo? Com'è possibile che Vlad l'Impalatore sia Mr. Schianto Tenebroso? Tutte le voci su quest'uomo hanno tralasciato un dettaglio fondamentale: quanto sia straordinariamente attraente.

"Vi sentite bene?" mi chiede l'Impalatore, con accento più marcato.

Uh, adesso lo sto fissando. E sto ancora ignorando la sua mano. Chiamando a raccolta il mio coraggio, protendo il braccio e afferro il suo palmo di gran lunga più grande del mio.

Santi estrogeni!

Il mio battito cardiaco accelera, e una scossa di energia orgasmica si diffonde in tutto il mio corpo, fulminando un nido di farfalle arrabbiate nel mio stomaco, prima di stabilirsi da qualche parte in basso nel mio ventre.

Per quante ore è socialmente appropriato stringere una mano in questo modo?

Con riluttanza, stacco le dita dalle sue.

Lui mi guarda dall'alto, con espressione

completamente illeggibile. O è un eccezionale giocatore di poker, o questa stretta di mano non gli ha fatto alcun effetto.

"Accomodatevi." Indica la sedia di fronte alla sua scrivania e, quando mi siedo, lui è già nella sua. Si tratta di una Embody di Herman Miller, la stessa sedia che ho a casa, solo che la mia è blu, mentre la sua è nera.

Abbassa il volume della musica con un piccolo telecomando. "Avete un'ottima reputazione alla Binary Birch, signorina Pack."

Davvero? Questa è una novità. Anche se fosse vero, lui come fa a saperlo?

Non oso chiederglielo, perché potrebbe essere una mossa suicida, quanto replicare dicendogli che la sua reputazione *non è* altrettanto stellare.

"Grazie" farfuglio, prima che il silenzio si addentri in un territorio scomodo. "Adoro lavorare qui." E per *adoro*, intendo *tollero*. Ma che cos'è una piccola bugia innocente tra un mostro e la sua preda?

Lui mi fissa, e io mi sento come se potessi annegare nelle profondità lapislazzuli dei suoi occhi. "Il progetto che vi sto affidando è estremamente importante."

Scuoto la testa su e giù così vigorosamente, che quasi mi viene un colpo di frusta.

"Il cliente, la Belka, avrà l'occasione di fare una dimostrazione del prodotto finale ai redattori della rivista *Cosmopolitan* tra due settimane." Mi scruta come per verificare che io sappia cos'è *Cosmo*, perciò arrossisco e annuisco, per ogni evenienza. "Questa è una grande opportunità." Le sue sopracciglia scure si aggrottano leggermente, quando conclude con: "Non possiamo deludere la Belka."

"Sì, signore." Gli faccio il saluto militare.

Un momento, cosa? Perché l'ho fatto?

Non c'è traccia di divertimento sul suo viso. Dev'essere abituato a questi gesti, fin da quando ha partecipato alle guerre napoleoniche e chissà cos'altro.

Unisce la punta delle dita. "Sono sicuro che abbiate in mente il piano di testing più accurato."

In realtà, al momento, ho in mente il desiderio di succhiare quelle lunghe dita maschili, ma lo tengo per me.

"Spero che mi permetterete di arricchire il vostro piano con alcuni casi di test supplementari, che potrebbero già sovrapporsi ai vostri." Apre un cassetto della scrivania e tira fuori un paio di fogli di carta graffettati.

Solo ora mi rendo conto che, in pratica, mi sta dicendo come fare il mio lavoro (che sarebbe come se io insegnassi a lui a bere il sangue nel modo giusto). Maniaco del controllo?

Quando prendo i fogli, le nostre dita si sfiorano per un secondo, mandando un'altra dozzina di joule di elettricità nelle mie parti intime.

Arrossendo, do un'occhiata a quello che ho in mano.

Mmm. Carta rosa. Un vago sentore di profumo.

Un grazioso corsivo, con i cuoricini a punteggiare le "i" occasionali. Deve averglielo redatto una donna, ma non Sandra (il cui profumo ricorda più che altro il cavolo bollito). Inoltre, Sandra è ossessionata dalla comunicazione elettronica, a giudicare da tutta la costante propaganda di "Salva un albero" nella firma delle sue email.

La fitta di gelosia che provo improvvisamente è tanto inopportuna quanto folle.

Per evitare di soffermarmici, sfoglio il contenuto delle pagine (e, mentre lo faccio, sento la vampata di calore estendersi alle orecchie e al petto, facendoli diventare rosso peperone).

Ci sono voci come: "è stato raggiunto l'orgasmo?" e "quante volte?"

Ho già annoverato la prima domanda nel mio piano di test, ma non la seconda (il che, ovviamente, non è la fonte del mio scombussolamento).

È solo che leggere la parola *orgasmo* in sua presenza sembra sbagliato.

E sconcio.

E, in un certo senso, sexy, tutto nello stesso tempo.

È meglio che io esca da qui con quello che resta della mia dignità.

"Mi assicurerò di, ehm... utilizzare questi" dico, facendomi aria con i fogli, "nei miei test."

Lui allunga la mano sotto la scrivania, tira fuori qualcosa e lo piazza sul tavolo tra di noi.

Resto a bocca aperta.

Tecnicamente, è una valigetta, ma solo nella

misura in cui una palla da discoteca è una sfera. È ricoperta di frivoli pois e ingioiellata con talmente tante pietre di colori diversi, da far pensare che un unicorno che scoreggia arcobaleni ci abbia eiaculato sopra.

Guardando più da vicino, mi accorgo che molti dei disegni non sono pois, ma minuscoli peni e vagine multicolori, che qualcuno ha accuratamente disegnato a mano.

Almeno, spero che sia stato fatto a mano.

Le mie guance oltrepassano i confini del rosso dello spettro visibile, irradiando tanti infrarossi quanto una fiamma ossidrica.

Fastidiosamente, il volto di Vlad mostra solo la professionalità neutrale che ha dimostrato durante l'intero incontro. Forse, è uno dei vampiri di Anne Rice: quelli più vecchi, col passare del tempo, diventano come fatti di pietra.

"L'hardware è all'interno" mi dice.

Mi sfugge un ibrido tra un singhiozzo e una risatina.

Ha appena definito una collezione di dildo *hardware*, e probabilmente non per scherzo.

"Ricevuto." Balzo in piedi e sto per afferrare la valigetta, proprio mentre lui la fa scivolare in avanti.

Le nostre dita si sfiorano, generando una quantità di quella scossa elettrica, sufficiente ad alimentare i sex toys per una settimana. Deglutisco e tiro giù la valigetta dalla scrivania.

È pesante. Deve contenere più di qualche dildo, e chissà cos'altro.

Spero che la vagina di Dominika riesca a gestire il tutto. Per non parlare del fatto che spedire questo "hardware" nella Repubblica Ceca costerà una piccola fortuna. Spero vivamente che nessuno all'ufficio della DHL mi domandi che cosa c'è dentro. A dirla tutta, prego anche che nessuno qui in ufficio mi chieda: "Che cosa c'è nella valigetta?" mentre mi fiondo verso l'ascensore.

"È stato un piacere conoscerla" dico a Vlad, e mi preparo a scattare.

"Ci vediamo alla riunione mensile tra cinque minuti?" mi chiede.

Per poco non faccio cadere il bagaglio decorato con i genitali.

In teoria, tutti dovrebbero partecipare alla riunione mensile. Il suo scopo è che ci formiamo un'idea di quello a cui sta lavorando il resto della Binary Birch, troviamo opportunità di sinergia, e altri blablabla di gergo aziendale. In pratica, siccome lavoro da casa, di solito mi collego a questa riunione dal cellulare, poi tolgo prontamente il volume per la maggior parte del tempo, mentre svolgo il mio vero lavoro di testing.

Una cosa la so: l'Impalatore è famoso per non partecipare mai di persona a questi incontri (e lui non ha la scusa del lavoro da casa). Si limita a connettersi senza mai dire una parola, anche se certe persone sostengono di ricevere sue email a proposito di alcuni argomenti discussi durante la riunione, lasciando intendere che ascolti davvero (ecco perché tutti si comportano sempre al meglio, durante l'incontro).

Eppure, mi ha detto "ci vediamo", non "ci sentiamo"; quindi, la tradizione sta per essere spezzata per qualche motivo.

Naturalmente, ora sono costretta a partecipare alla riunione.

Con questa valigetta.

Sparatemi adesso!

"Affermativo" rispondo tardivamente, combattendo un altro impulso di fargli il saluto militare. "A tra poco."

In modo poco elegante, mi giro e mi dirigo verso la porta, impaziente di fuggire da quel covo e dal suo vampiresco occupante.

La sua voce mi ferma, mentre afferro la maniglia della porta. "A proposito, signorina Pack..." dice alle mie spalle (e, per la prima volta, percepisco un accenno di emozione nel suo tono). "Dovreste sapere una cosa. Non impalo le mie dipendenti."

## Capitolo Tre

*V*aligetta alla mano, mi precipito fuori dall'ufficio dell'Impalatore in direzione del bagno, come se avessi i segugi dell'inferno alle calcagna. Un solo pensiero mi gira in testa come un disco di vinile rotto:

Ci ha sentite da Starbucks!

Almeno, la parte sull'impalare le sue dipendenti.

Che cos'altro avrà sentito?

Quanto fottuta sono?

"Che razza di roba è quella?" mi chiede una donna attraente dai capelli neri, quando esco dal gabinetto.

Lancio un'occhiata imbarazzata alla valigetta, che ho lasciato vicino a uno dei lavandini. "La cartella di scuola di mia nipote."

Non ho una nipote, ma se ce l'avessi, e questa *fosse* la sua cartella, avrebbe bisogno di un bravo psicanalista.

La sconosciuta mi guarda come se fossi un grillo esotico in un terrario. "Io sono Britney Archibald."

Questa giornata peggiora sempre di più. Anche se non l'ho mai vista di persona né in video, ci conosciamo, almeno per email e messaggi istantanei.

È una delle cinque donne che lavorano nel dipartimento di sviluppo e, di recente, ho testato un codice scritto da lei.

Purtroppo, a differenza dei colleghi del suo reparto, non è una programmatrice molto brava (o, se non altro, è disattenta), perché ho trovato una miriade di bug nella sua app, molti più del solito. Si è rivelata molto permalosa riguardo alle mie scoperte, e la sua corrispondenza con me ha preso una piega ostile. Ho cercato di appianare le cose, soprattutto perché sto mirando a trasferirmi nel suo reparto, ma lei ha respinto i miei tentativi di fare una videochiamata per chiarire la situazione.

L'unico motivo per cui non ho sottoposto la faccenda ai nostri manager è che non sono il tipo che fa la spia. Inoltre, gira voce che Britney sia molto più brava come hacker che come sviluppatrice. A quanto pare, dopo aver rotto con un ragazzo del reparto vendite, è entrata nei suoi account di social media e ha cambiato la sua immagine profilo con una foto di lui durante una specie di pony play.

Sono proprio fortunata a imbattermi in lei, tra tutti, con l'atrocità in mio possesso decorata con i genitali!

Chiamo a raccolta tutta la mia professionalità e le tendo la mano. "Io sono Fanny Pack."

Mi guarda il palmo con disgusto.

Accidenti! Non mi sono ancora lavata le mani (e dubito che accetterà come scusa "l'urina è sterile").

Noto anche che stringe gli occhi, mentre ricorda come mai il mio nome le sia familiare.

"Fa piacere dare un volto a un nome" sparo e, afferrata la valigetta, mi precipito verso la porta. Da sopra la spalla, aggiungo: "Ci vediamo alla riunione mensile."

Credo che risponda con qualcosa di dispettoso, ma non capisco cosa.

Mi fiondo nell'area ristoro e mi lavo le mani nel lavandino che c'è lì. Poi, mi scolo un bicchiere d'acqua e m'intrufolo nella grande sala conferenze, dove si terrà la riunione mensile.

Fantastico!

Sono la prima ad arrivare.

Prendo la sedia nell'angolo più lontano e nascondo la valigetta sotto il tavolo.

Ecco. Nessuno dovrebbe vederla, ora, e la comodità delle mie ginocchia è un piccolo prezzo da pagare.

Mentre aspetto che entrino gli altri dipendenti, disconnetto il mio Tesoro dal Wi-Fi aziendale e cerco su internet informazioni sull'Impalatore.

È inquietante quanto poco trovo.

È oscenamente ricco (ma questo lo sapevo già).

Possiede un'azienda di software di successo (ovvio, ci lavoro).

Non ci sono foto di lui online. Né sul sito web della Binary Birch, né sui giornali, né in alcun altro posto in cui guardo. Se non gli avessi scattato una foto con la mia app, sarei sicura che è il tipo di vampiro che non si riflette negli specchi e non appare nelle foto.

Inoltre, non ha un profilo sui social media di alcun tipo, nemmeno uno professionale, come LinkedIn. L'idea che mi era venuta da Starbucks di cercarlo tramite quella foto sarebbe fallita.

Naturalmente, ora non ho più bisogno di farlo. So chi è, e qualsiasi tipo di romanticheria è fuori discussione. È il capo del mio capo (ovvero il mio capo al quadrato), senza contare un noto stacanovista, che non ha tempo per nient'altro nella sua vita.

Oltretutto, sono sicura che non sarebbe interessato a una che lavora per lui (perché ciò comporterebbe impalare la tipa in questione, mentre lui ha detto che non lo fa con le sue dipendenti). E, anche se l'impalamento fosse un'opzione, sono sicura che non vorrebbe farlo con me.

Non dovrei nemmeno pensare in questa direzione, non in un momento così cruciale della mia carriera.

Tuttavia, creo un Google alert per il suo nome. In questo modo, se qualcosa su di lui apparisse online, sarò la prima a saperlo.

Una porta sbatte, facendomi alzare la testa di scatto.

Mentre mi ficco in tasca il mio Tesoro, mi accorgo che la sala è ormai gremita, e l'uomo che stavo stalkerando online è in piedi a capotavola, con gli occhi blu scuro che brillano intensamente dietro gli occhiali.

Deglutisco.

Di solito, è uno dei project manager a presiedere questo incontro, ma in questo momento, si stanno tutti rannicchiando in un angolo.

Gli uomini, almeno. Le donne in questa stanza sembrano ovulare spontaneamente.

Britney sta praticamente sbavando, e persino Sandra (che deve avere almeno trent'anni più di lui) è arrossita quasi quanto me.

"Negli ultimi mesi, ho lavorato al progetto Belka" esordisce l'Impalatore, senza nemmeno rivolgere un "buongiorno a tutti". "Ora è in fase di test." Mi guarda per un istante, e gli occhi di Britney si volgono verso di me, per poi ridursi a fessure.

Sprofondo più giù nella sedia, facendo la mia migliore imitazione della tartaruga. Per l'amor del C++, ti prego, fa che non menzioni la valigetta piena di sex toys! Ti supplico, aggiungendoci sopra un litro del sangue più succoso.

Non lo fa.

Invece, sposta lo sguardo verso il punto in cui sono seduti i contabili. "Se il team di QA dovesse presentare qualunque nota spese etichettata *Belka*, la pratica dev'essere accelerata. Se avete *qualsiasi* domanda sul perché delle note spese, indirizzatela a me."

Le espressioni sui volti del team di contabilità lasciano intendere che non ci saranno domande. Mai.

Questo, in effetti, è ottimo. Volevo davvero addebitare all'azienda le ingenti spese di spedizione che sto per sostenere, ma senza il suo decreto, non mi sarei azzardata. Il team di contabilità l'aveva tirata per lunghe, quando mi ero ordinata una tastiera ergonomica (e non c'è spesa più legata al lavoro di quella).

Ma lui come faceva a saperlo? È un vampiro premonitore, come Alice di *Twilight*?

"Questo discorso vale anche per tutto il resto." Il suo sguardo passa in rassegna la sala, indugiando su di me per un secondo. "Il progetto Belka è una priorità."

Wow.

Nessuna pressione, mi raccomando.

Sandra mi ha appena lanciato uno sguardo colpevole? È stata *lei* ad assegnarmi questo progetto, ma del resto, considerando quanto importante si stia rivelando la cosa, in un certo senso, mi ha fatto un complimento del tipo "buttiamo sotto l'autobus quella che ha più probabilità di sopravvivere".

Britney alza la mano con l'esaltazione di una liceale che conosce la risposta a qualcosa per la prima volta in vita sua.

Ignorandola, l'Impalatore gira sui tacchi ed esce a grandi passi dalla stanza.

"Avete bisogno di aiuto?" Britney gli urla dietro. "Potrei revisionare il codice, se…"

La porta sbatte dietro di lui.

La sala tira un sospiro di sollievo collettivo; cioè, tutti tranne Britney. Ha l'aria di una a cui abbiano appena rasato la sua adorata tarantola domestica.

Il telefono della sala conferenze emette un bip, avvisandoci che l'Impalatore si è appena collegato alla riunione, come la sua solita presenza spettrale.

Uno dei project manager prende in mano la situazione, ma non riesco a seguire quello che lui né chiunque altro dice, per via di tutta l'adrenalina che scorre nel mio organismo.

Questo progetto è super importante.

Non posso rovinare tutto.

Per calmarmi, tiro fuori il mio Tesoro.

Fingendo di controllare un promemoria importante, avvio la mia app e la uso sui miei colleghi.

L'alter-ego in cartoni animati di Sandra si rivela essere Dory di *Alla ricerca di Nemo*. Britney è Malefica (non c'è da stupirsi). Un tizio delle vendite ricorda all'app Gatto Silvestro, una donna della contabilità è Pepé la Puzzola, mentre due ragazzi del dipartimento di sviluppo corrispondono a Beavis e Butt-Head.

Vedere la maggior parte dei miei colleghi in questo modo mi fa accorgere di una cosa: la percentuale di donne rispetto agli uomini nel dipartimento di sviluppo, nonché in tutta l'azienda, è molto più alta di quella dell'industria del software in generale. Questo è particolarmente interessante, alla luce di tale percentuale nel sistema educativo. Quando frequentavo i corsi d'informatica al Brooklyn College, ero spesso l'unica donna della mia classe.

C'è l'Impalatore dietro tutto questo, o l'ufficio del personale? Se si tratta dell'Impalatore, ne sono impressionata: con la sua longevità vampirica, dev'essere cresciuto quando la parità dei diritti era ancora un miraggio.

Beh, chiunque ci sia dietro, è una cosa in meno di cui preoccuparmi, quando si tratta di trasferirmi al dipartimento di sviluppo.

A proposito, ora mi sento più determinata a farlo che mai. In effetti, penso che dovrei presentare la richiesta al più presto. All'inizio, volevo aspettare il completamento del progetto Belka, ma grazie a questa riunione ho guadagnato un po' di visibilità e, probabilmente, non ci sarà momento migliore.

Per il resto della riunione, metto in scena nella mia mente diverse versioni di come farò la mia "mossa".

Quando è terminata, aspetto che tutti se ne vadano, prima di occuparmi di nuovo della valigetta.

Gatto Silvestro e Pepé la Puzzola sono tra gli ultimi a uscire, con Beavis e Butt-Head alle calcagna.

Resta solo Sandra, ora, che chiaramente è rimasta indietro di proposito.

Qualunque sia la sua motivazione, decido di cogliere l'attimo, prima di tirarmi indietro. "Ehi, Sandra. C'è una cosa importante di cui volevo parlarti."

Impallidisce. Scommetto che pensa che stia per tirarle pacco col progetto di testing.

Prima che le venga un infarto, le spiego le mie vere intenzioni e, mentre mi ascolta, le ritorna un po' di colore sulle guance.

"Hai qualche esperienza di programmazione?" mi domanda, quando ho finito di perorare la mia causa. "È la prima cosa che mi chiederanno, quando solleverò l'argomento."

Le parlo della mia app e mi offro di condividere un link al database di controllo versione, in modo che possa inoltrarlo a chiunque voglia vedere di cosa sono capace.

"Certamente" dice. "Lo passerò a tutti i membri del team di sviluppo, insieme a una brillante raccomandazione da parte mia."

Le rivolgo un sorriso raggiante. "Mi dispiace lasciare il tuo team. Effettuare test non è…"

Lei liquida l'argomento con un cenno della mano. "Sarà un peccato perderti, ma devi pensare prima di tutto alla tua carriera." Lancia uno sguardo furtivo alla porta e stacca il telefono della sala conferenze. "Anch'io volevo parlarti di una cosa. So che svolgi sempre un ottimo lavoro, ma ti prego di fare del tuo meglio con il progetto Belka. Temo che, se qualcosa andasse storto, entrambi i nostri posti di lavoro sarebbero a rischio."

Fantastico.

O otterrò il posto che voglio, o perderò del tutto il lavoro.

"Ci penso io" dico con una sicurezza che vorrei sentire. "Lascia fare a me."

Sandra ricollega il telefono. "Fammi sapere se c'è *qualsiasi cosa* che posso fare per aiutarti."

"Certo." Sorrido e spero che se ne vada.

Rimane lì.

"Ciao" la saluto.

Aggrotta le sopracciglia. "Tu ti fermi ancora?"

"Devo controllare un'email" mento.

Anche se lei è nella cerchia del test sui sex toys, non voglio che veda la valigetta.

"Buona fortuna" mi dice e, finalmente, se ne va.

Aspetto un altro minuto che tutti si disperdano nei rispettivi cubicoli, poi afferro la valigetta di sex toys da sotto il tavolo e mi precipito fuori dalla sala riunioni... e quasi vado a sbattere contro Britney, che è in agguato nel corridoio sul tragitto verso gli ascensori.

"Fanny." La sua voce è intrisa di miele avvelenato. "Sono contenta di averti incontrata."

Davvero? L'inferno sta subendo il cambiamento climatico?

"Volevo chiederti del progetto Belka" dice.

Ah. Ecco.

"Per favore, indirizza tutte le tue domande al signor Chortsky" replico educatamente.

Vedo che non è contenta di questa risposta, quindi afferro la valigetta e faccio un passo avanti, sperando di oltrepassarla rapidamente.

Non si muove.

"Con permesso" borbotto. "Sono in ritardo per

una riunione." Detto questo, m'infilo a forza tra lei e il muro e mi fiondo nell'ascensore, come se avessi una fata cattiva alle calcagna.

Una volta fuori dall'edificio, cammino a passo spedito fino all'ufficio spedizioni della DHL in Church Street.

Asciugandomi il sudore dalla fronte (fa davvero caldo fuori!), esamino i documenti necessari.

Questa giornata va di bene in meglio. Il modulo doganale contiene un elenco di articoli da compilare.

Ci sarà da ridere!

Individuo il bagno più vicino, mi chiudo in un gabinetto e apro la valigetta.

Porca vacca! Ci sono tantissimi toys.

Un dildo in una confezione di plastica trasparente. Qualcosa che assomiglia a un plug anale. Un anello per il pene. Un vibratore. E un mucchio di oggetti che non riconosco nemmeno.

Per fortuna, qui c'è una sorta di menù, scritto dalla stessa mano femminile del foglio con i casi di test aggiuntivi. Infatti, anche l'interno della valigetta odora dello stesso profumo.

Mi domando se sia l'amante dell'Impalatore. Questo spiegherebbe come mai lui stia dando così tanta priorità al progetto.

*Uccidila!* grida il mostro verde di gelosia dentro la mia testa.

*Non so chi sia*, rispondo. *Devi calmarti.*

*Scoprilo e strappale i capelli!*

*Tu sei pazza.*

*Io sono te.*

Mettendo a tacere il mostro verde, m'infilo in tasca la lista, chiudo la valigetta e torno nell'ufficio principale della DHL.

Qualcuno è mai arrossito così tanto, compilando un modulo doganale? Il mio viso è talmente caldo, che temo che i miei capelli prendano fuoco.

Finito di compilare il modulo, mi metto in fila e aspetto.

E aspetto ancora.

Dato che mi annoio, tiro fuori il cellulare.

Mmm. Un'email da parte di Dominika.

Quando leggo l'oggetto, il mio battito accelera.

*Mi dispiace.*

No.

Non può essere.

Apro l'email, la leggo e per poco non mollo il mio Tesoro.

È il mio peggior incubo che si avvera.

Dominika non mi farà da tester.

## Capitolo Quattro

*I*l viaggio di ritorno a casa trascorre in una nebbia confusa.

L'email di Dominika sembra quasi uno scherzo crudele.

A quanto pare, domani entrerà in convento. Lei, la donna che ha fatto finta di sedurre e poi di violare creativamente tutti gli orifizi delle "suore" di uno strip club.

Le invio immediatamente un'email per chiederle se stia scherzando, solo per ricevere un'istantanea risposta automatica che ribadisce il suo progetto di farsi suora.

Se lo racconto ad Ava, morirà dalle risate a mie spese. Suor Dominika avrà la lingua biforcuta e sarà coperta dalla testa ai piedi di tatuaggi, alcuni dei quali raffigurano atti sessuali proibiti dai testi sacri.

Entro nel mio appartamento e do da mangiare a Monkey, la mia porcellina d'India. In origine, lei doveva essere il mio regalo per il mio ex, ma lui non l'ha voluta; così, mi sono ritrovata a tenerla io, in quella che era l'opposto di una lotta per l'affidamento.

"Che cosa faccio adesso?" le chiedo, quando ha finito di mangiare.

Il piccolo roditore saltella su e giù come se stesse ballando.

"Non mi sei d'aiuto" le dico, poi le verso dell'altra acqua e mi metto a camminare avanti e indietro per l'appartamento, ponderando sulla mia situazione.

Pensavo di aver avuto un colpo di fortuna con Dominika. È un'esperta di sex toys, vive incredibilmente lontano, ed era disponibile. Immagino che la parte della lontananza non sia un grosso problema: volendo, potrei usare un server proxy con qualcuno della zona per simulare la distanza. Ma la disponibilità a ficcarsi dei sex toys nei propri buchi è più difficile da trovare.

Incontro gli occhietti rosa di Monkey. "Pensi che dovrei assumere una prostituta?"

Si precipita nella casetta in cui solitamente dorme. Che mi stia giudicando?

Riprendo a camminare aventi e indietro, pensando ancora alla prostituzione.

Il problema maggiore è che è illegale a New York. E, cosa ancora più importante, non ho idea di dove trovare una squillo. O un pappone. Usano ancora i papponi?

In ogni caso, dubito che si possa semplicemente

postare un annuncio per una prostituta su un sito di freelancer.

Maledetto Giuliani (o chiunque sia stato a ripulire la 42esima strada)! Ai vecchi tempi, si poteva assumere una professionista del sesso *lì*.

Forse, potrei mettere un annuncio su Craigslist?

Dopo una rapida ricerca, scopro che si sono sbarazzati della relativa sezione del sito e che altri servizi simili, come Backpage, sono stati completamente chiusi.

Leggendo di più sull'argomento, mi rendo conto che, assumendo una prostituta, potrei inavvertitamente contribuire al male che è il traffico di esseri umani.

Quindi, non se ne parla.

Le donne che lavorano nei locali di spogliarello della zona potrebbero essere interessate? O un servizio di escort, magari?

I trafficanti sono coinvolti anche in *quello*?

Improbabile, ma non sono sicura di voler rischiare. Col senno di poi, persino Dominika avrebbe potuto essere vittima di sfruttamento. Forse, è meglio che si sia tirata indietro.

E questo dove mi porta?

Mi passa per la testa un'idea sciocca.

Sandra mi ha detto di avvisarla, se c'è qualcosa che può fare per aiutarmi.

Mi immagino di avvicinare la mia responsabile per questo scopo, e muoio preventivamente dalle risate mortificate. A parte l'ovvio, e se avesse il cuore debole e ci restasse secca a causa mia? Diventerei famigerata come la più strana assassina nella storia del crimine.

Tuttavia, chiedere a una donna che conosco *è* una direzione promettente.

Ava mi aiuterebbe?

Ha l'abitudine di giurare sul suo vibratore.

Ovviamente, me lo rinfaccerebbe per il resto della mia vita, ma almeno manterrei il mio posto di lavoro.

Il telefono squilla.

Parli del diavolo…

"Ciao, Ava" la saluto, sollevando il mio Tesoro. "Hai una giornata fiacca all'ospedale?"

"Com'è andata la tua riunione?" mi chiede. "Qualche impalamento di cui dovrei essere a conoscenza?"

Le racconto tutto, ma attenuo le mie reazioni al capo del mio capo, perché… beh, perché sì!

Come previsto, si sta sbellicando dalle risate, quando arrivo alla parte in cui ho perso la mia tester di sex toys perché entra in convento.

"Quindi" concludo alla fine, "c'è un grosso favore che voglio chiederti."

"Noooo" caccia fuori tra una risatina isterica e l'altra. "Non farò sesso virtuale con te!"

"Non era quello il favore" mento. "Mi chiedevo se…"

"Amica mia" dice Ava. "Non hai un problema."

"Ah no?"

"Dovresti fare i test su te stessa" mi suggerisce con

una risatina. "Sarà divertente e, inoltre, non hai più avuto un orgasmo da quel tipo come-si-chiama prima di Bob."

"Ma…"

"Non sarebbe bello lasciarsi un po' andare?"

Stringo più forte il mio Tesoro, perché l'accenno al mio ex e l'espressione "lasciarsi andare" mi tentano a dire qualcosa di molto scortese alla mia migliore amica.

La ragione per cui Colui Che Non Avrebbe Dovuto Essere Nominato mi ha mollata è che non ero "abbastanza avventurosa sessualmente".

Quelle parole mi bruciano ancora oggi, soprattutto perché potrebbero contenere un fondo di verità. Non che Bob fosse un mago a letto… e nemmeno un Tassorosso.

Il tono di Ava si fa serio. "Non intendevo, mi dispiace. Ho detto una grossa cazzata."

"Grossa come il tuo culone." La scontrosità nella mia voce è finta solo in parte.

"Senti" mi dice con un sospiro. "Se proprio insisti, prenderò in considerazione di farti da tester."

"No, non fa niente." Mi stringo il ponte del naso tra le dita. "Forse hai ragione. Non dovrei chiederti di fare qualcosa che non sono disposta a fare io stessa. Il problema è che, se anche lo facessi, avrei comunque bisogno di un ragazzo per i toys maschili."

Sbuffa. "Non mi preoccuperei di questo. Ammicca al primo maschio che vedi, preferibilmente maggiorenne, e lui testerà tutto quello che vuoi."

"Uh-huh. Può darsi che funzioni così per *te*."

"Funzionerebbe per pressoché chiunque abbia un utero. Ma mettiamo che non sia così. Puoi sempre andare su Tinder o qualcosa del genere. Di' ai ragazzi che vengono abbinati con te che vuoi fare sesso virtuale, prima di incontrarli, e vedrai come ne saranno entusiasti!"

Questo sembra effettivamente più plausibile, anche se, quando cerco di immaginarmelo, mi sento profondamente a disagio. Inoltre, per qualche motivo, l'unica immagine che si forma nella mia mente è quella degli occhi di lapislazzuli e…

"Oh, scusami" dice Ava. "Mi stanno chiamando al cercapersone."

"Aspetta, io…"

Cade la linea.

Cercapersone. Ancora oggi. È tipico della professione medica vivere nell'età della pietra. Mi domando se all'ospedale abbiano anche modem analogici o audiocassette.

Ehi, almeno non usano più le sanguisughe, quindi questo è un progresso.

A meno che non lo facciano ancora?

Dopo una rapida ricerca sul mio Tesoro, scopro che, in effetti, utilizzano ancora quei piccoli mostri succhia-sangue, e che la FDA è riuscita in qualche modo a classificare le sanguisughe come "dispositivo medico vivente per eliminare i coaguli di sangue localizzati".

L'articolo menziona che si usano anche i vermi, e lì smetto di leggere, perché è disgustoso.

Monkey fa capolino dalla sua casetta e squittisce.

Le do metà di un chicco d'uva. "Lo so, sto procrastinando."

Afferrato l'acino, Monkey si nasconde nella sua casetta.

D'accordo. Posso trovare una soluzione da sola.

Mettendomi al portatile, apro un nuovo foglio di calcolo, lo nomino "test su me stessa" e compilo due colonne: pro e contro.

Sotto "contro", ci sono elementi come: "potrebbe essere difficile guardare in faccia i miei colleghi, dopo, specialmente l'Impalatore" e "è un test meno realistico che non se ci fosse una seconda persona coinvolta."

Nella colonna "pro", ci sono delle chicche come: "mantenere il mio lavoro", "Ava potrebbe avere ragione e questo potrebbe rivelarsi divertente" e "dimostrare che il mio ex aveva torto".

Poiché la colonna dei pro risulta più lunga, accetto a malincuore l'inevitabile.

"Sarò la cavia di me stessa" dico ad alta voce. "Senza offesa, Monkey."

Il mio Tesoro emette un bip.

È un messaggio di Ava.

*Allora? Lo farai?*

Rispondo con il segno di ok.

*Se fossi in te, mi farei la ceretta. Fa sentire sexy.*

*Dici sul serio?* Rispondo al messaggio.

*Serio come un attacco di cuore. Ora, smettila di tergiversare e sbarazzati del tuo cespuglio!* Emoticon di labbra, gatto, ciliegie, fiore, segno della pace, osso dei desideri, zona pericolosa e pesca sono seguite da un rasoio.

Non sapevo nemmeno che esistesse l'emoticon di un rasoio.

Metto il telefono in silenzioso e lancio un'occhiata alla valigetta.

No.

Non sono ancora pronta.

Forse, Ava ha ragione. Sarei più smaniosa, se mi facessi bella lì sotto?

Siccome la giungla delle mie gambe è comunque sulla mia lista delle cose da fare, mi occuperò di quelle e anche di un po' di manutenzione alle parti intime, nello stesso tempo. La rottura con il mio ex mi ha indotta a sperimentare un po' in questo campo. Ho provato ad acconciarmi i peli pubici geometricamente con triangoli capovolti e regolari, aeronauticamente con una striscia di atterraggio, nonché (per farla breve) con quelli che si potrebbero descrivere meglio come dei baffi da dittatore.

A proposito, com'è che tutti i dittatori hanno i baffi? Scommetto che uno ha lanciato la moda e gli altri l'hanno copiato. A pensarci bene, la loro fonte d'ispirazione potrebbe essere stata l'originale Vlad l'Impalatore. Il suo ritratto aveva dei baffi così grandi e folti, che probabilmente lui vi aveva dato un soprannome, come Pufos, che in rumeno significa soffice.

Grazie agli dei della moda, il "mio" Impalatore non ha un simile crimine contro la natura sopra le sue labbra baciabili. Ha solo un po' di barbetta sexy, proprio come piace a me.

In ogni caso, io attualmente sfoggio un cespuglio rétro di proporzioni epiche, con ragnatele ed erbacce là sotto, nonché cartelli "divieto di accesso". Non è una dichiarazione di femminismo, purtroppo, ma solo un segno di auto-trascuratezza.

Beh, anche se sentirmi sexy non fosse un obiettivo, tenere quei peli sotto controllo potrebbe facilitare l'individuazione delle mie parti intime per il test; quindi, via tutto!

Sfreccio verso l'armadietto dove tengo i guanti usa e getta e la mascherina N95, poi porto tutto in bagno, pienamente consapevole che sembra che stia progettando un gioco malizioso al dottore.

C'è una mosca nel mio bagno.

Che schifo.

Cerco di sfrattarla, ma l'astuta bestiolina sogghigna di fronte ai miei inutili tentativi, ronzandomi intorno in modo provocatorio.

"D'accordo" le dico. "Questo posto sta per puzzare di crema depilatoria. Se ti viene il cancro alle ali, non venire a piangere da me."

Naturalmente, non ho acquistato la crema allo scopo di allontanare gli insetti. È solo che detesto la sensazione di pelle ispida delle gambe dopo la rasatura, e non mi sono mai sentita abbastanza masochista per farmi la ceretta.

Dopo essermi spogliata completamente, poto l'area interessata quanto più possibile senza cesoie da giardino. Poi, preparo un panno umido vicino alla vasca e mi metto la mascherina per evitare d'inalare i fumi.

Non appena m'infilo i guanti e spremo fuori una manciata di crema, sento un prurito in cima alla testa.

Poi, mi prude il naso sotto la mascherina.

Poi, l'occhio.

Ignorando tutto, entro nella vasca e mi spalmo la crema sulle gambe.

Guardo i miei peli pubici.

Lo sto facendo davvero?

Suppongo di sì. Prendo dell'altra crema e ci do dentro con la zona vaginale. Fatto questo, appoggio goffamente un piede sul bordo della vasca e potenzio l'esperienza con una depilazione brasiliana totale (ho visto un plug anale in quella valigetta, quindi questo potrebbe servirmi).

Poi, aspetto che la crema rompa la struttura proteica dei miei peli. Annoiata, mi chiedo come avrebbero reagito i Sette Nani, se avessero sorpreso Biancaneve a fare una cosa del genere.

Soprattutto Mammolo.

La mosca atterra sulla mia mascherina.

"Sciò!" Cerco di schiacciarla.

Mi ronza intorno con rabbia e si posa sulla mia fronte.

"Pussa via!" Cerco di schiacciarla di nuovo dandomi uno schiaffo. "Pervertita."

Il ronzio della mosca sembra indignato, mentre vola attraverso la stanza e sbatte contro la finestra chiusa.

Ben le sta!

Nel momento successivo, mi dimentico completamente della mosca, perché la mia zona più privata comincia a bruciare.

Ahi! Brucia *davvero*, come una malattia venerea con cui puniscono gli stupratori nel settimo girone dell'inferno.

Lancio un'occhiata all'orologio. Non sono ancora passati i cinque minuti e, inoltre, le mie gambe stanno bene.

Il problema dev'essere dovuto al fatto che ho cambiato marca, e qualche ingrediente in questa formulazione non va d'accordo con la mia zona bikini. La cosa è ironica, dato che questo marchio si commercializza come "per pelli sensibili". In difesa del produttore, la maggior parte di queste creme avverte di non usare questa roba nella precisa zona che attualmente mi brucia. Non ho mai avuto problemi con le creme depilatorie, prima d'ora, altrimenti avrei fatto un patch test su una piccola area delle parti intime, invece di andarci giù di brutto.

Afferro il panno caldo e mi strofino così forte, da appiccare un incendio.

Ecco fatto.

Niente più crema sulla mia vagina.

Ora mi brucia il sedere, quindi mi occupo di quello subito dopo.

Ed è allora, che cominciano a prudermi le gambe.

Con un ringhio, mi strofino via tutti i peli sciolti dalle gambe e mi risciacquo con una meticolosità di cui un malato di disturbo ossessivo-compulsivo andrebbe fiero.

Ben presto, non rimane traccia della crema.

Guardo giù.

Le mie parti intime sono furiosamente arrossate, come se fossi un animale in calore.

Altro che sentirmi sexy!

Inoltre, avverto una strana sensazione sul lato della fronte.

Più precisamente, nella zona del sopracciglio destro.

Una sensazione di *bruciore*.

No. Non può essere.

Asciugandomi in fretta e furia, balzo verso lo specchio.

Merda! C'è un po' di crema depilatoria sul mio sopracciglio destro.

Mi sono grattata senza rendermene conto? O la crema è schizzata quando ho lottato contro la mosca?

In ogni caso, rimuovo freneticamente la crema (e la maggior parte del mio sopracciglio se ne va con essa).

Mi sciacquo accuratamente il viso e mi assicuro che non ci sia crema in agguato da qualche altra parte, come il cuoio capelluto o le ciglia.

No. Ho appena perso i peli pubici, quelli delle gambe e quelli del sopracciglio.

Nello specchio, il sopracciglio rimasto fa sembrare la mia espressione curiosa, sospettosa e scettica in ugual misura, nonostante il fatto che io non provi nessuna di queste emozioni; soltanto vergogna.

Prendendo il mio kit per il trucco, provo a disegnare il sopracciglio.

Il risultato è abbastanza accettabile per una videoconferenza, ma se voglio vedere la gente faccia a faccia, forse dovrò sacrificare l'altro sopracciglio e disegnarli entrambi.

Al momento, sono troppo traumatizzata per testare qualsiasi cosa; quindi, passo il resto della giornata ad aggiungere i casi di test scritti a mano nel mio elenco elettronico, ampliando il file per accogliere tutti i diversi contenuti della valigetta. Mi assicuro anche che il documento risultante esegua automaticamente il backup nel cloud. L'ultima cosa che voglio è effettuare i test, per poi perdere la documentazione a causa di un disco rigido rotto e dover ricominciare da capo.

Mi è successo, una volta, ed è stata la peggiore sensazione immaginabile.

Quando vado a letto, il rossore dovuto al mio fiasco depilatorio si è attenuato e, quando la mia testa tocca il cuscino, provo un senso di eccitazione per la giornata che mi aspetta l'indomani.

Non avrei mai pensato di avere concretamente in programma di giocare con me stessa, né di essere pagata per questo, ma eccoci qui.

Il pensiero del lavoro mi evoca alla mente

immagini a luci rosse, con protagonista un certo qualcuno dagli occhi blu intenso e dalla bocca severa.

Combatto l'impulso improvviso di scendere con la mano per esplorare la pelle neo-depilata vicino al mio clitoride. Per il momento, i miei orgasmi appartengono al progetto.

Con un sospiro, abbraccio il cuscino e mi addormento.

## Capitolo Cinque

*a*l mattino, do da mangiare a Monkey e controllo le mie email di lavoro, mentre mangio un'omelette.

"Ti conviene fare la brava." Guardo scherzosamente di traverso la mia porcellina d'India, mentre prendo il portatile, il telefono di lavoro e la valigetta. "Sto per sculacciare la scimmia."

Lei mi guarda con espressione vuota.

"Che c'è, pensi che la *scimmia* debba necessariamente indicare un pene, in questa frase?" Le chiedo.

Nessuna reazione.

"Lo so, vero? Perché mai tutti questi animali vengono usati come eufemismo per i genitali? Gatto, gallo, scimmia... l'umanità ha forse una vena di bestialità subconscia?"

Si volta dall'altra parte e si precipita di nuovo

nella sua casetta; chiaramente, non è interessata a degnare le mie parole di una risposta.

Porto in camera il telefono di lavoro, il portatile, la valigetta e il mio Tesoro, poi accendo qualche candela intorno al letto e faccio partire Leonard Cohen sul mio Echo, per creare l'atmosfera.

Aperta la valigetta, tiro fuori il vibratore: il giocattolo che m'incuriosisce di più, soprattutto perché Ava ne ha decantato le lodi talmente tanto, da farmi sospettare che riceva una commissione dal produttore.

Questo specifico vibratore è fatto di un materiale gommoso dell'era spaziale, che sembra una gelatina di lumache, ma è di un rosa sexy, perciò suppongo che vada bene.

Ho già il mio primo reclamo sulla qualità: la confezione del vibratore non contiene istruzioni, né alcun manuale cartaceo all'interno. C'è solo una breve nota sulla confezione: *Scarica l'applicazione Belka sul tuo telefonino.*

Ne prendo nota nel mio documento di testing. È possibile che quelli della Belka abbiano omesso ulteriori istruzioni perché si tratta di prototipi, ma è improbabile. L'imballaggio è troppo raffinato per questo, quindi potrebbe trattarsi di una svista.

Speriamo che la mia laurea in informatica mi aiuti a capire come usare un vibratore, persino uno intelligente.

Scarico l'app sul mio Tesoro e scelgo "vibratore" dalla schermata con le diverse opzioni di sex toys.

L'applicazione m'informa di essersi collegata via Bluetooth al vibratore, e che quest'ultimo ha la batteria piena: un ottimo inizio.

Clicco sull'icona "Connettiti con il partner" e scopro che è possibile farlo tramite email, messaggio di testo o persino social media.

Per il momento, scelgo di testare la versione via messaggio e inserisco il numero del mio telefono di lavoro.

Per far sembrare che stia testando i toys su Internet, imposto il mio telefono di lavoro in modo che sia connesso attraverso un server proxy situato in Tagikistan (più lontano è, meglio è). Poi, clicco sul messaggio di testo e vengo reindirizzata a scaricare l'applicazione Belka. Una volta che l'app è pronta per essere avviata, si apre una piccola finestra di videoconferenza con le opzioni per vedere/ascoltare il partner o meno.

Annoto tutto questo.

L'installazione è stata piuttosto semplice. D'altro canto, potrebbe essere utile sottoporre il procedimento a qualcuno meno esperto di tecnologia: una nonnina avventurosa, magari?

In ogni caso, la versione dell'app sul mio telefono di lavoro è ora in modalità "Giver", mentre il mio Tesoro è il "Receiver".

Tengo in mano solo il telefono di lavoro, perché ho bisogno dei comandi. Questi sono costituiti da un pulsante di avvio e dalla manopola per l'intensità.

Prima, le cose importanti. Applico il vibratore al mio avambraccio e premo start.

Wow.

Non sta solamente vibrando. Lo strano materiale lo fa ondeggiare, per mancanza di un termine migliore. Sembra... interessante. Gioco con l'intensità, fino a quando ne trovo una che sospetto sarà piacevole sul mio clitoride, poi spengo il vibratore.

Mi sollevo la gonna del vestito e tiro giù le mutandine. Giusto per farmi due risate, avevo indossato quelle scherzose che mi ha regalato Ava dopo la mia rottura. Recitano audacemente "Aperta al pubblico".

Con cautela, premo il vibratore contro me stessa. Mi dà una sensazione di solletico e di leggero freddo.

Ci siamo. È ora di iniziare la mia giornata lavorativa.

Apro il timer dell'applicazione per la sezione "durata" del questionario di verifica, e sto per premere il pulsante di avvio.

Il mio Tesoro emette un bip, che m'interrompe.

Scambiando il telefono di lavoro con quello personale, vedo che ho appena ricevuto un messaggio di Ava.

Figuriamoci! È considerato blocca-cazzi, quando qualcuno t'impedisce di usare un vibratore?

*Quando ti fai un giro con i sex toys, pensa a farti impalare dall'Impalatore*, recita il suo messaggio.

Com'è riuscita a fiutare le mie intenzioni? Deve

aver usato il suo vibratore così tanto, da aver acquisito un superpotere psichico. O, forse, è stata morsa dal suo vibratore (dal Bluetooth, magari)?

Il mio Tesoro emette un altro bip. Questa volta, è l'emoticon di una melanzana.

*Sono occupata*, rispondo, e metto il mio Tesoro in modalità silenziosa, prima di prendere di nuovo il telefono di lavoro.

Mentre il mio dito aleggia sopra il pulsante di avvio, faccio del mio meglio per contrastare Ava, non pensando all'Impalatore.

Ceeerto. Come ben sanno tutti quelli che hanno provato a *non* pensare a qualcosa, più ti sforzi, e più finisci per pensare all'oggetto proibito.

E questo è doppiamente vero, quando l'oggetto in questione è sexy come quello che ho in mente io.

D'accordo. Fa niente. Potrei sentirmi meglio, se immaginassi delle labbra deliziose che toccano il mio clitoride, anziché della gelatina di lumache.

Con l'immagine degli occhi ipnotici di lapislazzuli fissa in testa, imposto un timer e premo il pulsante di avvio.

Bzzz.

Lascio cadere sia il telefono sia il vibratore, mentre un potente orgasmo scatena un'ondata di endorfine nel mio organismo. Un orgasmo in piena regola, con tanto di dita dei piedi arricciate, stupefacente quanto inaspettato.

Mentre gli ultimi spasmi mi scuotono, fisso il giocattolo, sbalordita.

È successo davvero?

Si tratta di un vibratore di livello militare, oppure io ho appena sviluppato la controparte femminile dell'eiaculazione precoce?

Mordendomi il labbro, apro il portatile e guardo il questionario di verifica.

"L'orgasmo è stato raggiunto?" Puoi dirlo forte.

"Quante volte?" Una, per adesso.

"Durata della sessione?" Non ne ho idea. Annoto un microsecondo.

E adesso? Magari ripeto lo stesso test un'altra volta? Dopotutto, chiunque abbia stilato gli appunti scritti a mano sottintendeva che ci sarebbero state molteplici sessioni.

Quando ci riprovo, grugnisco di dolore anziché di piacere. Il mio clitoride è super sensibile dall'ultimo tentativo.

Potrei aver bisogno di una piccola pausa.

Con un po' di trepidazione, prendo il dildo dalla valigetta e apro la confezione.

Anche in questo caso, nessuna istruzione, solo un piccolo pacchetto di lubrificante e l'oggetto in sé: enorme e fatto dello stesso materiale gommoso del vibratore, soltanto di colore verde avocado invece che rosa.

Non ne faccio menzione nel mio rapporto di lavoro, ma questo affare mi ricorda un tentacolo alieno. Lo soprannomino mentalmente Glurp.

Prendendo in mano Glurp, lo paragono spietatamente all'armamento dei miei ex.

Eh già, Glurp è molto dotato, quasi spaventosamente.

Aperto il lubrificante, per poco non affogo Glurp nel liquido viscoso; poi, evoco l'immagine mentale dell'Impalatore, mentre infilo la punta nella mia apertura.

Mmm.

Si adatta bene e sembra già alquanto piacevole. L'orgasmo precedente deve avermi preparata per questo.

Spingo Glurp più a fondo, e sollevo il telefono di lavoro per dare vita al tentacolo.

Bzzz.

Questa volta, non vengo all'istante, ma la vibrazione (o qualsiasi cosa stia facendo) è incredibile. I miei muscoli intimi si contraggono, e mi sento sul punto di sperimentare qualcosa di veramente intenso.

Sull'app compaiono alcune opzioni interessanti, come la stimolazione del punto A e del punto G.

Dovrò testarle tutte, ma per ora, decido per il punto G, perché è quello di cui ho effettivamente sentito parlare.

Premo il dito sul pulsante relativo al punto G.

Glurp comincia a torcersi leggermente dentro di me, come se stesse zoomando su un bersaglio.

*Bip-bip.*

L'app di videoconferenze sul mio telefono di lavoro nasconde parte della schermata dell'applicazione Belka.

Merda! È Sandra, il mio capo.

Che diavolo vuole? Una cosa è la supervisione eccessiva, ma interrompere la tua fedele dipendente nella sua ricerca di Nemo è tutta un'altra questione.

Pugnalo il monitor per rifiutare la chiamata.

L'applicazione per videoconferenze si espande a schermo intero.

Oh, merda!

Devo aver toccato il pulsante sbagliato.

"Ciao, Fanny." Sandra spalanca gli occhi. "Ho interrotto qualcosa?"

Arrossisco come un granchio bollito e disabilito rapidamente il video.

Avrà visto qualcosa? Non può essere: la fotocamera era puntata sul mio viso, non su Glurp.

Almeno, spero.

Ma allora, perché quella domanda? Forse, ha intuito che ci fosse qualcosa di strano dall'espressione beata della mia faccia?

"Volevo solo assicurarmi che il progetto Belka fosse sulla buona strada" mi dice Sandra in tono di scuse, e mi rendo conto di non averle ancora risposto.

"Non preoccuparti di nulla" le dico con un mezzo squittio. "È in buone mani."

Non so se mi abbia sentito né se risponda, perché in quel momento Glurp dà finalmente il colpo di grazia al mio punto G.

Mi mordo la guancia per evitare che mi sfugga un gemito, mentre gli occhi mi roteano all'indietro.

"Grazie" dice Sandra. "Mandami un

aggiornamento via email, quando ne avrai la possibilità."

"Sì!"

Riaggancia.

Estraggo Glurp da dentro di me e mi precipito in bagno per spruzzare un po' d'acqua gelata sul mio viso surriscaldato. Lasciando Glurp da pulire, torno in camera e documento questa sessione nel questionario di verifica.

Sarà meglio che mi permettano di cambiare reparto. Dopo oggi, non potrò mai più lavorare per Sandra, né guardarla negli occhi.

Inoltre, è possibile che una persona sviluppi una perversione sessuale, in questo modo? In men che non si dica, avrò bisogno che Sandra mi chiami ogni volta che mi eccito.

Guardando nella valigetta, rifletto su cosa testare dopo.

Il plug anale attira la mia attenzione.

È abbastanza piccolo per non essere intimidatorio (il che è un bene per me, che sono vergine in tema di giochini anali).

Tiro fuori la confezione e leggo il titolo.

*Belka anale.*

Belka significa qualcosa, oltre al nome di questo progetto?

Una rapida ricerca mi svela che Belka, in realtà, è una parola comune in varie lingue slave. Significa *trave* in polacco (ahia), *albume d'uovo* in macedone (strano) e *scoiattolo* in russo (mmm, ok). Considerando il paese di nascita di Vlad, devo presumere che il titolo, sia del giocattolo sia del progetto, abbia quest'ultimo significato.

In tal caso... uno scoiattolo anale? Sembra un roditore ossessionato dall'idea di tenere pulito e in ordine il suo parco. Chi ha deciso che fosse un nome appropriato per questa cosa?

Ripensandoci, Ava mi ha raccontato di quella volta in cui al pronto soccorso è arrivato un ragazzo con un criceto incastrato nel culo, perciò i roditori nel didietro devono essere qualcosa che la gente è interessata a provare. Perché non uno scoiattolo, allora?

Non potrò mai parlare di questo argomento con Monkey. Essendo lei stessa un roditore, rimarrebbe segnata a vita. Per lo meno, nel caso di questo giocattolo Belka, non c'è bisogno di ferire alcun animale.

Appoggiato il telefono di lavoro sul letto, mi stendo a pancia in giù e mi spruzzo nel sedere il lubrificante in dotazione con il sex toy dello scoiattolo.

Cosa non farei per la scienza!

O per il controllo qualità.

O per una busta paga.

Sentendomi maliziosa, avvicino la punta del giocattolo alla mia apertura posteriore e spingo leggermente, per vedere quanta resistenza oppone il mio corpo. Ce n'è un po', ma non tanta come mi aspettavo.

Beh, d'accordo, lo scoiattolo *è* effettivamente piccolo.

Divento più audace e aumento la pressione.

Avverto un lieve accenno di fastidio e, poi, come una siringa dosatrice in un tacchino, lo scoiattolo si tuffa dritto dentro.

## Capitolo Sei

*W*hoa. Che sensazione strana. Ma anche piacevole, in un certo senso, forse? Non riesco a stabilirlo.

Imposto il timer sul telefono e carico "Belka anale" come toy nell'app.

Sullo schermo appaiono dei controlli nuovi, che non erano disponibili nel caso del vibratore e di Glurp. Per esempio, c'è un pulsante chiamato "Uscita" e uno "Più a fondo".

Non sono ancora pronta per andare più a fondo, e l'uscita è prematura.

Premo "On".

Lo scoiattolo comincia a vibrare.

La sensazione è strana, ma non sgradevole. Man mano che mi abituo, mi sento pronta a osare di più, e un pulsante che recita "stimolazione del punto P" cattura la mia attenzione.

Non ho mai sentito parlare di un punto P. Ma, del

resto, non ho mai sentito parlare nemmeno del punto A. Per essere onesta, non sapevo nemmeno che ci fossero dei "punti" nella zona posteriore, ma immagino che debbano esserci, visto che a molte donne piacciono i giochini anali.

Premo con esitazione il pulsante del punto P.

Lo scoiattolo smette di vibrare e s'insinua delicatamente più in profondità dentro di me.

Strano.

Continua a muoversi.

Aspetta un secondo.

Si ferma. Lo sento volteggiare come se cercasse qualcosa, poi ricomincia a muoversi.

Ma che diavolo? Premo il pulsante di stop.

Non succede niente. Lo scoiattolo continua allegramente per la sua strada.

Premo freneticamente il pulsante di uscita.

Lo scoiattolo si ferma.

Fiù!

Aspetta un secondo. Ora sta volteggiando di nuovo, come se rovistasse in cerca di qualcosa dentro di me. Non trovando la cosa in questione, scava ancora più in profondità.

Ma che cazzo? La "P" non starà mica per pancreas? Credo che sia un organo dell'apparato digerente, ma non c'è alcuna possibilità che sia un punto divertente.

Esamino lo schermo, in preda al panico.

C'è un pulsante di aiuto, più alcuni altri che non sembrano promettenti.

Premo tutti i pulsanti non di aiuto contemporaneamente.

Lo scoiattolo continua ad andare più a fondo.

Sto cominciando a dare di matto. E se la "P" stesse per la ghiandola pituitaria del cervello?

Lo scoiattolo si ferma. Sullo schermo appare un errore che dice: "Prostata non trovata".

Prostata? Oh, no. Le donne non ce l'hanno, almeno non nella zona del sedere. Sulla parte anteriore della vagina, esistono cose chiamate ghiandole di Skene, che talvolta vengono soprannominate "la prostata femminile", ma chiaramente non è quello che lo scoiattolo stava cercando.

Nel panico, comincio ad analizzare ciò che è successo. Lo scoiattolo deve appartenere alla serie di toys destinati al sesso maschile. Quando l'Impalatore ha scritto il codice dell'app, ha dimenticato di mettere in conto una situazione in cui qualcuno che desideri la stimolazione del punto P sia sprovvisto di una prostata da stimolare.

Non è un bug sorprendente, ma *è* effettivamente una gran pigna nel culo (e questa espressione non è mai stata così letterale!).

Striscio il dito con rabbia sul messaggio di errore, fino a quando non scompare dallo schermo. Poi, schiaccio il pulsante di uscita.

Il messaggio di errore ritorna, e non succede nient'altro.

A corto di opzioni, clicco sul pulsante di aiuto.

Il telefono emette un suono simile a quello di un segnale di linea libera.

Non è un buon segno. Scommetto che serve a contattare il servizio clienti, quando i sex toys Belka finiscono nelle mani di veri clienti. A quest'ora, così presto, dubito che qualcuno risponderà alla chiamata. Non che saprei cosa dire, se anche rispondessero.

Freneticamente, lascio cadere il telefono di lavoro sul letto e afferro il mio Tesoro per chiamare Ava.

"Sono un po' occupata" mi dice al posto di un saluto.

"Questa è un'emergenza medica! Codice rosso. Non sto scherzando, è…"

"Whoa, frena, frena. Che cos'è successo?"

"Ho uno scoiattolo incastrato nel retto. O forse nel colon. Da qualche parte lassù."

Un momento di silenzio, poi: "È uno scherzo?"

"Magari! Stavo testando i toys e…"

Sembra che Ava abbia qualcosa di incastrato in gola. "Quindi, lo scoiattolo è un sex toy?"

"No, intendo un vero dannatissimo animale!"

"Ehi, non si sa mai. Ho sentito di un sacco di cose conficcate lì dentro. Frutta, verdura, chiavi, candele, barattoli di caffè e burro di arachidi, lampadine, deodoranti, smartphone, flaconi di spray per il corpo, Buzz Lightyear…"

"Questo non mi fa affatto sentire meglio." Stringo più forte il telefono. "Che cosa devo fare?"

"Vai al pronto soccorso" mi risponde.

"Magari, qualcosa di meno drastico" replico,

immaginando quanto sarebbe imbarazzante un viaggio del genere (tanto più perché il mio nome è Fanny, che colloquialmente significa 'sedere').

Per il resto della loro vita, le infermiere avrebbero raccontato a tutti: "La paziente si chiamava Fanny, e aveva un giocattolo incastrato nel sedere!"

Ava fa un respiro sonoro. "Hai dolori addominali?"

"No."

"Perdite ematiche?"

Tutto il sangue mi defluisce via dalla faccia. "È appena successo. Pensi che possa esserci un'emorragia?"

"Improbabile, se non c'è dolore. Vedi solo di non entrare lì dentro con delle pinze, o qualsiasi altra cosa che possa procurarti tagli o lividi in quella zona. Il che include le unghie."

Chiudo gli occhi. "Non sono un'idiota. Almeno, non un'idiota totale."

"Ok, ma ricorda: ci sono casi in cui le pinze sono rimaste incastrate insieme all'oggetto originale."

"Niente pinze" dichiaro fermamente. "Ma che cosa posso fare?"

"Oltre ad andare al pronto soccorso? Puoi provare ad espellerlo facendo la cacca."

Avverto un barlume di speranza. "Pensi che potrebbe funzionare?"

"Se è abbastanza piccolo, dovrebbe uscire da dove è entrato."

Guardo la confezione vuota del sex toy. "Che cosa intendi con abbastanza piccolo?"

"Non ne ho idea. È entrato con facilità?"

Il mio viso arrossisce. "Diciamo di sì."

"Allora, probabilmente, se ne andrà con la stessa facilità con cui è venuto."

Uff! "Non è divertente!"

"Senti, devo proprio scappare. Tienimi aggiornata. Se decidi di andare al pronto soccorso, vieni qui al Presbyterian."

Faccio una smorfia. "Prima, provo il metodo della cacca."

"Mangia un po' di fibre" mi dice. "Meglio ancora, prendi un lassativo."

Con questo utile consiglio, riattacca.

Mentre rimetto il mio Tesoro sul letto, vedo sul telefono di lavoro qualcosa che mi fa venire i brividi.

La chiamata di aiuto sembra essere collegata da qualche parte.

"Pronto?" Squittisco nel ricevitore. "C'è qualcuno?"

"Signorina Pack" dice una voce familiare, con un accento russo. "Non condivido affatto il vostro piano, e sto venendo a prendervi per portarvi immediatamente al pronto soccorso."

## Capitolo Sette

"*N*o, non lo faccia! Chiamerò il 911. Non venga qui!"

Nessuna risposta. Ha riattaccato.

Ringhiando di frustrazione, clicco ancora sul pulsante di aiuto.

Il telefono emana di nuovo un suono simile a un segnale di linea libera, ma dopo che aspetto e aspetto, non si connette da nessuna parte.

Forse, potrei chiamarlo direttamente?

Certo. Non appena scopro per magia qual è il suo numero di cellulare. A meno che... forse Sandra lo sa?

Ehm, no. Non voglio che lei sia coinvolta. Le verrà un infarto al pensiero che il progetto sia andato storto, oppure a forza di ridere, quando scoprirà cos'è successo.

Come fa l'Impalatore a sapere dove abito? L'app ha forse avuto accesso al GPS del mio telefono di lavoro, o lui ha semplicemente dato un'occhiata al mio fascicolo dei dipendenti?

In ogni caso, non è importante il come. È importante il fatto che lui stia venendo qui. È già abbastanza terribile che abbia sentito la mia intera conversazione con Ava sullo "scoiattolo nel didietro" (cosa che mi fa venire voglia di strisciare dentro un fosso e morire). Se verrà qui a salvarmi il culo (letteralmente), potrei sciogliermi dalla mortificazione.

C'è solo una cosa da fare.

Devo cacare fuori lo scoiattolo.

Fa piacere avere un obiettivo ben preciso, perciò mi alzo in piedi con cautela.

Ancora nessun dolore addominale, il che è un buon segno. Purtroppo, lo scoiattolo non inizia a scendere con la forza di gravità (tra me e me, speravo che accadesse).

Non fa niente.

Mi trascino in bagno con un'andatura rigida. Ecco perché questo stile di locomozione è definito come "avere qualcosa infilato su per il culo."

Mi siedo sul water e aspetto.

Non succede niente.

Mi sforzo.

Nada.

Dopo qualche minuto di inutile attesa, ricordo che Ava parlava di fibre. Alzandomi, mi trascino rigidamente in cucina e prendo una mela.

Mordendola, torno sul mio trono bianco.

No.

Oh, ma chi voglio prendere in giro? So che serve più di qualche minuto, perché le fibre facciano effetto.

Alzandomi, provo a camminare avanti e indietro per l'appartamento.

Non aiuta.

Srotolo il mio tappetino da yoga ed eseguo la posizione della pinza in piedi.

Neanche un piccolo crampo allo stomaco.

Nemmeno altre posizioni funzionano: né il cane a testa in giù, né il triangolo, né le torsioni da seduta e da supina.

Monkey mi guarda fare tutto questo con un'espressione indecifrabile.

"Non giudicare" le dico, preparandomi per il pezzo forte: la posizione del rilascio dei venti, dove si sta sdraiati sulla schiena, con le ginocchia che toccano il petto.

Persino questa potente arma yoga non funziona.

D'accordo. Devo preparami all'eventualità di vedere l'Impalatore, e sono in condizioni pietose per motivi che vanno ben oltre gli oggetti estranei nel mio posteriore.

Cambio velocemente il mio scialbo vestito casual con uno più carino, afferro il kit per il trucco e uno specchietto e mi appollaio sul water (la speranza è l'ultima a morire), per darmi una sembianza semi-umana.

Il rossetto è un'impresa facile. Le ciglia anche. Però, per quanto m'impegni sul sopracciglio mancante, non riesco a farlo sembrare fratello

66

dell'altro (a malapena un cugino di secondo grado è il meglio che riesco a fare).

Forse, dovrei sbarazzarmi di quello rimanente proprio ora? Il problema è che non possiedo un rasoio, e non oso improvvisare con la crema depilatoria nelle circostanze attuali. L'ultima cosa che voglio è finire con chiazze calve sulla testa o con la crema depilatoria nel sedere. O peggio.

La situazione del sopracciglio aumenta la mia frustrazione.

Chi si crede di essere, per venire qui in questo modo?

Beh, immagino che pensi di essere il mio capo al quadrato. Probabilmente, si rende conto che avere il potere di licenziarmi gli permette di fare quello che vuole. Probabilmente, non gli piace l'idea della denuncia che i miei genitori sporgerebbero, nell'eventualità che io morissi a causa dello scoiattolo. Tuttavia…

Il campanello suona, facendo schizzare il mio battito cardiaco nella stratosfera.

È qui!

Persino la prospettiva dell'umiliazione imminente non mi aiuta a lasciarmi andare (alla faccia degli aneddoti sulle persone che se la fanno sotto dalla paura!). D'altro canto, esiste anche il detto opposto: "stringere il culo dalla paura"; quindi, forse è questo che mi sta succedendo?

Mi squilla il telefono di lavoro. Poi, ci si mette anche il mio Tesoro.

Sentendomi come se stessi per morire, rispondo.

"Come vi sentite?" mi chiede l'Impalatore.

Deglutisco. È autentica preoccupazione quella che avverto nella sua voce? "Mai stata meglio. Non c'era bisogno di venire fin qui. Ho tutto sotto control…"

"Andremo al pronto soccorso." L'affermazione è un comando senza spazio per la negoziazione. "Avete bisogno di aiuto per uscire?"

Percepisco forse una minaccia in questa domanda? Butterà giù la porta, se darò la risposta sbagliata?

Nah! Quelli della sua specie hanno bisogno di un invito ufficiale, per poter entrare in casa di qualcuno.

Mi strofino le guance in fiamme. "Posso camminare."

"Ci vediamo tra poco, allora." Riaggancia.

Scrivo ad Ava un aggiornamento, afferro entrambi i telefoni, mi trascino fino alla porta e m'infilo un paio di scarpe da ginnastica.

O la va o la spacca.

Apro la porta.

Lui è qui, in tutta la sua squisitissima gloria.

Incontra il mio sguardo, e qualcosa (probabilmente la vergogna) mi fa venire le ginocchia deboli.

La sua mano forte mi afferra il gomito.

Al suo tocco, una scossa di elettricità mi scorre su per il braccio, e per poco non inciampo.

La sua espressione cambia, e sul suo volto appare un

cipiglio. Urla qualcosa in russo e, improvvisamente, un uomo corpulento di mezza età mi tiene l'altro gomito, con dita a salsicciotto più pelose di quelle di uno yeti.

È venuto con un tirapiedi?

"Camminate con cautela" mi dice l'Impalatore.

Quando metto un piede davanti all'altro senza finire faccia a terra, grugnisce con approvazione.

Accettando con riluttanza il loro aiuto, lascio che mi conducano a una limousine in attesa lungo il marciapiede.

Aprono la portiera e mi depositano all'interno. L'Impalatore sale e si siede accanto a me. Colgo un leggero sentore del suo delizioso profumo di bergamotto e agrumi, e il mio respiro si fa rapido e affannoso.

Spero di non svenire. Chissà che cosa potrebbe uscire da me, se lo facessi?

Il tirapiedi sale al posto di guida e sbatte la portiera dietro di sé.

Mi schiarisco la gola improvvisamente secca. "Dunque, ha un autista?"

L'Impalatore si china in avanti e mi allaccia la cintura di sicurezza (facendomi quasi andare in pappa il cervello, nel processo). "Ivan è più che altro quello che si definisce un assistente personale."

Davvero? Ivan sembra più una guardia del corpo, o quel mafioso che voleva fare a pezzi l'M&M giallo e spargerlo sopra il gelato in quella pubblicità del Super Bowl.

La sua espressione è cupa, quando gira la chiave dell'accensione.

Potrebbe essere *quell'*Ivan, "Il Terribile"? Ora, riesco a immaginarmi la scena: l'Impalatore si sentiva solo, ha trovato un uomo con un nome grandioso quasi quanto il suo, lo ha trasformato e ha iniziato una bella amicizia.

Con uno stridio di gomme, l'auto si lancia in avanti.

"Stiamo andando al Presbyterian, vero?" chiedo, quando ingoio di nuovo il cuore nel petto.

L'Impalatore chiude il divisorio, separandoci così da Ivan. "Sembrava che la vostra amica sapesse il fatto suo."

Ricordando la conversazione a cui si riferisce, un'ondata di calore formicolante mi colpisce il viso.

Senza prestarmi troppa attenzione, lui prende un portatile dal sedile vicino e lo apre su una pagina piena di righe di codice.

I suoi occhi si stringono sullo schermo, e quelle dita leccabili danzano sulla tastiera con la grazia di un pianista.

"Datemi il telefono che è in modalità Giver" mi dice senza alzare lo sguardo.

Mentre gli porgo il mio telefono di lavoro, mi viene un sospetto di ciò che stia facendo e prendo fugacemente in considerazione l'idea di saltare fuori dall'auto.

Dopo aver digitato per qualche minuto, collega il telefono alla presa USB del suo portatile e tamburella con le dita sul trackpad in attesa di qualcosa (che l'app si aggiorni, suppongo).

"Se sentite qualcosa, ditemelo" mi comunica, poi clicca un pulsante sullo schermo, confermando il mio sospetto.

Da qualche parte dentro di me, lo scoiattolo prende vita.

"Qualcosa!" Arrossisco ai livelli di un'aragosta bollita.

Lui annuisce con un cenno di approvazione e clicca su qualcos'altro, rimettendo lo scoiattolo a dormire.

"Ha risolto il bug che ho trovato" dico, dando voce alla mia teoria precedente.

"È stata una bella scoperta." Mi guarda dritto negli occhi, mentre lo dice. "Ottimo lavoro."

Il cuore mi svolazza piacevolmente nel petto. Se mi facessero sempre i complimenti per i miei test in questo modo, potrei non voler più trasferirmi al dipartimento di sviluppo.

Arrossendo ancora di più, faccio per recuperare il telefono che tiene in mano. "Fermiamoci al bagno più vicino, e al resto penserò io."

"No." Allontana il dispositivo dalla mia portata. "Ho fatto delle ricerche. Avete bisogno di una radiografia e della supervisione di un medico."

Ha fatto delle ricerche su come comportarsi, quando una dipendente ha un oggetto incastrato nel didietro?

Qualcuno mi spari! Sarebbe un omicidio misericordioso.

L'auto si ferma bruscamente.

"Siamo arrivati" m'informa, chinandosi in avanti per slacciarmi la cintura di sicurezza.

I miei ormoni vanno in sovraccarico.

*Smettila! È il tuo capo al quadrato.*

*Però, ha un profumo così invitante.*

*Ora parli come una cannibale. Datti una regolata. Lui…*

"Va tutto bene?" mi chiede.

"Alla grande." Era di nuovo preoccupazione, quella? E, cosa ancora più importante, da quanto tempo stavo parlando tra me e me?

"Andiamo." Mi aiuta a scendere. Poi, lui e il suo assistente personale mi afferrano un gomito ciascuno e mi conducono all'ingresso del pronto soccorso, come se fossi un'invalida.

Ehi, poteva andare peggio. Avrebbe potuto spingermi su una sedia a rotelle. O su una barella.

Lasciandomi in sala d'attesa, il mio capo al quadrato rimanda Ivan in macchina e va a prendere i moduli al banco del check-in (il che mi concede un momento per scrivere un messaggio ad Ava e farle sapere che sono qui).

*Vengo da te*, mi risponde lei. *Aspettami lì.*

*Certo. Prima, stavo per andarmene via impettita, ma ora aspetterò.*

Tornando con i moduli, l'Impalatore mi aiuta a compilarli (come se le mie dita fossero danneggiate). A metà dell'opera, abbiamo una discussione: anziché farmi usare l'assicurazione (quella che mi fornisce la sua azienda), vuole pagare tutto lui stesso.

"Vi ho fatta venire qui io" sostiene, in risposta alle mie obiezioni. "È il minimo che possa fare."

D'accordo. Effettivamente, mi ha trascinata qui lui. Lasciamolo pure pagare (sono sicura che il conto sarà abbastanza salato, da insegnargli una lezione sul libero arbitrio delle persone).

"Fanny!" Ava, con indosso il camice, sorride come una svitata. I suoi occhi fanno la spola tra me e il mio capo al quadrato.

Dopo che li ho presentati, l'Impalatore dice: "Vado a consegnare i moduli".

Ava aspetta che lui sia (si spera) fuori portata d'orecchio, prima di saltare su e giù battendo le mani come una scolaretta. "Non mi avevi detto che l'Impalatore era *così*. E ti ha portata qui lui? Voi due avete…"

"C'è una stanza privata dove puoi nascondermi?" Mi guardo intorno per controllare quanto sia lontano l'Impalatore (ed è un bene che lo faccia, perché sta già tornando).

"Non ufficialmente, ma sì" risponde Ava. "Prima, però, ti porto a fare una radiografia."

Cogliendo la fine di questa frase, l'Impalatore fa un cenno di approvazione.

Ava solleva un sopracciglio. "Signor Chortsky, preferisce aspettare qui, andare in camera di Fanny o venire con noi a fare la radiografia?"

La fulmino con lo sguardo. Non voglio che lui si avvicini alla mia stanza. Né alla mia radiografia.

Mi afferra di nuovo per il gomito (procurandomi un'altra ondata di formicolii). "Vengo con voi."

Ava mi fa l'occhiolino, prima di aiutarlo a condurmi nell'ascensore di servizio, che apre con il suo tesserino dell'ospedale.

Un corridoio dopo, mi fa entrare nella stanza dove mi aspetta un tecnico. Lancio uno sguardo preoccupato a lei e all'Impalatore, che rimangono insieme nel corridoio.

Ho un brutto presentimento, e non soltanto perché la cosa mi rende gelosa. Ava non ha molti filtri, quando parla, quindi chissà che guai potrebbe combinare?

Dato che non ho scelta, faccio del mio meglio per rendere il processo di radiografia il più veloce possibile e, quando esco frettolosamente dalla stanza, Ava e l'Impalatore s'interrompono a metà frase.

Lei ha forse un'espressione colpevole?

Prima di potermi confrontare con uno dei due, vengo condotta in una vicina infermeria, dove Ava gira uno schermo nella nostra direzione.

Sul monitor, c'è una radiografia che mostra quello che ci si aspetterebbe: l'immagine di un bacino di una bellezza classica, con la sagoma spettrale del toy dello scoiattolo sotto un coccige dalla forma graziosa.

Non c'è da stupirsi che i miei genitori dicessero sempre che sono bella dentro.

Noto che l'Impalatore scruta l'immagine con un

profondo cipiglio, e non sono sicura di come dovrei sentirmi. Da un lato, sta guardando dentro di me (il che è tutto un altro livello di imbarazzo). Dall'altro, c'è sicuramente una certa apprensione sul suo volto e, anche se fosse dovuta al timore della responsabilità, è comunque un segno che si preoccupa per me.

Tuttavia, preferirei che mi avesse offerto qualche cena, prima di mostrargli il mio osso sacro in questo modo.

*Che cosa stai dicendo? Non può portarti a cena. Capo al quadrato, ricordi?*

"Alla luce di questo, il suo piano dovrebbe funzionare" dice Ava all'Impalatore.

La fulmino con lo sguardo. "Quale piano?"

"L'applicazione." Lui scuote il telefono. "Posso guidare il…"

Il mio sguardo truce si sposta su di lui. "Lei non farà un bel niente. Se c'è qualcuno che userà quell'app, sono io."

Con espressione indecifrabile, mi porge il telefono. Le nostre dita si sfiorano di nuovo, e sento una scossa di sensazioni che mi arriva dritta all'intimo, ricordandomi gli orgasmi che ho provato poco tempo fa.

Ava si schiarisce la gola. "Andiamo nella tua stanza."

Brontolo, mentre mi conducono lì, ma nessuno mi ascolta. Quando arriviamo, Ava mi dice di entrare per prima, così posso mettermi una vestaglia.

Fisso gli occhi sull'Impalatore. "Lei rimarrà qui

fuori, e su questo non si discute."

Inclina la testa. "Come preferite."

Roteando gli occhi, vado dentro a cambiarmi.

Ava entra qualche secondo dopo e mi fa cenno di sdraiarmi sul letto.

Quando sono in posizione orizzontale, mi porge una padella. "Buona idea chiedergli di aspettare fuori" afferma, con un ghigno enorme.

Mormorando imprecazioni indecifrabili, mi piazzo la padella sotto il didietro.

Facendomi l'occhiolino, Ava indica il vicino defibrillatore. "Pensi di farcela?"

Ignorandola, clicco sul pulsante di uscita dell'applicazione e trattengo il respiro.

Lo scoiattolo torna in vita ancora una volta e, a poco a poco, in modo quasi deludente, comincia a uscire dal suo nascondiglio.

Non fa affatto male e, se non fosse per l'umiliazione di tutto questo, potrei anche trovare le sensazioni associate un tantino interessanti.

C'è un momento di fastidio, quando lo scoiattolo libera la mia apertura, seguito da un sonoro clangore, quando quella dannato aggeggio atterra nella padella.

Ridacchiando, Ava indossa un paio di guanti di lattice, prende la padella e ne scarica il contenuto in un sacchetto per rifiuti a rischio biologico.

"Sul serio?" le chiedo.

Mi estende cerimoniosamente il sacchetto. "Quando estraiamo i proiettili, lasciamo che la gente si tenga anche quelli."

Salto giù dal letto e faccio qualche passo.

"Ti senti energica?" mi chiede.

Afferro il sacchetto, lo butto in un tritarifiuti etichettato "rischio biologico" e comincio a cambiarmi in un cupo silenzio.

Ava si rifiuta di lasciar perdere. "Vuoi che ti mandi almeno la radiografia via email? O che la invii a lui, magari?"

Mi giro verso di lei. "Se lo fai, ti soffocherò nel sonno."

I suoi occhi brillano di malizia. "Quindi, ti piace molto."

"Parla piano!" sibilo, lanciando un'occhiata verso la porta. "E se stesse origliando?"

Finge di farsi aria in modo melodrammatico. "Che scandalo!"

Finisco di vestirmi e vado verso di lei. Sporgendomi, sussurro: "Ha detto qualcosa su di me, mentre mi facevano la radiografia?"

"Dipende da cosa intendi. Essenzialmente, ha illustrato la soluzione dell'app e mi ha chiesto se fosse più sicura di quello che avrebbe fatto un medico. Nessuna dichiarazione d'amore eterno, però."

"Beh, bene" commento, nascondendo la mia delusione. "Andiamo."

Esco dalla stanza a grandi passi, con Ava alle calcagna.

Gli occhi blu intenso dell'Impalatore si fissano sul mio viso. "Ha funzionato?"

Il rossore, che era riuscito a lasciare le mie guance

durante la procedura di rimozione dello scoiattolo, torna alla riscossa. "Tutto bene. Però, l'hardware è spacciato. Spero che quelli della Belka possano fornirne un altro."

"Non preoccupatevi di questo." Si sistema gli occhiali con la montatura di corno (un gesto teoricamente non sexy, che le sue dita in qualche modo trasformano in erotico). "Come vi sentite?"

"Ho voglia di farmi tatuare *Solo uscita* sulla chiappa sinistra" spiattello, poi arrossisco penosamente.

La sua espressione è indecifrabile, il suo contegno distaccato come sempre. Ava, tuttavia, sembra decisamente allegra. "Fallo come tatuaggio sulla parte bassa della schiena."

La fulmino con lo sguardo.

"In realtà, potrebbe non avere l'effetto sperato" commenta l'Impalatore con tono assolutamente serio. "Qualcuno potrebbe prenderla come una sfida."

Oh. Mio. Dio. Si rende conto di quello che ha appena insinuato?

Ava emette un suono strozzato, mentre io mi affretto verso l'ascensore, determinata a nascondere il mio viso in fiamme.

Scendiamo in silenzio e, mentre fisso il volto implacabile dell'Impalatore, una nuova preoccupazione invade la mia mente.

Che cosa succederà, ora che lo scoiattolo è uscito da dentro di me e l'emergenza è passata?

Sto per perdere il mio posto di lavoro?

## Capitolo Otto

*C*erco di analizzare questa sua espressione indecifrabile.

È arrabbiato per quello che è successo? È per questo, che mi ha detto di non preoccuparmi di nulla? I miei giorni di test sui sex toys (o su qualsiasi altra cosa) sono finiti?

È possibile. Dubito che qualsiasi altro dipendente abbia mai interrotto la sua giornata in questo modo, o si sia fatto portare in ospedale.

D'altro canto, la mia gaffe ha contribuito a individuare un possibile bug nel suo codice, quindi è già qualcosa. A meno che lui non sia come Britney: permaloso riguardo ai difetti della sua app.

Oh, beh... Anche se volesse licenziarmi, scommetto che non lo farebbe subito dopo che sono stata portata in ospedale (non farebbe una buona impressione, se decidessi di sporgere denuncia).

Cosa che non farei, ma questo lui non lo sa.

Le porte dell'ascensore si aprono.

"Ci vediamo" mi dice Ava, quando usciamo. Rivolgendosi all'Impalatore, aggiunge: "Grazie per essersi preso cura di lei. Piacere di averla conosciuta."

Lui inclina la testa e lei se ne va.

Usciamo dall'ospedale.

Ivan sta aspettando in macchina.

L'Impalatore mi apre la portiera con gesto galante e io salgo in auto, assicurandomi di piombare sul sedile di fronte a dove si trova il suo portatile. Non credo sia saggio sedermi accanto a lui, dopo tutto questo.

Potrei arrossire fino alla morte.

Prima che lui decida di allacciarmi di nuovo la cintura, lo faccio da sola (per lo stesso motivo).

Lui si siede vicino al suo portatile, come speravo, ma per qualche ragione, sento un pizzico di delusione.

Ivan preme il pedale dell'acceleratore.

L'Impalatore alza il divisorio tra noi e il suo tirapiedi, e lancia un'occhiata al portatile, prima di immobilizzarmi con uno sguardo fisso.

Merda! Probabilmente, sto interrompendo qualche suo programma importante.

"Dunque..." Mi sposto sul sedile, a disagio. "E adesso?"

Inclina la testa. "Vi portiamo a casa, naturalmente."

Dato che sono passati dei minuti interi dall'ultima volta che sono arrossita, lo rifaccio ora. "Intendevo dire, a proposito del test." O, per metterla in altre parole: ho ancora un lavoro?

"Avete bisogno di riposare."

È davvero bravo a fare affermazioni che suonano come ordini perentori. Almeno, questa volta non gli faccio il saluto militare, né gli rispondo con "sissignore".

"E dopo che mi sarò riposata?" mi azzardo a domandare.

"Non ve ne preoccuperete in questo momento."

Di nuovo. Dovrei chiedergli direttamente se ho ancora un lavoro? O questo non farà altro che mettergli l'idea in testa?

"Avete frequentato il Brooklyn College, vero?" mi chiede dal nulla.

"Sì." Aspetta. Come fa a saperlo? L'ha notato nel mio fascicolo, quando ha cercato il mio indirizzo?

"Ottimi corsi di informatica" commenta. "Campus rilassante."

Lo guardo sbattendo le palpebre. "Come fa a saperlo? È anche lei un ex-allievo?"

"Colpevole." Qualcosa di simile a un sorriso gli tocca gli angoli degli occhi. "Mi sono laureato otto anni prima di voi, quindi le nostre strade non si sono mai incrociate."

Ah! Allora, ha davvero letto il mio fascicolo, compresa la data della mia laurea.

Mi chiedo come sarebbe stato, se ci fossimo incontrati all'università e lui non fosse il mio capo al quadrato.

*Sei impazzita? Chi ti dice che sia attratto da te? Ti sta solo dando un passaggio a casa, seguito da un possibile licenziamento.*

Mi inumidisco le labbra secche. "Anche lei si è laureato in informatica?"

Sbaglio o mi ha appena guardato la bocca?

"In che cosa, sennò?" mi chiede, sollevando leggermente gli angoli delle labbra: un netto sorriso (e di quelli che fanno bagnare le mutandine, per giunta!).

"Storia" blatero (e, grazie al cielo, non aggiungo: "Sarebbe facile per lei, visto che l'ha vissuta").

Le sue labbra si estendono in un sorriso in piena regola. "No, mi occupo di programmazione da sempre. Mi ci ha fatto appassionare mio fratello maggiore." Inclina la testa. "E voi? Perché avete scelto questa specializzazione?"

"All'inizio, è stato un atto di ribellione" ammetto. "I miei genitori sono una specie di artisti hippie. Speravano che mi specializzassi in qualcosa tipo musica, fotografia o cinema; niente di pratico, come l'informatica."

Inarca un sopracciglio. "Esistono altre discipline pratiche a questo mondo."

"Certo. Ho seguito qualche corso introduttivo di STEM, prima, ma nella programmazione c'era qualcosa che mi attirava. Inoltre, uno stronzo di quel corso non credeva che io, essendo una ragazza, potessi farcela; il che mi ha spronata."

Quando accenno allo stronzo, l'Impalatore si acciglia profondamente. Forse, non c'era il dipartimento di risorse umane dietro la proporzione donne/uomini, in fin dei conti?

"L'ironia della sorte" continuo, "è che scrivere codici mi sembra esattamente quel processo creativo di cui i miei genitori blaterano in continuazione."

Il cipiglio si rilassa. "La programmazione può essere tanto arte quanto scienza."

Sorrido. "Basta che non lo dica ai miei genitori."

"Non me lo sognerei mai" replica con finta serietà. "Lasciamoli soffrire, sapendo che la loro figlia ha conseguito una laurea che le garantirà di avere pressoché sempre un lavoro ben pagato e che, probabilmente, la stimolerà anche intellettualmente. L'orrore."

Il mio sorriso si allarga. "A *lei* che cosa piaceva dell'informatica, quando l'ha approcciata?"

Si sistema di nuovo gli occhiali. "Mi piacevano la logica e la certezza. In altre scienze, ci sono molte teorie che possono essere la verità ultima o meno. Nella nostra, la maggior parte delle teorie si fonda su prove, come nella matematica. Mi piace anche la sensazione di controllo, quando programmo. Con l'attuale diffusione dei computer, non saper programmare, o non conoscerne per lo meno il funzionamento, è un po' come non saper leggere e…"

Il suo telefono squilla, distraendoci entrambi, e io mi rendo conto che lo stavo ascoltando a bocca aperta: in parte, perché sono stata ipnotizzata dalla passione nella sua voce. Se essere il ricchissimo proprietario di un'azienda dovesse mai venirgli a noia, può sempre tenere discorsi motivazionali come seconda attività.

Lancia un'occhiata allo schermo del suo telefono, ma non risponde. "Dov'ero rimasto?"

Merda! Ha appena ignorato qualcosa di importante per colpa mia? "Non fa niente" dico. "Risponda pure."

Si ficca il telefono in tasca. "Avete detto che i vostri genitori si occupano d'arte. Che lavoro fanno?"

Il suo telefono squilla di nuovo.

Lo ignora, fissando lo sguardo su di me, in attesa.

Sarebbe scortese, se insistessi affinché rispondesse alla chiamata e, di conseguenza, ignorassi la sua domanda?

Percependo la mia riluttanza, tira fuori il telefono e lo mette in modalità silenziosa.

"Mia mamma fa la cantante d'opera" dico, dopo che il cellulare scompare di nuovo nella sua tasca. "Papà è un pittore."

Sembra affascinato. "Lei si esibisce da qualche parte, e lui tiene delle mostre?"

"La mamma per lo più insegna ad altri, ma papà è finalmente diventato abbastanza famoso da riuscire a vendere le sue opere. È successo proprio mentre io mi stavo laureando. Quand'ero più giovane, il nostro reddito era piuttosto basso, tanto da richiedere il sussidio finanziario completo per l'università."

"Anch'io l'ho ottenuto" afferma lui, con mia grande sorpresa. "Quando siamo arrivati in questo Paese, non avevamo proprio alcun reddito."

Ah, già, certo. Un passato da immigrato. "I suoi genitori devono essere orgogliosi di ciò che è riuscito a realizzare."

"Più che altro, lo danno per scontato." Si acciglia di nuovo. "Credo che pensino di aver sacrificato la loro vita in Russia per il bene dei figli, perciò i loro standard di quello che è considerato un degno risultato sono fuori controllo."

"Beh, almeno non l'hanno chiamata Fanny, quando il cognome è Pack" dico io, ansiosa di togliergli quel cipiglio. "Come può immaginare, sono stata il bersaglio di un'infinità di battute da culo. Il gioco di parole è intenzionale."

Il mio diabolico piano funziona. Un altro sorriso gli tocca gli angoli degli occhi. "Credo che preferirei dei genitori con il senso dell'umorismo, anche se questo significasse essere preso in giro per il nome."

"Questo perché non conosce i miei. Ha presente gli adolescenti che si sentono imbarazzati dai propri genitori? Io mi sento così da tutta la vita. Sono totalmente inopportuni. Per esempio, mi hanno fatto il discorso su 'gli uccellini e le api' quando avevo cinque anni, con tanto di diagrammi e tutto il resto."

Un altro autentico sorriso omaggia le sue labbra. "Meglio così che mai, come nel mio caso."

Ho voglia di tracciare la curva di quelle labbra sexy con il dito. *No, smettila, pervertita! Capo al quadrato, ricordi?* Con fatica, riporto l'attenzione sulla conversazione in corso. "Ad ogni modo, lei non è mai stato alle medie con il mio nome" dico.

Rimane imperturbato. "Il mio cognome, Chortsky, significa 'proveniente da un chort', che in russo vuol dire 'demone'. Chort è anche un'imprecazione popolare, un po' come 'dannazione'."

Ah! Quindi è ufficiale: *è* realmente malvagio. Però, poverino. M'immagino un ragazzino con quel nome, che viene preso in giro senza pietà. "Almeno, il cognome non l'hanno scelto i suoi genitori" affermo. "Anche loro l'hanno subito."

Si stringe nelle spalle. "Avrebbero potuto cambiarlo."

"D'accordo, ha vinto lei, ammesso che sia una vittoria avere dei genitori peggiori dei miei." Inclino la testa. "Che lavoro fanno?"

"Attualmente, possiedono un ristorante a Brighton Beach. In Russia, però, mio padre faceva il chirurgo e mia madre l'architetto."

Prima che io possa chiedergli altro, la limousine si ferma.

Guardo fuori dal finestrino.

Wow. Non ho nemmeno notato il tragitto verso casa.

"Andate a riposare" mi dice, con rinnovato tono di comando e il sorriso di prima sparito senza lasciare traccia.

Reprimo l'impulso di chiedergli di nuovo dei test. Qualcosa mi dice che non sarebbe una domanda gradita, in questo frangente.

"Arrivederci" lo saluto, mentre apro la portiera della limousine.

"A presto, signorina Pack." Fa una pausa, poi aggiunge delicatamente: "Ad ogni modo... forse fareste meglio a controllare il vostro sopracciglio."

## Capitolo Nove

$\mathcal{M}$i fiondo in bagno e mi guardo allo specchio.

Figuriamoci! Il sopracciglio che avevo disegnato prima è a malapena un'ombra di se stesso, e quel misto di espressioni curiosa, sospetta e scettica è pienamente visibile sul mio viso.

Uff! Questa giornata poteva andare peggio di così?

Per tutto il tempo in cui ho parlato con lui, avrà fissato quel sopracciglio. Non c'è da stupirsi che sorridesse! Probabilmente, dentro di sé stava morendo dalle risate.

Prendo il mio Tesoro e mi ordino una matita e un ombretto indelebile per sopracciglia, nonché dei tatuaggi temporanei. Spendo persino un occhio della testa per delle sopracciglia posticce fatte con peli veri, nella speranza che una di queste cose mi faccia sembrare di nuovo umana.

Quando la mia mortificazione si placa un po', controllo le email di lavoro.

La casella di posta in arrivo è vuota.

Non ho mai avuto zero email ricevute, prima d'ora. Persino nel mio primo giorno alla Binary Birch, mi aspettava un messaggio di benvenuto, oltre a qualche email da parte di Sandra e del dipartimento di risorse umane.

A proposito di Sandra, la chiamo.

"Dovresti essere a riposo" mi dice al posto di un saluto.

"Ah sì?" L'ha forse detto in modo severo?

"Ho appena parlato al telefono con il signor Chortsky. Mi ha fatto capire chiaramente la sua opinione."

Mi sento sul punto di cadere per terra. "Ti ha spiegato perché?"

"Il signor Chortsky, che dà spiegazioni a me?"

Questa volta, percepisco decisamente una nota d'irritazione (nei confronti dell'Impalatore, vorrei sperare, e non nei miei). "Senti, Sandra, riguardo ai test che stavo facendo…"

"Questa è un'altra faccenda." Il suo tono è conciso. "Non dobbiamo parlare del progetto Belka né di qualsiasi altra questione lavorativa, finché non ti sarai riposata; dopodiché, lui vuole che le nostre interazioni avvengano faccia a faccia."

Sempre più strano… a meno che non abbiano intenzione di licenziarmi, s'intende. Credo che la prassi per licenziare qualcuno sia farlo faccia a faccia.

"C'è qualcos'altro che posso fare per dare una mano? Qualche altro progetto a cui posso lavorare?" chiedo, in preda alla disperazione. "Annoiarmi non mi aiuterà a riposare."

Sandra sospira. "E la tua app? Puoi sempre lavorare a quella. Più pulito è quel codice, più alta è la possibilità che faccia colpo."

È un suggerimento? Dovrei preparare un curriculum e usare quell'app nel mio portfolio?

"Hai inoltrato il link per il mio codice al dipartimento di sviluppo?" le chiedo, alla ricerca di altri indizi sul mio destino.

"Non appena l'ho ricevuto" mi risponde.

"E?"

"Non ho ancora avuto notizie da nessuno. Sono sicura che il team di sviluppo lo esaminerà a tempo debito."

A meno che io non venga licenziata. "D'accordo, Sandra, grazie. Che ne dici se passo in ufficio domani, dopo essermi riposata per il resto della giornata odierna?"

"È quello che avete stabilito tu e il signor Chortsky?"

"Non ha definito esattamente le tempistiche del mio 'riposo', se è questo che intendi."

Tira un altro sospiro. "D'accordo. Purché ti riposi fino ad allora, sarò libera domani alle undici. Andrebbe bene per te?"

"Sì, certo. A domani" rispondo, poi riattacco, prima che lei possa cambiare idea.

———

DOPO AVER PRANZATO e dato da mangiare a Monkey, decido di fare quello che mi ha consigliato Sandra: riguardare il repository di controllo versione della mia app.

Lì, mi attende una sorpresa.

Per la prima volta in assoluto, qualcuno sta collaborando al progetto con me.

Il primo messaggio riguarda la segnalazione di un bug.

In realtà, è più di questo. È una critica sgradita all'app nel suo complesso (traboccante di cattiveria).

*Che applicazione bizzarra. Non male per una che non ha mai programmato un giorno in vita sua. Per tua informazione, se punti l'app sull'immagine del volto di un personaggio dei cartoni animati, il sosia restituito non è lo stesso personaggio. Così, per esempio, l'ho usata su Daffy Duck, e la tua app ha deciso che assomigliasse di più a Paperino. Se ci pensi, per logica, Daffy assomiglia di più a Daffy.*

Mmm. Apro una foto di Daffy sul telefono di lavoro e uso il mio Tesoro per puntare l'app su di lui. Effettivamente, l'applicazione sostiene che assomigli a Paperino, anziché a se stesso.

Quindi, questo è un bug legittimo (soprattutto, se ci si dimentica per un secondo che l'applicazione è stata pensata per essere usata sulle persone, non sui personaggi dei cartoni animati). Per lo meno, un papero assomiglia a un altro papero. Se l'app avesse sostenuto che Paperino assomigliasse a Bugs Bunny, quello sì che sarebbe stato peggio.

Controllo chi sia questo utente servizievole; username: CrazyOops. Non c'è alcuna immagine profilo, ma il nome utente stesso mi basta per indovinare di chi si tratti. La prima metà deve fare riferimento a *(You Drive Me) Crazy*, mentre la seconda a *Oops!... I Did It Again*: entrambe canzoni di Britney Spears.

Scommetterei il fegato di Monkey che questo utente sia un'altra Britney. Ovvero, Britney Archibald. Sicuramente, moriva dalla voglia di trovare un bug nel mio codice, per vendicarsi dei numerosi difetti che io ho riscontrato nel suo.

Ehi, almeno questo significa che il dipartimento di sviluppo ha ricevuto l'email di Sandra, e alcuni di loro stanno guardando il mio codice. Forse, gli altri saranno meno prevenuti. Infatti, vedo già un paio di altri messaggi.

Prima, però, registro l'indirizzo IP di CrazyOops. Se avesse creato altri account per offendere ulteriormente la mia app, saprò che si tratta di lei.

Sorprendentemente, il messaggio successivo non è una segnalazione di bug. Invece, qualcuno ha individuato il motivo per cui l'app stava facendo ciò di cui Britney si lamentava, e ha corretto il problema.

Santo sistema binario! Chi sarà questo misterioso benefattore?

Il nome utente è Phantom, mentre l'immagine

profilo è quella del volto semi-mascherato del Fantasma dell'Opera.

Non è molto, come indizio. Forse, si tratta di qualcuno a cui piacciono i classici, ma questo vale per tantissima gente.

Accantonando il mistero dell'identità di questa persona, controllo il prossimo messaggio in arrivo.

Stavolta, non si tratta né di una segnalazione di bug né di una correzione, ma solo di una comunicazione diretta. Lunga, per giunta. Phantom mi suggerisce tutta una serie di caratteristiche interessanti e divertenti per l'app, includendo riferimenti a progetti open source e librerie, che potrei usare per implementare tali caratteristiche con relativa facilità.

Inoltre, mi consiglia dei miglioramenti che renderebbero l'applicazione "pronta per l'uso su vasta scala". Il problema che emerge, secondo lui, è che il mio database di foto degli utenti è pubblico, attualmente, e questo causerà problemi di privacy agli utilizzatori più paranoici. Anche in questo caso, Phantom mi suggerisce dei riferimenti che potrei usare per risolvere il problema.

Ri-controllo l'indirizzo IP. Non è lo stesso di Britney, ma avrei potuto giurarci, in base al tono incoraggiante e al fatto che lei non avrebbe mai terminato un messaggio per me come ha fatto Phantom:

*Il tuo codice è elegante. Penso che tu abbia talento in questo. Non arrenderti e andrai lontano.*

Anche se non ho idea di chi sia questo Phantom, deve trattarsi di qualcuno del team di sviluppo, il che mi fa gonfiare d'orgoglio.

Inoltre, ora capisco anche il nickname. Chiunque sia, si comporta come un mentore, come il Fantasma dell'Opera era per Christine.

Spero solo che questo Phantom non sia orrendo, e che non nasconda un'oscura ossessione per me. Nota per me stessa: Non chiamare il Fantasma "Angelo del Software" e badare bene che non ci sia un manichino con le mie sembianze in abito da sposa.

Sogghignando, scrivo un messaggio di ringraziamento al Fantasma del Codice e passo il resto della giornata a familiarizzare con tutte le fonti che mi ha fornito.

Mentre lavoro, sento effettivamente di diventare una programmatrice migliore (o, se non altro, più presuntuosa).

Quando mi si stancano gli occhi, mi disconnetto e procuro qualcosa da mangiare per me e la mia scontrosa porcellina d'India. Dopodiché, mi rimetto i guanti e la mascherina N95, per potermi sbarazzare dell'unico sopracciglio rimastomi. Riesco a farlo senza che la sostanza tossica mi entri negli occhi, in bocca, nelle orecchie o in qualsiasi altro orifizio.

Priva di sopracciglia, esamino il mio viso pallido allo specchio. Sembra che abbia fatto la chemio, ma è comunque meglio di quando avevo un sopracciglio solo.

Troppo tardi, mi rendo conto che il mio mega

ordine di prodotti per sopracciglia non arriverà in tempo per l'incontro con Sandra. Oh, beh, le disegnerò e provvederò a ridisegnarle secondo necessità.

Così determinata, finisco la mia routine serale e vado a dormire.

————

LA MATTINA SEGUENTE, quando arrivo in ufficio, io e Sandra andiamo nella sala riunioni più vicina al suo cubicolo. Lei sembra a disagio, esattamente come m'immagino che sarebbe, se stesse per licenziarmi.

Merda! Si tratta di questo?

"Dunque" esordisce, unendo i polpastrelli tra loro.

Mi preparo psicologicamente. "Sì?"

"Come ti senti?"

"Pronta a lavorare a qualcosa" rispondo, facendo del mio meglio per non sembrare insubordinata.

Lei sposta il peso sulla sedia. "L'ordine dall'alto è che ti occupi solamente del Progetto Belka."

Sollevo il lembo di pelle dove ho disegnato una delle sopracciglia. "Quindi, posso semplicemente riprendere quel progetto?"

Sandra si schiarisce la gola. "Non prima di essere ritenuta riposata."

"Non sembro forse riposata?" Tiro fuori uno specchietto e mi assicuro di non avere borse sotto gli occhi (e che le sopracciglia siano ancora al loro posto).

Lei lancia un'occhiata furtiva nella vaga direzione

dell'ufficio dell'Impalatore. "Non sono io a dover decidere."

"Capisco." Tamburello con le dita sulla scrivania. "Quindi, fammi capire bene: non posso lavorare a nulla, tranne che al progetto che è in sospeso fino a quando non sarò miracolosamente riposata. E come se non bastasse, se vogliamo discutere di questo progetto, dobbiamo farlo faccia a faccia?"

Lei annuisce. "Mi spiace che tu sia venuta qui per niente. In realtà, speravo che avessi un aggiornamento per me."

Ah. Potrebbe essersi un po' scocciata, per il fatto che io abbia interagito direttamente con il suo capo. Non si rende conto che è successo per caso.

Sospiro. "Non intendevo criticare *te*."

Mi rivolge un leggero sorriso. "Lo so. Mi dispiace, ripeto, di averti cacciata in questo pasticcio. Lui voleva la mia risorsa migliore per questo progetto e…"

"Oh, non preoccuparti. E grazie per aver inoltrato il mio codice. Ho già ricevuto qualche feedback."

"È fantastico" dice. "Da parte di chi?"

"Hanno usato dei nickname. Ma forse tu li conosci… C'è qualcuno in ufficio che va matto per il Fantasma dell'Opera?"

Si strofina il mento. "Rose, in contabilità?"

Rose va per i novanta, quindi, se è lei, tanto di cappello.

"La mia ipotesi è che si tratti di qualcuno del dipartimento di sviluppo" spiego a Sandra.

Aggrotta le sopracciglia. "Non mi viene in mente nessuno."

"Ok, grazie." Mi alzo in piedi. "Se è tutto, vado a prendere una tazza di tè e torno a casa."

"Buona idea" dice. "La mia direttiva ufficiale per te è di riposare."

"Ricevuto." Le rivolgo lo stesso saluto militare che ho rivolto all'Impalatore, ma questa volta per scherzo.

Lei sorride e, mentre usciamo dalla stanza, mi dice: "Il mio consiglio non ufficiale è di continuare a migliorare le tue capacità di programmazione."

È un altro accenno al mio destino? Per poco non glielo domando apertamente, ma non ho intenzione di metterla in difficoltà.

Quando arrivo alla sala ristoro, prendo una bustina di camomilla e verso l'acqua calda in una tazza.

Prima di poter intingere la bustina nell'acqua, avverto una presenza entrare nella piccola stanza, creando un disturbo nella Forza che fa formicolare i miei sensi alla Uomo Ragno.

Quando alzo lo sguardo, due occhi di lapislazzuli catturano la mia attenzione, facendomi sentire le farfalle nello stomaco.

"Signorina Pack" dice l'Impalatore, con accento più marcato del solito. "Spero di non avervi spaventata."

"Salve." Le sillabe mi fuoriescono come un sussurro roco, che dovrebbe essere elencato in un manuale di comportamento per le risorse umane, sotto la voce "inappropriato per l'ambiente aziendale".

"Come vi sentite?" Si versa una tazza d'acqua.

Finalmente, lascio cadere la mia bustina di camomilla nell'acqua, pregando che non mi sfugga alcun commento sul teabagging. "Mi sento di nuovo pronta per il lavoro." Ecco. So essere appropriata, quando mi concentro molto, molto duramente.

A proposito, non dovrei pronunciare nemmeno la parola *duro*.

"Pronta per il lavoro?"

Dev'essere un superpotere russo riuscire a impregnare una domanda così breve di tanto scetticismo.

"Pronta come una tempesta tropicale." Alzo il mento. "Il progetto Belka non è forse urgente? Lei aveva detto che…"

"Non qui." Lancia uno sguardo accigliato all'ingresso della sala ristoro.

Guarda caso, Britney è lì in piedi, con gli occhi stretti.

Era una ninja, nella sua vita passata?

"Capisco" dico.

"Avete già pranzato?" mi chiede.

Scuoto la testa, ammutolita dalla domanda.

"In tal caso, offro io."

Dando per scontata la mia risposta affermativa, si dirige a grandi passi verso Britney, che, a questo punto, ha gli occhi ridotti a fessure, proprio come un felino.

Per un attimo, mi chiedo se lui sarà costretto a placcarla.

Ma no. Lei si toglie di mezzo.

Mentre mi affretto ad oltrepassarla, percepisco una nube di malvagità emanare da lei, come i fumi velenosi del mercurio. Non ho la possibilità di analizzare la cosa, però, perché sono sopraffatta dalla consapevolezza che sto per andare a pranzo con l'Impalatore.

Io.

E lui.

A mangiare insieme.

Come in un appuntamento?

No, che stupidaggine. Questo non è un appuntamento. È un pranzo di lavoro, che potrebbe essere uno stratagemma per licenziarmi fuori dall'ufficio, in modo che io non faccia una scenata.

Comunque. Mi sento su di giri, come se stessi andando al ballo di fine anno (e io non sono mai andata al ballo di fine anno).

Ora, vorrei essere vestita meglio e avere quelle sopracciglia di peli umani di prima qualità incollate addosso.

L'Impalatore si ferma davanti all'ascensore, e io sono così presa dai miei pensieri, che vado a sbattere contro la sua schiena.

Porca vacca! Ho appena sentito dei muscoli veramente duri.

Liquidando con un gesto le mie scuse farfugliate, preme il pulsante dell'ascensore.

Io resto lì, a *non* pensare a leccargli il dito.

No.

Non io.

Quando le porte dell'ascensore si aprono, lui mi fa cenno di entrare per prima, e così faccio.

Mi rendo conto che sto ancora tenendo in mano la tazza di tè; lo sorseggio, e il calore mi brucia dentro. Lui m'imita, scolandosi l'acqua in un sorso solo. Il suo pomo d'Adamo va su e giù, e mi viene voglia di leccarlo.

*Smettila di fantasticare sul leccare parti del suo corpo a caso!*

Il suo telefono squilla.

"Con permesso" mi dice, e controlla lo schermo.

Accigliato da qualunque messaggio abbia appena ricevuto, scrive una risposta con la velocità di cui una ragazza adolescente andrebbe orgogliosa.

"Tutto bene?" gli chiedo, quando alza lo sguardo.

"Sì, ma ho solo cinquanta minuti per pranzo. Va bene?"

Anche se non mi andasse bene (com'è appunto il caso), non è che glielo direi. "Lei è un uomo impegnato. Lo capisco."

Usciamo dall'edificio e attraversiamo la strada; le sue gambe lunghe fanno passi così ampi, che devo affrettarmi per stargli dietro.

Prima che io cominci a sudare, si ferma vicino a un posto dove non sono mai stata, perché è uno dei migliori ristoranti di New York (e, forse, del mondo intero). O, se non il migliore, sicuramente il più costoso.

L'Impalatore apre la porta di vetro ornamentale. "Dopo di voi."

Ingoiando la mia incredulità meravigliata, entro. Non appena il proprietario vede l'Impalatore, ci adula come se fossimo dei reali, conducendoci a un tavolo ben posizionato presso la finestra (indubbiamente, vicino ai dirigenti di livello C di tutte le maggiori aziende del centro città).

Il mio capo al quadrato dev'essere un cliente abituale.

Prima che io abbia il tempo di dire "è bello essere in cima alla lista", i nostri bicchieri vengono riempiti di un vino che, senza dubbio, costa più di quanto io guadagni in un anno.

"Dov'è il menù?" sussurro, non volendo apparire una zoticona ai vicini CEO.

"Di solito, ordino la scelta dello chef" mi risponde lui, imitando il mio tono sommesso. "Vi va di azzardare insieme a me?"

Annuisco, bevo un sorso dell'ottimo vino e osservo l'impeccabile tovaglia davanti a me.

Questo posto è lussuoso. Troppo lussuoso, per portare qui qualcuno che si vuole licenziare. O anche semplicemente per discutere di testare sex toys, se è per questo.

Ma, allora…

È mai possibile? Che sia un appuntamento?

## Capitolo Dieci

*N*o, non può essere un appuntamento.

Questo è solo un posto che gli piace, e se può permetterselo, perché no? Dato che i suoi genitori possiedono un ristorante, probabilmente è un gran buongustaio e uno snob in fatto di tovaglie e cose simili.

Sì. Dev'essere così.

Mi scruta il viso. "Siete sicura di stare bene? Sembrate un tantino sotto shock."

"È per questo posto, non... ehm... l'incidente di ieri" rispondo, con le guance che avvampano istantaneamente.

Si guarda intorno, come se vedesse il ristorante per la prima volta. "Potremmo andare da qualche altra parte."

"No, va bene qui. Lei ha solo cinquanta minuti. Voglio mettermi al lavoro."

Inarca il sopracciglio perfettamente reale.

"Il progetto Belka" specifico. "Volevo…"

Il cameriere appare dal nulla e ci chiede se abbiamo deciso cosa ordinare.

"La scelta dello chef" rispondiamo all'unisono.

Il cameriere fa un inchino e si allontana rapidamente.

"Torniamo all'argomento in questione." Bevo un sorso di vino, per farmi coraggio. "Il test per il progetto Belka…"

"Non è una cosa di cui vogliamo discutere in un luogo pubblico come questo." Lancia un'occhiata alle persone raffinate intorno a noi. "Non siete d'accordo?"

Poso il bicchiere di vino con un po' troppa forza. "Non è per questo che siamo qui?"

Indica le statue di ghiaccio e il resto dell'arredamento. "Siamo qui perché abbiamo bisogno di mangiare."

Le mie guance arrossiscono, ma per rabbia anziché imbarazzo, una volta tanto. "Non mi va di lasciare una cosa del genere in sospeso."

Le sue labbra sensuali si appiattiscono. "Non è necessariamente così."

Sarebbe una minaccia? "Quindi, mi sta licenziando per…"

"Licenziarvi?" Sembra sinceramente perplesso. "Viste le circostanze, ho solo presunto che voleste abbandonare il progetto."

Ora ho capito. Non crede che io possa farcela. Come quello stronzo del mio ex, probabilmente pensa che sia troppo santarellina e puritana per i sex toys.

Sono così stufa di tutto questo! Soltanto perché ho un viso rotondo da bimba che tende ad arrossire, tutti fanno queste supposizioni indiscriminate sul mio conto.

Fanculo!

"Non abbandono proprio un bel niente. Dovrà strapparmelo via, il progetto. È chiaro?"

"Cristallino." I suoi occhi denotano divertimento, ma anche qualcos'altro: ammirazione, forse?

"Capisco che qui non possiamo discutere dei dettagli" affermo, passando a un tono molto più appropriato nei confronti del capo del mio capo. "Per favore, scelga un orario e un luogo che le sembrino opportuni. Vorrei davvero procedere con il progetto."

"Affare fatto." Tira fuori il telefono e scrive velocemente un messaggio. "Che ne dite di fare così? Se mi accompagnate al mio prossimo impegno, possiamo parlare nella limousine lungo la strada."

Prossimo impegno? Prima che io possa chiedergli ulteriori dettagli, arriva il cameriere, reggendo un piccolo piatto con qualcosa che sembra una crêpe con sopra del caviale.

"De Jaeger" annuncia il cameriere. "E *kuznechik blinis*. Lo chef manda a ringraziare suo padre per la ricetta."

Quindi, la mia teoria sul fatto che il ristorante dei suoi genitori avesse qualcosa a che fare con questo pranzo era corretta.

Questo non è un appuntamento.

Peccato. Mi stavo scaldando all'idea.

"Le dispiace spiegare di che si tratta a questa ignorante di gastronomia?" gli chiedo, non appena il cameriere se ne va.

"Assaggiatelo, prima" mi suggerisce.

Lo faccio, e un'esplosione di sapore di umami stuzzica le mie papille gustative. "Lieve sentore di noci" dico con la mia migliore imitazione di un borioso critico gastronomico, "con il minimo accenno di dolce, salato e una nota di legnosità."

"Non è male come descrizione" dichiara, assaggiando la sua porzione.

"E che cos'è?"

Indica le uova bianche. "Quello è caviale di lumaca. E i blinis sono delle crêpe russe, solo che, al posto del tradizionale grano saraceno, sono fatti con la farina di grillo, che conferisce quel sapore nocciolato."

Il sangue mi defluisce dalla faccia.

Per combattere il riflesso faringeo, resto così silenziosa, che si riescono a sentire i grilli.

No. Non. Devi. Pensare. Ai. Grilli.

Né alle lumache. Né alle chiocciole. Né al Blob. O al moccio senziente. O…

"Questo cibo è perfettamente sicuro." L'Impalatore mi lancia uno sguardo preoccupato. "Vi è piaciuto il sapore, vero?"

Beh, sì, ma era prima di sapere che razza di abominio stavo mangiando.

Rivolge un cenno il cameriere, che si precipita immediatamente da noi.

"La signora prenderà la degustazione del menù per bambini" dichiara il mio capo al quadrato.

Il menù per bambini? Così, ora, pensa che io sia poco avventurosa non solo sessualmente, ma anche in fatto di cibo.

"No" sbotto. "La signora si atterrà alla scelta dello chef."

Gli angoli della bocca dell'Impalatore si sollevano leggermente verso l'alto, mentre chiede al cameriere: "Che cosa viene dopo?"

"Balut Benedict" risponde il cameriere.

Sorseggio nervosamente il mio vino. "Dal suono, non sembra così male."

"*Balut* è un uovo d'anatra in cui il feto ha avuto la possibilità di svilupparsi in un uccellino" mi spiega l'Impalatore. "Anche quella salsa olandese è generalmente fatta con uova d'anatra."

"Fermentate" aggiunge il cameriere.

Fermentate.

Naturalmente.

Non pensavo che la mia faccia potesse sbiancare più di così, ma accade.

"Mi ci attengo comunque" dichiaro, sconvolgendo me stessa. "Che cosa viene dopo le uova?"

"Zuppa di huitlacoche" risponde il cameriere (e credo che cominci a divertirsi a mie spese).

L'Impalatore fa un sorriso in piena regola. "Il huitlacoche è anche conosciuto come Ustilago maydis: un fungo che, in passato, distruggeva le coltivazioni di mais, ma che oggi è considerato una prelibatezza."

"Sul serio?" Guardo il cameriere.

Annuisce.

"Mi sembra di essere nella versione con la telecamera nascosta di Fear Factor" dico.

"Sapete cosa vi dico, prenderò il menù per bambini" annuncia l'Impalatore al cameriere. Gli occhi gli brillano dietro le lenti degli occhiali, mentre mi chiede: "Vi va di unirvi a me?"

Sospiro, sconfitta. "Non è tenuto a farlo."

"Insisto. Non ho mai provato il menù per bambini, quindi lo farò oggi."

"D'accordo." Bevo un piccolo sorso d'acqua, soprattutto per tenere giù i grilli e le uova di lumaca. "Prendo anch'io il menù per bambini."

Il cameriere se ne va.

L'Impalatore deduce giustamente che le crêpe restanti siano tutte sue, perciò le finisce, mentre io resto seduta lì, cercando di pensare a come salvare la faccia dopo tutto questo.

O per lo meno, iniziare una sorta di conversazione.

Il mio telefono vibra.

È un messaggio di Ava.

*Non sei ancora impalata?* Seguono le emoticon di una siringa e di una melanzana.

È come se avesse fiutato questo pseudo-appuntamento.

Uno scoppio di irritazione contro il mondo in generale si cristallizza in qualcosa di più specifico: ovvero, fastidio nei confronti di Ava. Sbotto ad alta voce: "Secondo lei, chi vincerebbe in una lotta? Biancaneve o Belle della *Bella e la Bestia*?"

Ecco. È una domanda più civile che chiedergli se pensa che riuscirei a mettere al tappeto Ava in una scazzottata.

L'Impalatore ingoia l'ultimo boccone del suo dubbio antipasto, aggrottando la fronte con aria pensierosa. "Sarebbe uno scontro casuale in un luogo neutrale?"

"Perché no?" Sorseggio il vino, combattendo l'impulso di scostargli quella ciocca di capelli ribelle, che continua a ricadergli sulla fronte.

Davvero, davvero non sarebbe appropriato.

Il solco sotto la ciocca di capelli si fa più profondo. "Parliamo delle versioni standard di quei personaggi?"

"Ci sono versioni?"

"Certo. La storia originale della *Bella e la Bestia* era francese, ma ne esiste anche una russa, che ha persino un cartone animato di gran lunga migliore di quello della Disney, almeno secondo me. *Biancaneve*, invece, era originariamente una storia dei fratelli Grimm. Anche quella ha una versione russa. Si chiama Bucaneve e vive con sette *bogatyr* al posto dei nani."

Abbasso la voce. "I bogatyr sono qualcosa di disgustoso che servono in questo ristorante?"

Si sistema gli occhiali. "Un bogatyr è un guerriero delle leggende russe."

Inclino la testa. "Quindi, questa Biancaneve russa vive con sette maschioni guerrieri?"

Annuisce.

"Sembra una relazione da harem al contrario."

Il divertimento brilla nelle profondità blu dei suoi occhi. "Credo che lei rimanga pura per il suo principe, che non è uno dei 'maschioni'. Inoltre, anche la versione Disney potrebbe essere vista come un harem al contrario, se si ha una mentalità abbastanza sconcia."

Avendo una mentalità sempre tendente al malizioso, arrossisco, immaginando Eolo, Brontolo, Cucciolo e Pisolo in un'ammucchiata con Biancaneve.

"Atteniamoci alle versioni Disney, d'accordo?" propongo.

"In tal caso, vincerebbe Belle." Sembra serio, come se stessimo discutendo dei resoconti trimestrali. "Tra le due, Belle è più avventurosa. Alla fine, ha combattuto per la Bestia, e le sue motivazioni per innamorarsi erano più profonde. Al contrario, Biancaneve è lo stereotipo della donzella in difficoltà, che probabilmente chiederebbe al Principe Azzurro di combattere contro Belle al posto suo."

Dannazione! Ha ragione. Non vincerei nemmeno in questa battaglia allegorica (e, quel che è peggio, lui ha appena definito la mia sosia poco avventurosa).

Il cameriere ritorna, reggendo un vassoio pieno di piatti.

MISHA BELL

Tutto il cibo sembra abbastanza sicuro, ma aspetto che mi spieghi di cosa si tratta.

"Yuca mista con patate dolci fritte in salsa di besciamella" annuncia, indicando il relativo piatto. "Bastoncini di tonno rosso. Crocchette di quaglia. Quesadillas al Beaufort d'été."

Rivolgo un sorriso di sollievo al cameriere. "Sembra tutto delizioso."

Quando se ne va, mi sporgo verso l'Impalatore. "Sarebbe il menù per bambini? Ma i bambini, almeno, possono entrare in questo posto?"

Un altro accenno di sorriso. "Non ne ho mai visto uno, e sono un cliente abituale."

Figuriamoci!

Faccio per prendere una patatina, e lui deve aver avuto la stessa idea, perché le nostre dita si toccano.

Improvvisamente, sento una fame che non ha nulla a che vedere con il cibo.

"Dopo di voi." Indica le patatine fritte.

Ne afferro un paio e me le ficco in bocca.

Wow.

Non sono sicura di aver preso yuca o patata dolce, ma il sapore è delizioso. Il bastoncino di pesce che assaggio dopo è il migliore che abbia mai provato, la crocchetta è altrettanto sorprendente e, quando mordo la quesadilla, per poco non gemo dal piacere.

Poi, noto una cosa. Lui sta usando forchetta e coltello per le pietanze che io ho appena mangiato con le mani, come una cavernicola.

Infilzo la crocchetta successiva con la forchetta. "Questo è molto meglio delle uova di lumaca."

"Ne sono lieto, signorina Pack. Non vorrei che vi rammaricaste per la mia scelta di questo ristorante."

Mastico la crocchetta, valutando se fargli questa domanda o meno. Alla fine, decido di buttarmi. "Senta, dopo la faccenda dell'ospedale e questo pranzo, le dispiacerebbe chiamarmi Fanny?"

In questo modo, potrò smettere di pensare a cose rotonde e appetitose e, fattore ancora più importante, potrei dimenticare per un momento che sto desiderando il capo del mio capo.

Le sue labbra sexy s'incurvano. "Fanny" mormora, e udire il mio nome con quell'accento me lo fa piacere per la prima volta in vita mia. "Chiamami Vlad, allora."

Il mio battito cardiaco accelera. "Vlad" ripeto obbedientemente.

Aspetta, ho fatto la voce troppo vellutata? Perché mi piace proprio il suono del suo nome sulle mie labbra. Niente più capo al quadrato né Impalatore, per me. Lo chiamerò Vlad ogni volta che ne avrò l'occasione.

Un altro sorriso gli incurva le labbra. "Però niente diminutivi, d'accordo?"

Lo guardo sbattendo le palpebre. "Vlad non è già una forma diminutiva di Vladimir?"

Sembra impressionato. "Direi che è un'abbreviazione, sì. Niente male, per una che non è russa."

Un caldo bagliore si diffonde dentro di me, per il suo complimento. "Ho imparato un paio di cosette al Brooklyn College. Un'alta percentuale di studenti di informatica proveniva dal tuo stesso paese. Un tizio mi chiamava Fan'ka, perciò ho fatto delle ricerche."

Un luccichio scuro appare nei suoi occhi (oppure, la mia immaginazione si sta scatenando). "Fan'ka corrisponde a quella che definiresti una bambina birichina. La versione affettuosa sarebbe Fannychka."

Fannychka. Mi piace. Fannychka Pack non assomiglia più alla parola marsupio.

E nemmeno Fanny Chortsky, se è per questo.

Lui stringe gli occhi. "Che sorriso birichino… Se stavi pensando a darmi un soprannome tipo Vovochka, non farlo. Si dà il caso che sia un personaggio che è il bersaglio di molte barzellette russe."

Ah! Non avevo intenzione di farlo, ma la cosa è interessante. E grazie a Dio, lui non è un vero vampiro e non sa leggere nel pensiero. "D'accordo" dico. "Ma devi raccontarmi una di quelle barzellette."

Lui si acciglia. "Non sono facili da tradurre."

"Non fa niente. Mi va comunque di sentirne una."

"D'accordo. Tieni presente che Vovochka è generalmente un bambino che si comporta male. Pensa a Dennis la Minaccia. Inoltre, l'umorismo russo può diventare piuttosto cupo."

"Ora voglio davvero sentirne una." Sollevo il mio bicchiere di vino.

"Ecco qui: Una soleggiata domenica mattina,

Vovochka corre da sua madre: 'Mamma, sbrigati, papà si è impiccato in salotto!' Alla madre per poco non viene un infarto, mentre si precipita in salotto… solo per trovarlo vuoto. 'Pesce d'aprile, mamma!' dice Vovochka. 'Papà si è impiccato in bagno'."

Per poco non mi strozzo con il vino.

Il telefono di Vlad emette il bip di un messaggio.

Lui lancia un'occhiata in basso, poi mi guarda con aria di scuse. "La limousine è qui fuori. Devo andare tra poco. Vieni anche tu?"

Mi asciugo la bocca con il tovagliolo e do una sbirciatina: niente macchie di vino. "È lontano?"

"No, solo un breve tragitto in macchina."

Sto per chiedere di più, ma lui piazza una porzione di crocchette sul mio piatto. "Finiamo in fretta. Non abbiamo molto tempo."

Attacchiamo il cibo, come se partecipassimo a una gara a chi mangia più hot-dog (il che non m'impedisce di provare un paio di orgasmi gastronomici). Purtroppo, il suo telefono inizia a suonare troppo presto, perciò lasciamo alcuni deliziosi manicaretti sul piatto e ci alziamo.

Lui lascia una fortuna in contanti sopra il tavolo e mi conduce alla macchina. Mentre mi apre la portiera, intravedo Britney dall'altra parte della strada. Se ne sta lì, in piedi, a fissarci.

Che sia una stalker?

Ignorandola, salgo in macchina e mi accomodo sul sedile accanto a quello dove lui ha lasciato il portatile, nella speranza che si sieda vicino a me.

Sono un genio machiavellico.

Vlad si siede proprio accanto a me, e i suoi occhi di lapislazzuli incontrano i miei.

Il respiro mi si mozza in gola, per il calore oscuro del suo sguardo. L'aria in macchina sembra improvvisamente carica di così tanta elettricità, che sento letteralmente odore di ozono.

I suoi occhi cadono sulle mie labbra e, come attirato da una calamita, lui si sporge lentamente verso di me.

Santa Mucca di Kobe!

Vlad sta per baciarmi?

## Capitolo Undici

Il cuore mi martella un inno di battaglia nel petto, mentre ho la sensazione che la pelle mi bruci dappertutto. Tutto quello che riesco a vedere sono le sue labbra, così meravigliosamente modellate, dall'aspetto così morbido. Tutto quello che riesco a pensare è chinarmi in avanti e chiudere quella piccola distanza residua tra di noi, in modo che…

L'auto si slancia in avanti, interrompendo bruscamente il momento.

"Allacciati la cintura" mi dice Vlad con voce roca, allontanandosi di qualche centimetro.

Muovendomi come una zombie, mi allaccio la cintura, mentre lui abbaia qualcosa in russo a Ivan.

L'auto rallenta.

Vlad alza il divisorio e si gira a guardarmi. "Dunque, volevi parlare."

Traggo un respiro profondo e raccolgo il mio

coraggio. "Come dicevo prima, completerò il test, e tu non potrai impedirmelo."

Il divertimento che gli aveva toccato gli occhi l'ultima volta che gli ho dato questo ultimatum è di nuovo lì. "Non avevi in programma qualcun altro per questo test, inizialmente? Sandra mi ha accennato a qualcosa del genere."

Scuoto la testa. "La tipa mi ha dato buca." Non c'è verso che gli racconti tutta la storia del fiasco con la succuba-diventata-suora.

Sospira. "D'accordo, allora. Testali tu stessa, se è così importante per te."

Lo scruto per assicurarmi che non stia scherzando. "Tutto qui? Ti sta bene così e basta?"

Incrocia le braccia sul suo ampio petto. "Dovrai convincermi di poterlo fare in modo sicuro, naturalmente."

Le mie guance avvampano. "Posso farlo in modo sicuro. Quell'episodio dello scoiattolo è stato un errore in buona fede. D'ora in avanti, farò più attenzione e imparerò a conoscere… ehm… l'hardware, prima di usarlo. Il mio piano è di suddividere il tutto in toys maschili e toys femminili e, ovviamente, d'ora in poi, mi assicurerò di testare solo quelli femminili."

Inclina la testa. "E chi testerà quelli maschili? O ti ha dato buca anche lui?"

"Era il fidanzato della ragazza, perciò sì, l'ho perso quando ho perso lei. Il mio nuovo piano è mettere un annuncio su Craigslist o Tinder…"

"Assolutamente no." L'espressione tonante sul suo

volto dev'essere quella che ha dato a qualcuno l'idea di soprannominare quest'uomo l'Impalatore.

Il mio cuore salta un battito, ma al contempo, sento gli artigli affilarsi. "No?"

L'automobile si ferma.

"Siamo arrivati" m'informa Vlad a denti stretti. "Vuoi aspettarmi in macchina, o ti va di vedere gli uffici di un'azienda di videogiochi?"

"L'ultima" rispondo, soprattutto per dimostrare che non mi ha intimorita.

In un cupo silenzio, lui mi tiene aperta la portiera della limousine; poi, mi conduce in un grattacielo, oltre la vigilanza (dove scopro che fa il consulente per la società di videogiochi che stiamo per visitare) e dentro l'ascensore.

"Senti." Il suo tono si fa conciliante, quando l'ascensore inizia a muoversi. "Raccattare dalla strada un tizio a caso è estremamente pericoloso. Non voglio che ti ripeschino nel molo di New York per colpa di questo incarico."

Potrebbe avere ragione.

Prima che io possa rispondere, le porte si aprono e lui mi fa cenno di precederlo.

"Ne riparleremo" dico, uscendo.

Entriamo con il suo tesserino identificativo, e io fisso l'arredamento che ci circonda con sfacciata curiosità.

La targa sul muro ha una scritta in un font divertente, che ricorda i fumetti. Recita con orgoglio: *1000 Diavoli.*

Mi suona vagamente familiare. Credo di aver giocato a un loro videogame, forse anche due.

In contrasto con il nome aziendale alquanto sinistro, ci sono colori vivaci dappertutto, e le risate in lontananza lo fanno sembrare un parco giochi per bambini.

È veramente una società? Sembra quasi che qualcuno abbia cercato di progettare l'esatto opposto dei grigi noiosi in modo opprimente del nostro ufficio, silenzioso come una tomba.

"Prima, le cose importanti." Vlad mi conduce a una cabina armadio laterale. "Armiamoci."

Eh?

Non ci sono vestiti, qui, soltanto pistole giocattolo Nerf.

Moltissime.

D'accordo, allora. Che guerra sia.

Vlad afferra due fucili, poi apre il trench e s'infila un giocattolo a forma di rivoltella nella cintura dei pantaloni.

Che pistola fortunata!

Con un'alzata di spalle, scelgo un blaster a due mani bianco e arancione, che mi ricorda i mitra Thompson dei vecchi film di gangster.

"Stammi vicina, schiena contro schiena" mi dice Vlad, senza alcun accenno di sorriso in volto.

Obbedisco, anche se, quando le nostre schiene si toccano, i miei ormoni vanno in tilt.

Scommetto che ho un sorriso con la bava alla bocca stampato in faccia.

Attraversiamo il piano camminando così, come una coppia di poliziotti che prende d'assalto un covo di mafiosi.

Improvvisamente, un proiettile arancione si spiaccica sul mio finto sopracciglio.

"Ehi!" Mi massaggio la zona, prima di ricordare che devo stare attenta a non sbavare il disegno. "Non in faccia."

"Mi dispiace" dice qualcuno.

Individuo l'assalitore (un tipo dai capelli rossi sulla quarantina con la pancia da birra) e premo il grilletto per scatenare un nugolo di dardi sul suo petto.

Qualcuno salta fuori da dietro l'angolo.

Vlad si lancia davanti a me e si becca il proiettile successivo nel petto.

Stavolta, a sparare è stata una signora poco più vecchia di Sandra, ma non lascio che questo m'impedisca di scaricare il resto dei miei dardi sul suo busto.

Altri due aggressori si uniscono alla mischia.

Vlad ha finito i proiettili, e io pure.

Gettando le armi, Vlad mi sbatte contro il muro, in modo che lo sciame di proiettili destinati a me si schianti sulla sua schiena.

Wow.

È proprio addosso a me, e la sensazione è inebriante. Colgo le note sensuali di bergamotto e agrumi, e avverto il calore provenire dal suo corpo possente.

Lui abbassa lo sguardo e i nostri occhi

s'incontrano. Ha le pupille dilatate, e gli zigomi alti contornati da un accenno di rossore. Lentamente, china la testa e…

"Lasciate in pace mio fratello" una voce rimbomba sopra gli spari dei fucili giocattolo. "È qui per dare una mano."

## Capitolo Dodici

*F*ratello?

Il mio cervello in preda agli ormoni ricorda l'accenno a un fratello, che ha ispirato Vlad a dedicarsi all'informatica.

Vlad si allontana da me, voltandosi verso il nuovo arrivato con una sfilza di parole in russo.

Ora che non ci sono più muscoli deliziosi a bloccarmi la visuale, esamino l'interlocutore.

Sì. Dev'essere suo fratello. Si assomigliano così tanto, che potrebbero passare per la stessa persona (tranne per il fatto che il fratello maggiore è una versione trasandata e rilassata dei due).

"Lei è Fanny" dice Vlad, presentandomi. "Lavoriamo insieme alla Binary Birch."

Lavorare insieme: bell'eufemismo! Avrebbe potuto dire: "lavora sotto di me". No, aspetta, questo mi farebbe sembrare una prostituta.

Il fratello mi tende la mano. "Alex."

Niente signor Chortsky in questo caso; interessante. Ah, adesso capisco anche il nome dell'azienda: 1000 Diavoli è un riferimento al cognome, di cui Alex va orgoglioso, a quanto pare.

"Piacere di conoscerti" rispondo, dandogli una stretta di mano professionale.

"Entrate nella sala della guerra" ci dice Alex, conducendoci in una grande sala conferenze con vista su Central Park.

Un gruppo di persone è già qui: a differenza degli esuberanti colleghi armati che abbiamo lasciato fuori, questi sembrano sottomessi, persino impacciati.

"Abbiamo un problema con Squirrel Simulator" afferma Alex, ma pronuncia la doppia "r" come una doppia "w" in "squirrel", e la "r" come una "w" alla fine di "simulator".

Strano. Aveva pronunciato "sala della guerra" in modo impeccabile, quindi non può trattarsi di un difetto di pronuncia.

"Di nuovo?" Vlad si acciglia e mi spiega: "La 1000 Diavoli ha appena rilasciato una correzione per un serio malfunzionamento di quel gioco."

Quindi, Squirrel Simulator è un videogame. Avrei dovuto immaginarlo.

"Sarebbe come Goat Simulator, però con uno scoiattolo?" domando.

"Molto più divertente." Il petto di Alex si gonfia di orgoglio. "Uno scoiattolo è più piccolo, quindi può arrivare in posti che una capra non si può nemmeno sognare."

Vlad mi lancia una rapida occhiata, poi chiede: "Il bug non è stato risolto?"

Arrossisco. Quell'occhiata si riferiva al commento secondo cui "uno scoiattolo può arrivare ovunque"? Potrebbe essere, dato che, nel mio caso, una specie di scoiattolo mi si è infilata nel didietro…e non è stato molto divertente. Almeno, non per me.

"L'ultimo bug è stato risolto, ma credo che il grosso aggiornamento con la correzione abbia introdotto questo nuovo problema." Alex prende un telecomando, e YouTube appare sullo schermo davanti a noi.

Parte un video, in cui si vede uno scoiattolo carino correre sotto una panchina del parco. Improvvisamente, l'animaletto peloso espelle fumo dalla bocca, il che lo fa diventare pixellato, dandogli le sembianze di un demone uscito dai gironi più profondi dell'inferno.

Vlad si acciglia. "Mi ricorda quel bug nei Sims, quello che faceva sembrare i bambini dei mostri."

"È inquietante" commento io, guardando le distorsioni dell'immagine che assomigliano ad artigli e tentacoli. "Quasi come se l'avessi fatto apposta per spaventare la gente."

"Esattamente." Alex apre un portatile sul tavolo della sala conferenze e guarda suo fratello. "Puoi controllare se siamo stati hackerati?"

Vlad si siede davanti al computer e inizia a digitare.

"Sapevi che la sicurezza informatica è un altro dei

talenti del mio fratellino?" mi chiede Alex con un ampio sorriso.

"No." Lancio uno sguardo vorace a Vlad. Rendendomi conto che il fratello potrebbe sgamarmi, mi schiarisco la voce e domando: "Siete mai stati hackerati prima d'ora?"

"Mai... e il motivo è lo stesso. Vlad ha impostato la sicurezza."

"Avete già trovato il bug nel codice?" chiedo.

"No. Il team di sviluppo ci sta lavorando, ma fino adesso è stata dura, perché non siamo riusciti a replicare il malfunzionamento qui in ufficio. L'unico motivo per cui so che quel video non è una bufala sta nelle recensioni da una stella da parte di genitori arrabbiati, i cui figli non riuscivano a dormire, dopo aver visto questo bug."

"Ti dispiace se do un'occhiata al gioco?" domando. "Su quale piattaforma si trova?"

"È disponibile ovunque" mi risponde Alex. "Telefoni, PC, console... quello che vuoi."

Annuendo, tiro fuori il mio Tesoro e cerco l'app Squirrel Simulator realizzata da 1000 Diavoli.

Non la trovo, ma vedo Squiwwel Simulatow.

D'accordo, allora. È *davvero* per bambini. Questo spiega perché Alex avesse pronunciato il nome in quel modo.

Avvio il download del gioco e, mentre aspetto, chiedo: "Qual era il malfunzionamento che avete appena risolto?"

Con una smorfia, Alex fa partire un altro video su

YouTube. Qui, la versione ancora super-carina dello scoiattolo si avvicina a un ragazzino dall'aspetto prepotente, che ha in mano una mazza da baseball.

Lo scoiattolo si ferma.

Il ragazzino sbatte la mazza contro la creaturina pelosa.

Lo scoiattolo prende il volo, e vola e vola, fino a quando il paesaggio urbano sotto di lui è a malapena visibile.

Poi, inizia il precipitare.

"Immagino che non dovesse succedere, vero?" chiedo.

"Bug nel motore fisico" mi spiega Alex, apparendo sulla difensiva. "Non siamo i primi a cui capita una cosa del genere. I giganti di Skyrim mandano la gente a volare in cielo ancora oggi."

"Ecco perché avremmo dovuto ignorare la cosa" interviene Vlad, con le dita che danzano ancora sulla tastiera.

Alex fa un'alzata di spalle. "Stavamo ricevendo centinaia di recensioni negative per questo, per non parlare delle email di genitori arrabbiati."

Notando che il download è terminato, avvio il gioco.

Simpatico. Posso scegliere il mio aspetto. Scelgo il pelo arancione, la lunghezza massima della coda e la pancia bianca (principalmente, perché è così che appariva lo scoiattolo demoniaco del video, prima che iniziasse l'orribile trasformazione).

Il gioco inizia con un tutorial. Apprendo le

informazioni salienti, come il fatto che i miei denti non smettono mai di crescere e, quindi, devo rosicchiare costantemente le cose per rimanere in salute. Imparo anche a zigzagare, quando devo sfuggire a cani e altri nemici; a seppellire le noci, in modo che gli altri scoiattoli non me le rubino (a volte, anche fingendo di seppellirle, per confondere gli scoiattoli di intelligenza artificiale); a usare la coda per l'equilibrio, nonché come paracadute durante una caduta, oppure un ombrello nei giorni nevosi.

Se non altro, il realismo non è al cento per cento. Sono sicura che i genitori lamentosi non vorrebbero che i loro figli sapessero che esiste un tipo di scoiattolo con i genitali giganti (almeno, per lo standard di quegli animali). Me ne ha parlato il mio ex. La lunghezza del loro pene è il quaranta per cento di quella del loro corpo, e i gioielli di famiglia misurano circa la metà. Il mio ex era chiaramente invidioso, soprattutto dell'altro fattore: durante la masturbazione, questi scoiattoli riescono a piegarsi fino a infilarsi il pene in bocca. Inoltre, la maggior parte degli esemplari femmina ha partner maschili multipli, quando è in calore (ho visto un'orgia del genere un paio di volte, al parco).

Dopo aver completato il tutorial, dirigo il mio alter-ego peloso verso il parco vicino, che assomiglia all'ambientazione del video di YouTube. Con la mia esperienza di QA, suppongo di avere le stesse probabilità di replicare questo bug di qualunque altro impiegato aziendale.

Mi arrampico su tutti gli alberi nelle vicinanze, mangio qualche noce, dei semi e alcune uova da un nido d'uccello incustodito, ma sembro sempre una creaturina carina e coccolosa.

Nascondere le noci non aiuta, né nascondere cose inappropriate, come il lecca-lecca che rubo a un bambino.

Sto per rinunciare, quando noto qualcosa che, tecnicamente, non dovrebbe nemmeno essere presente in questo gioco: un mozzicone di sigaretta sotto una delle panchine.

Capisco che se ne trovino ovunque, nella realtà, ma questo è un gioco per bambini.

Ricordo anche una cosa che ho letto una volta: gli scoiattoli sono dipendenti dalla nicotina, perché mangiano i mozziconi avanzati, e anche dalla caffeina, perché leccano le tazze di Starbucks gettate via.

Il gioco mi permetterebbe di mangiare un mozzicone di sigaretta?

Saltandoci sopra, lo afferro tra le zampette pelose.

Prima di poter mettere in bocca quella cosa disgustosa, la voce di Vlad mi attira fuori dal gioco.

"È difficile da dimostrare" afferma. "Ma, da quanto vedo, non siete stati hackerati."

Ignorando la risposta di Alex, mi metto in bocca il mozzicone di sigaretta, come se fosse una ghianda succosa.

Eureka!

Invece di lasciarmelo mangiare, il gioco mi fa

uscire del fumo dalla bocca (il che, con il senno di poi, era un indizio) e divento una creatura demoniaca, proprio come nel video.

"Ho fatto la riproduzione" dichiaro.

Tutti sghignazzano.

Vlad alza gli occhi al cielo. "Bambini."

"Come stavo cercando di dire, sono riuscita a riprodurre il problema." Mostro il mio schermo.

Vlad si alza e si avvicina, invadendo il mio spazio personale. "Come?"

Anche se così mi è difficile riflettere, gli spiego del mozzicone di sigaretta.

Lui aggrotta le sopracciglia. Poi, torna a sedersi in fretta e furia, e tamburella di nuovo sul portatile.

Io e Alex guardiamo da sopra le sue spalle.

Lo schermo è ricoperto di C++, e Vlad borbotta qualcosa, mentre esamina il codice.

"Ah-ah" esclama, poi riduce a icona la finestra. Traffica nel repository di controllo versione, fino a quando non appare sullo schermo un invio di codice, che, presumibilmente, ha introdotto il problema.

"È stato questo" dichiara, confermando il mio sospetto. "Parla con Johnny Kove. Se l'ha fatto apposta, come sembrerebbe, licenzialo."

Possiede anche questa azienda? Da come parla, sembrerebbe di sì.

Alex ha l'aria sconvolta. "È uno dei miei migliori sviluppatori."

"Tu sei uno dei tuoi migliori sviluppatori" replica Vlad. Poi, mi spiega: "Questo gioco è stato scritto da

Alex, originariamente, così come alcuni altri mega successi."

"È troppo modesto" interviene Alex. "L'abbiamo scritto insieme, ma adesso che lui è così impegnato con i progetti della Binary Birch, ci lavoro io con il mio team di sviluppo."

"Beh, la decisione spetta a te" afferma Vlad, ma il suo tono non corrisponde alle parole. "Ricordati, però, che se quel tipo farà di nuovo una cosa del genere, io non verrò a salvarti."

Alex replica qualcosa in russo. Sembra conciliante, ma potrebbe essere la mia immaginazione.

Vlad risponde severamente, e vanno avanti così per un po'. Ho il sospetto che l'argomento sia passato dai videogiochi a qualcosa di più personale.

"Grazie a entrambi" ci dice Alex, quando i battibecchi tra fratelli sono finiti. "Vi accompagno fuori."

Questo ci salva dall'attacco dei fucili Nerf. Quando le porte dell'ascensore si aprono, Alex guarda il fratello con un'espressione maliziosa, poi si rivolge a me. "Fanny, la settimana prossima terremo una grande festa per l'anniversario dei 1000 Diavoli nel ristorante dei miei genitori. Posso chiederti, per favore, di trascinare lì Vlad? Significherebbe moltissimo per la mia famiglia."

"Non devi degnarlo di una risposta" ringhia Vlad.

Dato che è lui, alla fin fine, a pagare il mio

stipendio, lo prendo come un suggerimento a rimanere in silenzio.

Le porte dell'ascensore si chiudono e Vlad preme il pulsante per l'atrio. "Torniamo alla nostra conversazione precedente" mi dice, mentre scendiamo. "Hai pensato a un modo sicuro per testare la parte maschile dell'hardware?"

In effetti, l'ho proprio fatto. Correre in giro come uno scoiattolo è molto utile per complottare azioni malvagie, oltre che per testare procedure. Il problema è che non sono sicura di avere (come si suol dire) abbastanza palle, per esprimere ad alta voce la mia folle idea.

"Senti" mi dice dolcemente. "Se vuoi abbandonare il progetto, ti capisco."

Ancora con questa storia? Pensa che voglia tirarmi indietro? Che la mia natura pudica abbia vinto?

Raddrizzo la schiena. "In realtà, ho in mente il maschio perfetto per il test. Qualcuno che riterrai sicuro, lo garantisco."

Le sue labbra si stringono in una linea arrabbiata. "Chi?"

Faccio un respiro profondo e invoco tutto il mio coraggio. "Tu."

## Capitolo Tredici

"*T*o?" Sgranando gli occhi, fa un passo indietro.

Ormai mi sono sbilanciata, perciò vado avanti. "Ha senso. Presumo che ti fidi di te stesso e non mi getterai nel molo. La privacy del progetto non verrà compromessa. Inoltre, beh" arrossisco terribilmente, "hai le parti giuste per farlo."

Mi cadono involontariamente gli occhi sulle parti in questione, poi alzo rapidamente lo sguardo.

Le porte dell'ascensore si aprono.

"Continuiamo la conversazione in macchina" mi dice, con espressione diventata illeggibile.

Merda, merda, merda! Detesta l'idea? Detesta me, anche solo per averla suggerita? Quanto sarà imbarazzante, se mi dirà di no?

Sto per essere licenziata per averci provato con il capo del mio capo?

Saliamo di nuovo nella limousine, questa volta sedendoci uno di fronte all'altra.

Lui solleva il divisorio. "Tanto per chiarire: io testerei l'hardware maschile, fungendo sia da *giver* sia da *receiver*, giusto? In effetti, ho già testato uno dei toys su di me, dopo aver scritto l'app, perciò, in teoria, potrei fare lo stesso con gli altri."

Evviva! Ci sta pensando sul serio. Vorrei mettermi a saltellare su e giù, anche se il rossore (che si era leggermente ritirato durante la camminata dall'ascensore) ritorna in tutto il suo splendore. "Non sarebbe un valido test end-to-end, e lo sai bene. Hai scritto tu il codice; questo ti rende prevenuto."

Le sue narici si dilatano. "E allora, come?"

A questo punto, mi stanno arrossendo persino i piedi. "Tu fai solo da *receiver*. Io agisco da *giver* e registro i dati dei test. È così che si fanno queste cose nel modo appropriato."

Solleva le sopracciglia. "Qui stiamo estendendo la definizione del termine 'appropriato' ben oltre la zona di comfort."

"Senti." Cerco di imitare il suo accento meglio che posso. "Se vuoi tirarti indietro, lo capisco."

Un sorriso lento e sensuale gli incurva le labbra. "Non mi tiro mai indietro di fronte a una sfida."

Le mie mutandine possono davvero sciogliersi, o è solo un modo di dire? Facendo del mio meglio per sembrare disinvolta, inarco il mio finto sopracciglio. "Questo è un sì, giusto?"

"Sì. Come prevedi che funzionerà, dal punto di vista logistico?"

Santo guacamole! Ci sta. L'ho convinto a partecipare.

Ma ora, che si fa?

A livello inconscio, non mi aspettavo che avrebbe veramente accettato questa follia; ma, ora che l'ha fatto, mi trovo a dover affrontare la logistica di usare dei sex toys sul capo del mio capo. Una logistica che comprenderà anche farlo venire… e registrare quanto velocemente in un foglio di calcolo.

O, peggio, registrare che *non sono riuscita* a farlo venire.

Che il C++ mi aiuti, ci sono logistiche ancora peggiori di questa. Per esempio, la maggior parte dei sex toys maschili non richiede forse un pene eretto? Come faccio ad assicurarmi che il suo sia pronto per il test… logisticamente?

"Non devi decidere tutto quanto adesso" mi dice, come se mi leggesse nuovamente nel pensiero.

"Giusto." Mi schiarisco la gola e cerco di far emergere la mia analista QA interiore. "La prima cosa che mi viene in mente è che sarebbe meglio usare l'app nel modo più vicino possibile all'utilizzo per cui è stata pensata. Cioè, a distanza." Come a dire: non voglio trovarmi vicino a lui nella fase di "preparazione del pene" di questa logistica.

A meno che… forse lo voglio?

No. Devo almeno fingere di essere professionale.

O quello che passa per professionale, date le circostanze.

"Sì, farlo a distanza ha senso." È delusione quella che si cela dietro l'espressione indecifrabile del suo volto? "Quando vuoi iniziare?"

"Stasera sono libera" spiattello.

Merda! Questo non è stato di classe. Sembro una sfigata che non ha una vita?

Ricordando il profumo sul documento di testing e all'interno della valigetta, aggiungo subito: "Sempre che tu non abbia un appuntamento di venerdì sera, ovviamente".

Tira fuori il cellulare e invia alcuni messaggi a raffica. "I miei programmi per la serata sono stati cancellati. Questo è molto importante."

"Come mai è così importante?" gli chiedo.

Quello che vorrei davvero sapere è se c'entra qualcosa una certa donna che usa un po' troppo profumo.

Lui aggrotta la fronte. "Pensavo di avertelo già spiegato. C'è l'opportunità di mandare una dimostrazione del prodotto finale ai redattori di *Cosmo* tra due settimane."

Questo spiega perché sia importante per l'azienda Belka, ma non perché lo sia per *lui*. Oh, beh… Ne deduco che non voglia rivelarmi il vero motivo, il che potrebbe significare che c'entri qualcosa con la profumatissima signora del mistero (o forse un signore; perché non avere una mentalità aperta?).

Nel caso mi servisse un motivo in più per

mantenere le cose professionali tra di noi, eccolo qui: Vlad potrebbe già essere occupato.

*Lei chi è?* domanda il mostro verde della gelosia.

*Come faccio a saperlo?*

*Scoprilo, poi dille che ti sei scopata il suo uomo con un sex toy.*

*Potrebbe non importarle, perché probabilmente lavora per la Belka.*

*Piano B: uccidila!*

L'auto si ferma e, con un misto di sollievo e delusione, mi accorgo di essere arrivata a casa.

"Allora... a stasera?" Mi slaccio la cintura di sicurezza.

Lui scende dalla macchina e mi apre la portiera. "Sempre che tu non cambi idea e, in tal caso, non ci sarebbero assolutamente problemi."

Sempre che io non mi tiri indietro, intende dire.

No. Non accadrà.

Spero!

"Buon ritorno a casa" blatero.

Mi sta fissando le labbra?

Sto fissando io le sue?

Un lieve sorriso tocca quelle labbra. "Anche a te."

"Grazie." Faccio uno sforzo concentrato per non inciampare in qualcosa, mentre scatto verso la porta d'ingresso.

Entrando nel mio palazzo, lo intravedo ancora lì, vicino alla limousine, intento a osservarmi.

Fiondatami nel mio appartamento, mi appoggio con la schiena alla porta, facendomi aria con le mani.

Monkey sbircia fuori dalla sua casetta.

"Lo so, vero?" dico. "In che cosa mi sono appena andata a cacciare?"

———

DOPO CHE IO e Monkey ci siamo riempite la pancia, trovo dei modi creativi per distrarmi dalla preoccupazione per i test imminenti, e quello che funziona meglio è guardare il mio codice.

Metto in pratica alcune delle idee più semplici che Phantom mi aveva suggerito, poi controllo se mi abbia scritto di nuovo.

L'ha fatto... oltre ad apportare un cambiamento nel mio codice.

*Spero che non ti offenderai, ma ho rinominato tutte le variabili di conteggio con la parola "count", secondo lo standard della Binary Birch. Anche se capisco che la tua variazione (Chocula) fosse uno scherzo, sminuiva la serietà del tuo codice, altrimenti elegante. Naturalmente, puoi invertire questa modifica.*

Ah! Anch'io, quando vedo un codice che non mi piace, provo l'impulso di cambiarlo. Soprattutto, quando trovo il genere di atrocità che ho notato nel lavoro di Britney.

Dato che Phantom ha ragione su questo, non inverto la sua modifica. Per quanto mi piaccia la marca di cereali "Count Chocula" (ne vado pazza!), l'ultima cosa che voglio è che il team di sviluppo pensi che io non prenda sul serio la programmazione. D'altronde, non è bene pubblicizzare così ampiamente la mia dipendenza dai cereali di Dracula; soprattutto adesso, che ho un nuovo, delizioso vampiro nella mia vita: Vlad.

Parlando del diavolo, è quasi ora del test.

Mentre mi ridisegno le sopracciglia e mi rendo più presentabile in generale, contemplo se il test debba avvenire nella mia camera da letto oppure in salotto. Dato che quest'ultimo mi sembra un po' più professionale, lo riordino, poi mi precipito in camera per prendere la valigetta con i sex toys. Al ritorno, la parcheggio vicino al divano.

Che cosa dovremmo testare?

Apro la valigetta, esamino i toys maschili e scelgo quello che mi sembra meno intimidatorio. Comunque, prendo il mio Tesoro ed eseguo una ricerca su come usare l'aggeggio (basta con le corse in ospedale per colpa dei sex toys, grazie tante!).

Il giocattolo è una sorta di guaina, e il suo utilizzo è generalmente piuttosto semplice: lubrificatelo, poi infilateci il pene dentro. Da qui in poi, l'utente in genere lo farebbe scorrere su e giù con la mano, ma il modello Belka è altamente tecnologico ed effettuerà lo scorrimento su e giù da solo. Inoltre, se lo si desidera, vibrerà.

Determinata ad essere pronta per ogni eventualità, lubrifico il mio e ci infilo dentro un dito.

Poi due.

Interessante.

Non ho mai messo le dita dentro un'altra donna (soltanto me stessa), ma questo è stranamente simile, a parte la sensazione di freddo. Quindi, più simile a una femmina morta, immagino.

Quant'è elastico questo aggeggio?

Ci infilo dentro un altro dito.

Nessun problema.

Ne metto un quarto.

Ancora nessun problema.

Stringo un pugno, e scivola dentro.

Fantastico, sto facendo il fisting alla povera medusa / vagina della donna morta.

Tornando a due dita, avvio l'app con l'altra mano, per vedere le opzioni che dovrò utilizzare in seguito.

I pulsanti principali sono "Accarezza" e "Vibra".

Clicco su "Accarezza", e la guaina cerca di inghiottire le mie dita come una medusa affamata.

Wow. Come sono riusciti a farla muovere così?

Poi, premo "Vibra", e ora mi sembra che quella medusa stia cercando di inghiottire le mie dita durante un terremoto.

Nel corso dell'intero esercizio, faccio del mio meglio per non pensare a Vlad.

O al suo membro.

O…

Il mio Tesoro emette il bip di un messaggio.

Merda! È ora.

Mi fiondo in cucina, getto la guaina nel lavandino e mi pulisco le dita dal lubrificante con un tovagliolo di carta.

Tornata al divano, controllo il telefono.

Appunto. È il messaggio che collegherà la mia app con quella di Vlad.

Non appena imposto il collegamento, la sezione dedicata alle videoconferenze prende vita.

Rispondo alla chiamata, cercando di essere disinvolta e di non arrossire. Si tratta di una faccenda di lavoro. Non c'è motivo di farsi prendere dal panico.

Poi, vedo i suoi occhi di lapislazzuli luccicare dietro le lenti, e tutta la professionalità va a farsi benedire.

Le mie guance avvampano, come se fossero state punte da quella stessa medusa affamata.

"Ciao, Fanny" mi saluta, con accento più marcato del solito.

"Salve, signore." Reprimo l'impulso di fare il saluto militare.

Gli angoli delle sue labbra si storcono. "Puoi chiamarmi Vlad, ricordi?"

"Giusto. Vlad. Ho scelto il giocattolo per oggi. La guaina. È quello…"

"So qual è." Scompare dalla vista della telecamera, e lo sento frugare in quella che presumo sia la sua valigetta.

Quando riappare, ha in mano il toy in questione.

Impossibilmente, il mio rossore si fa ancora più intenso. "Sì, proprio quello."

"Ottima scelta." Fa scorrere la punta del dito intorno all'entrata del sex toy (facendo ingelosire follemente le mie parti femminili). "È lo stesso che ho usato per i miei test."

"Ottimo." Mi ci vuole uno sforzo per tenere fermo il telefono. "Dunque… immagino che tu debba penetrarlo?"

Mi ronzano in testa gli echi dei miei pensieri logistici precedenti.

Dev'essere in tiro, per farlo. È questo il mio problema? Sicuramente no.

"Hai bisogno di un minuto?" Mi lecco nervosamente le labbra. "Per guardare un porno, o…"

"Sono pronto." Il suo sguardo sembra fisso sulla mia bocca. "Dove vuoi che punti la fotocamera? Preferirei che fosse sul mio viso, ma se…"

"Il viso va benissimo." Le parole mi fuoriescono come il gracidio di dolore di una rana investita da un camioncino dei gelati.

Cioè, sono solo un essere umano, perciò vorrei davvero, davvero tanto che la fotocamera fosse puntata verso il basso… ma non c'è alcun motivo di QA che mi venga in mente per giustificarlo, a meno che non avessi costruito io la guaina e volessi assicurarmi che si adattasse perfettamente al suo…

"Ci sono dentro" mormora.

D'accordo, allora.

Significa che è il mio turno… di farlo venire.

## Capitolo Quattordici

*R*imani professionale.

      Clinica.

In qualche modo.

"Prima proverò il pulsante Accarezza" affermo, pregando che non mi venga un infarto, mentre lo faccio.

Annuisce.

Premo il pulsante Accarezza.

Le sue pupille si dilatano.

Sul mio schermo, appare una manopola dell'intensità.

"Aumento la velocità." La voce mi è uscita roca? Devo smetterla.

Lui si morde il labbro e annuisce.

Lo porto lentamente al cinquanta per cento di intensità.

I muscoli della sua mascella si contraggono e le

pupille si dilatano ancora di più, mentre i suoi occhi vagano sul mio viso con la fame di un predatore.

Mi piace. Un po' troppo. Tossisco nervosamente nel pugno. "Dimmelo, se diventa eccessivo."

"Così va bene." Il suo respiro è chiaramente ansimante.

Accidenti, questa cosa è sexy!

Troppo, troppo sexy per essere professionale.

Non avrei mai immaginato quanto mi sarebbe piaciuto. Devo reprimere costantemente la tentazione di far scivolare giù la mano, per potermi unire a lui nel godimento.

"Aggiungo la vibrazione. D'accordo?"

Prendo il suo grugnito di risposta come un sì, e clicco sul pulsante.

Geme, e i muscoli del suo collo si tendono. Poi, espira sonoramente, rilassandosi.

Mentre osservo la sua espressione da orgasmo sul mio schermo, per poco non mi viene quell'infarto.

È ufficiale.

Ho portato il capo del mio capo all'orgasmo.

Sì. È successo.

Almeno, credo che abbia avuto un orgasmo.

Meglio verificare.

"Hai concluso?" gli chiedo, con la voce appena al di sopra di un sussurro. "Ho bisogno della conferma per la documentazione."

Ecco. Questo suona semi-professionale (soprattutto, se io fossi una cortigiana).

"Sì. È stato intenso." La sua voce è più roca del

solito. "Quando ho usato lo stesso giocattolo su di me, lo è stato molto meno."

"Ah" è tutto quello che riesco a dire, inizialmente. "Dev'essere come masturbarsi. Mi viene il dubbio che il mio test di prima non fosse valido, visto che anch'io l'ho fatto su me stessa."

Che cosa sto dicendo? Perché sono andata a parare lì?

Probabilmente, perché voglio più di ogni altra cosa al mondo che sia lui a farmi venire.

Inclina la testa, con gli occhi intensamente fissi su di me. "Se vuoi ripetere il test, posso aiutarti."

"Giusto" mi sento dire da lontano. Il cuore mi martella nel petto. "Buona idea."

*Cosa?* grida una parte di me. *Sei così arrapata, che il tuo cervello ha smesso di funzionare?*

"Meglio che riattacchi, ora" dice lui. "Devo darmi una pulita."

Una pulita. Giusto. Perché io l'ho fatto venire. Il mio viso avvampa di nuovo, anche mentre la delusione mi pervade.

Non sono pronta a finirla qui.

"Quando dovremmo riprendere?" gli chiedo, cercando di mantenere un tono uniforme. Professionale, come si addice a un'interazione tra una dipendente e il capo del suo capo. "Domani?"

I suoi occhi brillano. "Apprezzo il tuo entusiasmo, ma non vorrei farti lavorare nel fine settimana."

Ah, giusto.

È venerdì sera.

L'avevo dimenticato… insieme al mio nome.

"Nel fine settimana non è un problema" riesco a dire. "Ho riposato talmente tanto. E, comunque, questo non mi occuperà tutta la giornata. Testeremo solo un altro pezzo dell'hardware. Avevi detto che era importante."

Sembro troppo ansiosa?

Sono troppo impaziente?

"Che ne dici di domani sera alle otto?" mi chiede. "A meno che tu non abbia dei programmi?"

Quindi, lui e la signora del profumo non si vedranno nemmeno sabato sera. Questo aumenta le possibilità che non ci sia niente di serio tra di loro (ammesso che il loro rapporto non richieda appuntamenti formali, s'intende).

Faccio un respiro profondo. "Cancellerò i miei programmi per la serata."

"A presto, allora" mi saluta e riattacca.

Mi assicuro che abbia riattaccato davvero, poi prendo un sex toy femminile a caso e mi porto all'apice, per ritrovare una parvenza di sanità mentale.

Intontita dal sollievo, documento il test di oggi, finisco la mia routine quotidiana e vado a dormire.

———

IL GIORNO dopo passa in una nebbia.

Codifico altri suggerimenti di Phantom, gioco con

Monkey e, in generale, cerco di non pensare al grande evento che si terrà alle otto.

Nel pomeriggio, arriva un pacco da UPS, pieno dell'armamentario per le sopracciglia. Mi ci vuole un po' per provare la matita indelebile, l'ombretto e i tatuaggi temporanei, ma il look vincente si rivela essere quello delle sopracciglia posticce fatte con peli umani (dimostrando ancora una volta che si ottiene quello per cui si paga).

Facendo del mio meglio per non pensare alla reale provenienza di quei peli umani, continuo la mia giornata, finché non ricevo una telefonata da Ava.

"Mi stai evitando?" mi chiede, al posto di un saluto.

"No" replico.

Lei sbuffa. "Non hai risposto a nessuno dei miei messaggi."

"D'accordo, forse. Ho solo avuto parecchio da fare."

C'è un silenzio prolungato dal suo capo della linea. "C'entra qualcosa l'Impalatore?"

"Sì." Le racconto cosa è successo.

"Oh mio Dio!" urla, quando ho finito. "Sei proprio una zoccoletta. Mi piace!"

"Non lo sono. Manteniamo le cose strettamente professionali."

"Uh-huh. La negazione è una fase prevedibile."

Alzo gli occhi al cielo. "Potrebbe stare con qualcuno. Noi lavoriamo insieme. Io…"

"Per il test di stasera, scegli quel giocattolo per la

prostata" dice, e riesco quasi a sentirla sogghignare. "I maschietti tendono ad essere suscettibili a proposito dei loro culetti, perciò, se ti lascia infilare qualcosa lì dentro, gli piaci di sicuro."

Il mio viso brucia come la superficie del sole. "Stiamo facendo i test a distanza, quindi qualsiasi cosa infilata sarà opera sua."

"Stesso concetto. Risultato finale: giocattolo nel culo."

"Beh, ha accettato di testare tutti i toys maschili." Combatto l'impulso di grattarmi gli adesivi con i peli umani. "Suppongo fosse consapevole che lo scoiattolo era su quella lista."

"Fidati di me. Potrebbe non aver collegato tutti i puntini fin su per il retto. Se, quando sollevi l'argomento, non si tira indietro, significa qualcosa. Come minimo, una seria dedizione al lavoro, ma più probabilmente è la prova che è davvero preso da te."

Alla fine, mi gratto il sopracciglio. "Suppongo. Non vedo come questo possa far male."

"Potrebbe far male a lui" commenta con una risatina. "Assicuratevi di usare molto lubrificante, e procedete lentamente e con calma. Quando faccio questo genere di cose, a me piace iniziare con un po' di…"

"Troppissime informazioni" grido, e mi metto a cantare "Buon compleanno" più forte che posso.

"D'accordo" replica. "Meglio che vada a controllare il mio paziente, comunque."

Provo una fitta di senso di colpa. Non le ho

nemmeno chiesto dove fosse. "Ti fanno lavorare anche questo fine settimana?"

"Ci sono abituata" replica. "Tienimi aggiornata. Ciaooo."

"Ciao." Riattacco.

Per il resto della giornata, faccio ricerche su ogni sex toys della valigetta e medito su una domanda importante: quale giocattolo dovrei permettergli di testare su di me?

Dopo una lunga riflessione, opto per il vibratore del clitoride. La mia sessione con quello è stata superveloce, il che potrebbe essere un bene per la prima volta con Vlad.

Prima volta.

Ce ne sarà una seconda. E una terza.

Il mio battito cardiaco sale alle stelle, e comincio ad andare in iperventilazione; poi, però, la sezione dell'app dedicata alle videoconferenze prende vita, perciò faccio un respiro profondo e accetto la sua chiamata.

Accidenti! Quasi dimenticavo quanto sia sexy, con quei lineamenti scolpiti e quelle labbra pericolosamente baciabili. E quella ciocca di capelli è di nuovo lì, a stuzzicarmi, facendomi prudere le dita dalla voglia di toccarla.

"Ciao" lo saluto, cercando di non affogare nel suo sguardo blu intenso.

"Come sta andando il tuo weekend finora?" mormora.

"Mi tengo occupata" rispondo automaticamente.

"E tu? Fatto niente di nuovo?"

Sembra prendere in seria considerazione la domanda, come qualcuno che non ha mai chiacchierato di convenevoli prima d'ora. "Ho portato Oracle da uno specialista di roditori" risponde alla fine. "Questo non capita spesso."

Sbatto gli occhi dinnanzi a quella frase senza senso, poi sorrido, mentre ne decifro il significato. "Deduco che Oracle sia un roditore? Altrimenti, lo specialista sarebbe piuttosto confuso."

Ricambia il sorriso. "Oracle è il mio porcellino di mare."

Inarco un adesivo di peli umani. "Che cos'è un porcellino di mare? Non saranno mica quelle orribili creature che assomigliano a cetrioli di mare con sette zampe, che si annidano nelle profondità dell'oceano, spero? Quelli non sono roditori. Sembrano più che altro dei mostri Lovecraftiani in miniatura."

Il suo sorriso si allarga. "Scusa, è l'unica parola inglese che mi capita spesso di sbagliare. Volevo dire *porcellino d'India*. *Porcellino di mare* è una traduzione letterale del termine russo. La parte 'd'India' del nome non ha mai avuto alcun senso per me. Quegli animali provengono dalle Ande del Perù, quindi…"

"Aspetta, hai un porcellino d'India?" strillo la domanda (quasi come un porcellino normale).

"Sì. Perché?"

"Ne ho una anch'io" dichiaro con orgoglio. "Si chiama Monkey."

"Sul serio?" Il suo sorriso adesso è in piena regola. "Mostramela."

"Ti mostro la mia, se tu mi mostri il tuo" dico (e arrossisco all'istante, quando mi rendo conto di come mi è uscita la frase).

La fotocamera si offusca, mentre lui si alza. Intravedo una stanza grande come il mio salotto, ma piena di rampe, giocattoli, fieno e altre prelibatezze per porcellini d'India. In mezzo a tutto questo, c'è una soffice creatura arancione con il pelo che arriva alle zampe.

"Questa è Oracle" annuncia. "È di razza Coronet."

Ah! Ora, mi sento una pessima mamma di porcellini. Non so nemmeno che varietà di porcellino d'India sia Monkey. Né l'ho mai portata da uno specialista di roditori. Pensavo che un normale veterinario fosse sufficiente.

Ehi, per lo meno non l'ho chiamata Oracle, che presumo sia un riferimento alla società di database.

Poteva andare peggio.

Avrebbe potuto chiamarla Microsoft.

Rendendomi conto che siamo arrivati alla fase di "mostrargli la mia", afferro un acino d'uva senza semi per attirare fuori Monkey e, quando inizia a sgranocchiare, punto la fotocamera verso di lei.

"Che carina" commenta. "Sembra una razza americana."

"Non preoccuparti, la tua è quasi altrettanto carina" replico.

È una bugia. In realtà, la sua è più carina, ma non posso dirlo davanti a Monkey. Non mi perdonerebbe mai.

Lui torna a sedersi dov'era prima. "Dovremmo organizzare un appuntamento di gioco. Oracle non mostra alcun segno di solitudine, ma certe volte mi preoccupo per lei. E ho sentito dire che due femmine potrebbero andare d'accordo."

"Un appuntamento di gioco?" Guardo Monkey per avere un feedback, ma non ne ricevo alcun. "Oracle è ammalata, però? Hai detto che l'hai portata da uno specialista…"

"No, era solo per profilassi. Ha ottenuto un certificato di buona salute."

Dovrei portare Monkey da un veterinario per profilassi? In mia difesa, non vado nemmeno io a farmi i controlli annuali.

"A Monkey potrebbe piacere un appuntamento di gioco" ammetto. "Come funzionerebbe, logisticamente?"

Il suo volto si leviga, assumendo la tipica espressione illeggibile. "Fammi dare un'occhiata alla mia agenda, dopo che avremo finito. Ti manderò un messaggio con i dettagli."

*Dopo* che avremo finito.

Quasi dimenticavo che cosa stiamo per fare.

Il mio battito accelera, mentre torno al mio posto sul divano. "Ci rimettiamo al lavoro?"

Annuisce. "Che cosa c'è in programma, oggi?"

"Mmm. Ho scelto l'hardware, ma non ho deciso chi debba procedere per primo."

I suoi occhi brillano dietro le lenti degli occhiali. "Prima le signore, che ne dici? O l'età dovrebbe precedere la bellezza?"

Nel suo caso, l'età non gli impedisce di avere più bellezza, ma tengo la bocca chiusa. Non voglio che pensi che sto flirtando. "Comincio io, e terrò la fotocamera puntata sul viso, come hai fatto tu."

"Certo" dice. "Quale giocattolo userai?"

Arrossendo, frugo nella valigetta ai miei piedi e tiro fuori il vibratore per il clitoride.

Le sue narici si dilatano.

Mi ha decisamente appena immaginata ad usarlo.

"Dimmi quando sei pronta." Le sue parole sembrano tese.

"Dammi un secondo." Tenendo lo sguardo fisso sul suo, mi abbasso le mutandine con la mano libera.

Ora, i suoi occhi si spalancano.

Scommetto che sa cos'ho appena fatto, al di fuori del suo campo visivo.

Le guance mi bruciano terribilmente, ma qualcosa in quello scenario è più eccitante che imbarazzante (il che è imbarazzante di per sé).

Tolta la biancheria intima, premo il giocattolo sul mio clitoride.

## Capitolo Quindici

"Pronta" sussurro. "Però, vacci piano con l'intensità."

Il suo dito diventa grande sul mio schermo, quando preme il pulsante "On".

Inizia una piccolissima vibrazione.

Wow!

Sono già al limite.

I suoi occhi vagano sul mio viso.

La vibrazione s'intensifica.

Il calore si diffonde nel mio intimo.

Non. Devo. Gemere.

La velocità rallenta.

Ma che diavolo? L'orgasmo che stavo per avere comincia ad allontanarsi.

Che mi stia stuzzicando?

La velocità aumenta di nuovo.

Poi rallenta.

Poi accelera.

"Non fermarti" dice la mia bocca, senza il mio permesso cosciente.

È un sorriso soddisfatto, quello? La mia visuale si offusca, perché la velocità sale alle stelle.

Non posso fare a meno di gemere. E poi, gemere di nuovo.

La velocità aumenta ancora una volta, portandomi completamente all'apice, ed è lì che grido di piacere.

Ehi, almeno non ho urlato il suo nome!

Sentendomi sciogliere dalle scosse post-orgasmiche, allontano il sex toy e cerco di riprendere fiato. "È stato decisamente più intenso di quando controllavo io il giocattolo."

"Te l'avevo detto" mormora, sembrando un po' compiaciuto. "Vuoi che la chiudiamo qui, per oggi?"

"Bel tentativo. Ora è il tuo turno."

Inarca un sopracciglio (un sopracciglio vero, il che mi rende invidiosa). "Quale toy?"

Fino ad ora, non ero sicura di fare quello che mi aveva suggerito Ava, ma siccome lui ha giocato con la velocità, facendomi gemere come una pornostar, decido di provarci. "Visto che siamo in modalità di ripetizione dei test, pensavo allo scoiattolo."

L'accenno di compiacimento scompare dal suo volto, sostituito dalla sua solita espressione indecifrabile. Rovista da qualche parte e solleva il sex toy anale verso la fotocamera.

Il mio sfintere si contrae nervosamente. Potrebbe avere uno stress post-traumatico. "Sì, quello." Aspetta, stavo cercando di fare la voce sensuale? "A meno che tu non voglia ufficialmente tirarti indietro?"

"Perché dovrei?" mi chiede in tutta tranquillità. Se la prospettiva gli dà fastidio, lo nasconde bene.

"Nessun motivo. Dimmi quando sei pronto."

Mentre lubrifica il giocattolo, faccio del mio meglio per mantenere un'espressione impassibile.

Una delle sue mani sparisce dalla visuale, e reprimo l'impulso di ridacchiare.

Stento a credere che lo stia facendo davvero.

Si sta infilando…

Fa una leggera smorfia. "Pronto."

Sembra forse esitante? La cosa m'importa?

A una professionista non importerebbe.

Questo è solo un test, dopotutto.

Il familiare pulsante "Stimolazione del punto P" appare sul mio lato dell'app. Sentendomi sproporzionatamente birichina (considerando che sto solo premendo lo schermo del mio telefono), avvio lo scoiattolo.

Lui sembra pensieroso, mentre il giocattolo cerca la sua prostata.

Trattengo il respiro.

Se ci fosse ancora un bug nel codice, il giocattolo potrebbe mancare il bersaglio, e ci aspetterebbe un'altra visita in ospedale.

No.

Lo schermo m'informa che lo scoiattolo ha raggiunto la terra promessa, ovvero la prostata di Vlad.

Mi schiarisco la gola. "Ultima possibilità di tirarsi indietro."

"Sto bene." Le parole non corrispondono alla sua espressione, ma le prendo per buone, e premo il tasto "On".

Appare il pannello di controllo dell'intensità. Sentendomi misericordiosa, imposto la vibrazione al livello minimo.

Lui sgrana gli occhi.

È un buon segno? Non ho mai giocato con questi aggeggi, prima d'ora, quindi è difficile stabilirlo.

Con cautela, alzo un po' la velocità.

Il suo respiro si fa affannoso, e gli sporgono le vene del collo.

Gli sta piacendo, vero? Ci serviva forse una parola di sicurezza?

Supponendo che mi avrebbe detto di fermarmi, se necessario, aumento un po' di più la velocità.

"Fanny!" grugnisce.

Fanny, accelera, oppure fermati? Mantengo la stessa velocità.

Grugnisce di nuovo, stavolta chiaramente di piacere, ma la sua espressione da orgasmo è diversa oggi... quasi tanto confusa quanto beata.

Fermo la vibrazione.

Lui se ne sta lì, respirando affannosamente.

"È successo, vero?" Reprimo l'impulso di aggiungere: "È stato bello?"

"Oh, è successo." La sua voce è roca. "È stato

molto diverso, però. Avevo sentito parlare di orgasmi senza stimolazione del pene, ma…"

Smette di parlare, senza dubbio rendendosi conto della discutibile professionalità di "pene".

Rilasciando un respiro che non mi ero resa conto di trattenere, ordino allo scoiattolo di uscire da lui.

"Ti senti bene?" gli chiedo, quando lo vedo trasalire di nuovo.

"Tutto a posto" risponde. "Ma ora devo andare."

Mi mordo il labbro. "Ci sentiamo domani?"

"Ti manderò un messaggio" risponde, e riattacca.

Fisso il telefono vuoto.

Beh, è appena successo. Ho violato il mio capo al quadrato. Gli ho regalato un'esperienza sessuale che non aveva mai avuto prima: un nuovo tipo di orgasmo, in effetti.

Ma la sua disponibilità a farlo è la prova che gli piaccio, come ha suggerito Ava?

Nah! Scommetto che ha detto di sì soltanto perché è molto dedito a questo progetto e/o di mentalità aperta. Il che mi porta a chiedermi se mi permetterebbe di…

No. Smettila!

Mi alzo, mi pulisco, faccio uno spuntino e mi butto a letto.

Per tutta la notte, il mio sonno è inquieto, e i miei sogni sono del tipo che fa bagnare le mutandine.

## Capitolo Sedici

ome prima cosa al mattino, sul cellulare mi aspetta un messaggio di Vlad:

*Scusa se la fine del test è stata un po' brusca ieri sera.*

Ah! Non ci avevo nemmeno pensato. Ora che me lo fa notare, è comprensibile. Se fossi stata io quella con un sex toy nel sedere, avrei riattaccato ancora più rapidamente di lui.

*Nessun problema*, gli rispondo, aggiungendo anche un'emoticon sorridente.

Un nuovo messaggio arriva all'istante:

*Che programmi ha Monkey? Ho pensato di presentarle Oracle oggi e, se si piacciono, possiamo organizzare quell'appuntamento di gioco.*

Presentare i porcellini d'India? Che cosa accadrebbe, se si piacessero? O se non fosse così?

Dato che trovo adorabile l'idea dell'appuntamento di gioco, rispondo con:

*Monkey è disponibilissima oggi.*

Aspetta, ho appena fatto sembrare Monkey una sgualdrina?

*Va bene alle undici?* mi chiede.

Controllo l'orologio. Manca ancora un paio d'ore, perciò acconsento anche a questo, stavolta con un po' più di esitazione. La logistica delle presentazioni è un tantino confusa nella mia testa. Lo facciamo in videoconferenza o…

*Ottimo. Io e Oracle saremo lì alle undici.*

Lì? Cioè, a casa mia? Sapevo che c'era qualcosa di sospetto in questa faccenda delle presentazioni.

Beh, ormai è troppo tardi per tirarsi indietro. Inoltre, una parte di me adora l'idea di vedere Vlad di persona.

*Ci vediamo alle undici*, gli scrivo, e mi lancio in pulizie frenetiche.

Alle dieci e cinquantacinque, casa mia è più pulita che mai, e io indosso il mio vestito casual più bello, con le sopracciglia di alta qualità.

"Stai per farti un'amica" dico a Monkey.

Il campanello suona.

Il cuore mi salta in gola. È un tantino in anticipo. Mi fiondo alla porta e la apro.

Dall'altra parte della soglia, Vlad è accigliato. "Non hai uno spioncino, eppure non hai chiesto chi è."

Mi limito a fissarlo.

Indossa il suo solito trench nero, ma la camicia blu

al di sotto è più casual di quelle scure e inamidate che porta in ufficio (anche se non di molto).

"E se fossi stato un criminale?" Gli occhi blu intenso mi guardano con disapprovazione e, finalmente, mi rendo conto di ciò che ha detto.

"Mi avevi avvisata che saresti venuto alle undici." Cerco di non sembrare sulla difensiva. "Quante probabilità ci sono che un criminale venga a uccidermi esattamente a quell'ora?"

"Però, io…"

"Quella è Oracle?" Indico la creatura dentro il trasportino che lui regge in mano. "È ancora più carina dal vivo!"

La sua espressione severa si scalda, mentre segue il mio sguardo. "Spero che funzioni. Sarà divertente vederla giocare con una sua simile."

"Beh, entrate e proviamoci" dico, indicando il salotto.

Lui si toglie le scarpe (probabilmente un'abitudine russa), poi entra in salotto e si dirige verso il luogo dove si annida Monkey.

Mentre mi passa accanto, sento un lieve accenno di quello stesso profumo di donna che avevo sentito in passato.

Merda! Era con lei, chiunque essa sia?

Chiederglielo sarebbe estremamente inopportuno; dovremmo comportarci come colleghi, non come amanti gelosi.

*Spacca qualcosa!* esige il mostro verde.

*Ora parli proprio come Hulk.*

*Spaccale la testa!*

*Mi correggo, parli come una maniaca omicida.*

"Ciao, Monkey" dice Vlad, con un tono che assomiglia sospettosamente alla parlata di un bambino.

Monkey lo osserva con un interesse insolito.

Lui appoggia il trasportino accanto alla casetta di Monkey e aspetta.

"Che cosa sta succedendo?" gli chiedo, togliendomi dalla mente la questione del profumo, per ora.

Non mi arrenderò al mostro verde. Mi rifiuto.

"In questo modo, possono vedersi e annusarsi a vicenda, ma non toccarsi" mi spiega.

Monkey si avvicina al bordo della gabbia e, quando vede Oracle, squittisce.

Non sono una grande esperta, ma sembra uno squittio felice.

Lo squittio di risposta di Oracle è simile, e anche lei viene sul ciglio del suo trasportino. Ora i loro nasi distano solo pochi centimetri l'uno dall'altro.

"Che carine!" esclamo, mentre cominciano ad annusarsi a vicenda (il che, in un certo senso, assomiglia a un bacio).

Improvvisamente, Monkey saltella in aria, come l'ho vista fare quando, secondo me, è felice.

Oracle fa lo stesso.

"Questo si chiama popcorning" mi spiega Vlad,

senza distogliere lo sguardo dagli animaletti. "Un segno molto positivo, e inaspettato, così presto."

"Interessante. Che cosa viene dopo?"

"Non ne sono sicuro. La mia ricerca suggerisce di tenerle separate per un po', ma data questa reazione, potremmo arrischiarci a metterle insieme subito, sempre se tu sei d'accordo."

"Proviamoci!"

Tira fuori il telefono e manda un messaggio a qualcuno.

Il mostro verde si agita. Ha appena scritto alla donna del profumo?

Pochi secondi dopo, suona il campanello.

"Questo è Ivan" annuncia Vlad. "Però chiedi chi è, prima di aprire la porta."

"Sì, mammina" replico, affrettandomi verso l'ingresso, con Vlad alle calcagna.

"Chi è?" scandisco.

"Ivan" risponde una voce molto accentata.

"Posso aprire, ora?" chiedo a Vlad.

Annuisce. "Ora, è sicuro."

Quando apro la porta, Ivan è lì in piedi, con un enorme acquario tra le mani grassocce. Il fondo del box è disseminato di giocattoli, verdurine e altre cose per cui Monkey andrebbe matta.

"Tutta roba nuova" afferma Vlad, notando la mia confusione.

"Perché?"

Sorride. "Per dare al loro primo incontro uno

spazio neutro. Meno possibilità che una delle due si senta territoriale."

"D'accordo." Faccio cenno a Ivan di entrare.

L'omone si toglie anche lui le scarpe, poi deposita l'acquario vicino alla casetta di Monkey. Quando lei lo vede, gli mostra i denti, come faceva sempre con il mio ex.

"Monkey, porcellina, non fare la cattiva con Ivan!" le dico severamente.

"Non fa niente." Vlad fulmina il suo assistente, come se avesse provocato in qualche modo il digrignamento dei denti. "Ivan se ne stava andando."

Con uno sbuffo, quest'ultimo esce dall'appartamento.

"Non sta simpatico nemmeno a Oracle." Vlad tira fuori la sua porcellina d'India dal trasportino e la solleva all'altezza del viso. "Non è vero, piccolina?"

Wow. La creaturina sfrega il naso contro il suo. Monkey non lo fa mai con me.

Vlad deposita il suo animaletto sul fondo dell'acquario. "Ti dispiace se ci metto anche Monkey?" mi chiede. "Come si comporta con gli sconosciuti?"

"A te non ha mostrato i denti" rispondo. "Perciò, prova pure."

Si avvicina delicatamente alla casetta di Monkey. Con mia grande sorpresa, lei gli salta tra le mani. Cosa ancora più folle, quando lui solleva Monkey all'altezza del volto, quella traditrice di una creatura strofina anche lei il naso contro il suo.

Mi sento doppiamente gelosa! Dovrei essere io a strofinare il naso con lui o, come minimo, dovrei essere io quella con cui il mio animale domestico strofina il naso.

"Sei l'uomo che sussurrava ai porcellini d'India" borbotto, mentre lui depone delicatamente Monkey nell'acquario.

O è così, o dopotutto ha davvero quei poteri vampirici, quelli che gli permettono di rendere gli animali suoi adoratori.

"Probabilmente, Monkey ha solo sentito l'odore di Oracle su di me" dice. "Sono chiaramente anime gemelle."

Oh. Ha ragione. Le due porcelline cominciano a corrersi intorno come due bambine felici, squittendo eccitate, strofinando il naso, annusando tutti i giocattoli e mangiando tutte le verdure. Non si nascondono nemmeno una volta nelle casette disponibili agli angoli del box.

"Sai, sembra la danza d'accoppiamento dei porcellini d'India" affermo, guardando le loro buffonate. "L'ho vista su YouTube. Sei sicuro che Oracle sia una femmina?"

Si volta verso di me. "Tu sei sicura che Monkey sia una femmina?"

Rispondo con un ampio sorriso. "Ti avverto solo che Monkey non prende la pillola."

Finge di essere serio. "Se nasceranno dei porcellini, li terrò io."

"Se nasceranno dei porcellini, tu pagherai gli alimenti" ribatto.

Le due creaturine interrompono la danza, piombano a sedere e cominciano a pulirsi a vicenda.

Doppio wow. "È adorabile!"

Lui alza lo sguardo dagli animaletti e mi scruta in viso, con gli occhi che brillano. "Davvero adorabile."

## Capitolo Diciassette

*P*er la prima volta da quando è arrivato da me, elaboro appieno il fatto di averlo qui, in casa mia.

Sembra che ci si trovi bene.

Come se questo fosse il suo posto.

Vorrei poterlo tenere.

"Quanto dovrebbero durare queste presentazioni?" La domanda mi esce un po' affannosa.

I suoi occhi di lapislazzuli catturano il mio sguardo. "Le presentazioni sono praticamente finite, e sono state un successo clamoroso. Siamo pronti per un appuntamento di gioco. Quando siete libere tu e Monkey, prossimamente?"

Sorrido. "I miei orari di lavoro sono piuttosto tranquilli, perciò qualsiasi giorno dovrebbe andare bene."

"A proposito di lavoro..." Avanza verso di me. "Ti

va di fare altri test, stasera?"

Stasera? Sono pronta per farne un po' adesso! La madre di tutti i rossori mi adorna le guance, mentre annuisco.

"Ti va bene alle otto?"

Annuisco di nuovo.

Fa un altro passo verso di me. Ora, siamo abbastanza vicini, perché io possa sentire il suo odore caldo e sensuale, ma anche quel leggero sottofondo di profumo.

Mi fissa le labbra.

Fanculo! Gli chiederò del profumo.

Da un momento all'altro.

Devo solo formulare le parole, tutto qui.

Suona il campanello.

Lui si ritrae. "Aspetti qualcuno?"

Ancora muta, scuoto la testa.

"Chi potrebbe essere?" mi chiede. "I tuoi genitori? Ava?"

Costringo le mie corde vocali a funzionare. "Ava è in ospedale. I miei genitori hanno le chiavi di questo posto e, purtroppo, fanno irruzione senza suonare."

Lui tira fuori il telefono e manda un messaggio.

"Potrebbe essere Ivan?" gli chiedo.

Il suo telefono fa bip. "Non è Ivan. È un ragazzo. Biondo, magro, con…"

Aggrotto le sopracciglia posticce di peli umani. "Sembrerebbe il mio ex."

Le sopracciglia vere di Vlad si corrugano. "Ex fidanzato?"

"Trova dei pretesti per passare a trovarmi, di tanto in tanto." Non so perché la mia voce sia così sulla difensiva. "Un mese fa, si è 'accorto' di aver dimenticato qui un gioco per l'Xbox. Due mesi prima, era una felpa."

"Arriva così, senza preavviso?"

Il campanello suona di nuovo.

"Fammi controllare se è davvero lui." Mi dirigo verso la porta.

Vlad mi segue, e io mi sento un po' su di giri alla prospettiva che Bob veda un ragazzo così sexy nel mio appartamento (e tragga delle conclusioni).

"Chi è?" grido alla porta.

"Fanny, sono Bob" risponde la persona dall'altra parte, con la voce di Colui Che Non Dovrebbe Essere Nominato.

Apro la porta.

Bob mi sorride: un sorriso che si spegne, quando vede Vlad. "Io ero... ehm... in zona" balbetta. "Mi sono accorto di aver dimenticato la mia copia di *GEB* a casa tua. Potresti ridarmela?"

Guardo Vlad da sopra la spalla. "*GEB* sarebbe *Gödel, Escher, Bach*."

Il volto di Vlad è freddo come quello di un vampiro. Forse, addirittura freddo come l'azoto liquido. "Certo. Il libro di Douglas Hofstadter. L'ho letto. È fantastico."

La cosa ha senso; a molte persone del nostro settore piace quel libro.

"Tu sei Bob, giusto?" chiede Vlad, con voce più

fredda di quella di un vampiro dopo un bagno nell'azoto liquido.

Deglutendo visibilmente, Bob annuisce.

"Voglio che pensi molto attentamente a qualsiasi altro oggetto che potresti aver dimenticato qui" dice Vlad, praticamente trasudando minacciosità. "Questa è la tua ultima possibilità di riaverlo indietro."

Era una minaccia? A giudicare dalla faccia di Bob, sembra proprio che lui l'abbia presa come tale.

Che cosa dovrei fare?

"S-sono venuto solo a p-prendere il libro" dice Bob, con una balbuzie che non ha mai avuto, quando uscivamo insieme. "Non m-mi viene in mente nient'altro."

Vlad mi posa una mano possessiva sulla spalla. "Fanny, sai dov'è il libro?"

"Certo." Uso un tono di voce leggero, principalmente per ridurre la tensione (ai livelli di un palloncino in procinto di scoppiare). "Vado a prenderlo."

Mentre mi lascio alle spalle i due uomini, mi chiedo se, al mio ritorno, troverò soltanto Vlad e un guscio dissanguato.

Trovato il libro, mi affretto a tornare.

Bob sembra più bianco di un water di porcellana nuovo di zecca, mentre Vlad ha gli occhi come ghiaccioli, che fissano il mio ex.

"Tieni." Piazzo *GEB* tra le mani visibilmente tremanti di Bob.

"Grazie" borbotta.

"Hai pensato a qualcos'altro che potrà mai servirti?" Il tono di Vlad riuscirebbe a tagliare il vetro. "Dico sul serio. Questa è la tua ultima possibilità."

"N-no. Non verrò mai più qui." Le parole fuoriescono come un giuramento balbuziente. Poi, Bob gira sui tacchi e si allontana come se mille diavoli lo stessero inseguendo.

È ufficiale. Il mio ex è stato appena impalato dall'Impalatore.

"Che cosa gli hai detto, mentre ero via?" domando, chiudendo la porta.

"Niente di che" risponde Vlad tranquillamente. "Ora ho un pranzo di lavoro."

Prima che possa chiedergli i dettagli, lui torna a grandi passi in salotto, solleva delicatamente Oracle dall'acquario e la rimette nel trasportino.

"Puoi lasciare qui lo spazio neutrale" propongo. "Così, sarà pronto per l'appuntamento di gioco."

Ammesso che sia ancora in programma. Lui sembra abbastanza burrascoso da annullarlo.

"Sei sicura che non sia d'intralcio, qui?" mi chiede, mentre la sua espressione si scalda di un grado o due.

Liquido la domanda con un gesto della mano. "Lasciala pure."

"Grazie" dice. "Ma forse sarebbe meglio rimettere Monkey nel suo habitat, prima dell'appuntamento di gioco."

"Capisco" dico con una risatina. "La famosa territorialità dei porcellini d'India." È quasi peggiore di quella di un proprietario d'azienda nei confronti della sua dipendente.

Il suo sorriso di risposta non gli tocca gli occhi.

Lo accompagno alla porta e gli tengo il trasportino di Oracle, mentre si rimette le scarpe. Passandogli il trasportino, gli chiedo: "Siamo ancora d'accordo per le otto, vero?"

I suoi occhi si stringono. "Perché no?"

"Nessun motivo" mento. "A dopo, allora."

Mentre lui si dirige verso l'auto di Ivan, io chiudo la porta, rilasciando il respiro che sembra essermi rimasto nei polmoni fin dall'inizio della disfatta di Bob.

Di che diavolo si trattava? Vlad era geloso?

No. Non può essere. Bob deve aver inavvertitamente violato qualche consuetudine russa, qualcosa del tipo "mai presentarsi senza preavviso". Oppure, Vlad tende ad arrabbiarsi particolarmente all'ora di pranzo.

Sì. Uno di questi dev'essere il motivo. Un uomo che ha addosso il profumo di un'altra donna non ha il diritto di ingelosirsi.

Mi dirigo verso l'acquario, sollevo Monkey e la tengo vicino al mio viso.

No. Niente sfregamenti di naso con me. Chiaramente, è una cosa che fa soltanto con Vlad.

Figuriamoci!

Rimetto delicatamente la piccola traditrice nella sua casetta, le do uno spuntino e vado a tenermi occupata, fino allo scoccare delle otto.

## Capitolo Diciotto

*E*samino i sex toys che ho scelto per la grande sessione di test.

Se stasera avesse un tema, sarebbe l'aspirazione: il giocattolo per lui è un aggeggio chiamato pompa per il pene, mentre il mio è il suo cuginetto: un dispositivo che succhia il clitoride.

Secondo la mia ricerca, entrambi questi sex toys dovrebbero funzionare come una sorta di antipasto. Fanno affluire il sangue nella zona interessata, aumentandone la sensibilità. I modelli Belka sembrano fare un ulteriore passo avanti, incorporando vibrazioni e chissà quant'altro.

Dato che c'è tempo, prendo la pompa, che è un duplicato di quella che Vlad userà più tardi, e ci infilo dentro le dita.

Il materiale è morbido, ma non molle per tutta la lunghezza.

La accendo.

Wow. È come avere le dita dentro un aspirapolvere. Sarà davvero una cosa piacevole per lui?

Accendo la vibrazione.

Sembra ancora un aspirapolvere, solo più rumoroso.

Spegnendo la pompa, prendo il succhia-clitoride e ci infilo la punta dell'indice, prima di accenderlo.

Sembra che il dispositivo stia cercando di farmi un succhiotto al dito.

Con la vibrazione, ho l'impressione che potrei voler tenere lì la punta del dito per sempre.

Mmm. Mi chiedo che sensazione mi darà, una volta usato come indicato?

Forse, dovrei scegliere un giocattolo più sicuro?

La funzione di videoconferenza dell'app squilla, e io rispondo.

"Ciao." Vlad sorride; la sua scontrosità di prima sembra essere sparita. "Com'è andato il resto della giornata?"

Mi stringo nelle spalle. "Mi sono fatta prendere dalle faccende domestiche. Tu, invece? Tu e Oracle come ve la passate a casa?"

"Io sono stato troppo occupato, per essere domenica" risponde. "Oracle sta bene, ma sembra sottotono. Credo che senta già la mancanza di Monkey."

A pensarci bene, Monkey era un po' abbattuta, dopo che se ne sono andati. Anche lei sente la mancanza della sua nuova amichetta? O forse di Vlad?

"Dovremo fissare presto quell'appuntamento di gioco" affermo.

Annuisce. "Hai detto che la tua agenda è flessibile, quindi magari potremmo farlo in un giorno lavorativo, a inizio settimana?"

"Fatta! È un appuntamento tra porcelline d'India" dico. "Ora, dovremmo metterci al lavoro?"

Quegli occhi blu sono forse diventati affamati, dietro gli occhiali con la montatura di corno?

"Diamo di nuovo la precedenza alle signore?" mi chiede.

Annuendo, gli mostro i toys che avevo in mente.

Si sbottona il primo bottone della camicia. "Fammi sapere quando sei pronta."

Indosso un vestito senza biancheria intima, quindi è questione di un istante avvicinare l'aggeggio aspirante al clitoride. "Pronta."

I suoi occhi si oscurano. Ha appena intuito che sono senza mutandine?

Il giocattolo prende vita e si aggancia al mio clitoride come una sanguisuga approvata dalla FDA.

Wow. Il test delle dita non mi ha preparata adeguatamente per questo.

Mi lancio un'occhiata sotto la gonna. Accidenti! Le cose si sono ingrossate, laggiù. Sembra che stia per spuntarmi un pene. Sono lieta che lui non possa vedere la situazione. Il mio cuore martella, e ondate di calore invadono il mio corpo, mentre le sensazioni s'intensificano.

Come da lontano, lo sento chiedere: "Devo aumentare l'aspirazione?"

"No" rispondo ansimando. "Proviamo con la vibrazione."

Non appena inizia la vibrazione, ho l'orgasmo più intenso della mia vita (al limite del dolore).

Qualcosa tra un gemito e un urlo mi sfugge dalle labbra.

Poi, il dispositivo si spegne, interrompendo l'aspirazione, ma provocandomi anche un altro orgasmo.

Solo allora mi rendo conto che, in balia della passione, ho lasciato cadere il telefono sul divano.

Arrossendo a livelli record, lo afferro.

Il suo volto sullo schermo è di nuovo illeggibile.

Accavallo tardivamente le gambe. "Hai visto qualcosa?"

Un accenno di sorriso. "Un gentiluomo non rivela mai ciò che vede."

Questo è un sì! Quanto avrà visto? E perché diavolo dovevo essere tutta rossa e gonfia per l'aggeggio aspirante?

Che cosa sto dicendo? Sarei altrettanto mortificata, se tutto fosse stato bello roseo laggiù. Ora, se il mio vecchio cespuglio fosse ancora lì...

Merda! Sto peggiorando la situazione, rimanendo in silenzio. "Tocca a te" dico, quando il mio cervello si rimette in moto. "Secondo la mia ricerca, non c'è bisogno che tu sia, mmm… pronto, per questo. L'aspirazione dell'aggeggio si occuperà di quel passaggio."

La sua mano scompare alla vista per qualche istante. Poi, dice: "Pronto."

Da perfezionista dei test, vorrei chiedergli se sta iniziando l'esperimento in piena erezione o meno, in modo da poter documentare questo fatto. La mia bocca, però, non formula le parole, quindi la documentazione del test sarà meno che perfetta.

Non che faccia davvero differenza. Come ho detto, il dispositivo provvederà a farglielo venire duro piuttosto in fretta; una versione della stessa pompa viene utilizzata anche su pazienti affetti da disfunzioni erettili.

Premo il pulsante "On".

Riesco a sentire il turbinio del motore dal suo lato della chiamata.

Sembra un rumore teso, o qualcosa del genere.

Lui sgrana gli occhi.

"Aumento l'aspirazione, ok?"

Annuisce.

Giocherello con i controlli dell'intensità.

Lui trattiene il fiato.

Se non era in tiro prima, scommetto che ora lo è (e questa consapevolezza fa formicolare le mie parti basse ipersensibili).

All'improvviso, si sente uno strano suono. Vlad grugnisce, ma di dolore, anziché di piacere.

Fisso a bocca aperta il suo viso.

Quella non è la sua espressione da orgasmo. Ormai la riconosco.

Questa sembra più una faccia da ahia.

Interrompo l'aspirazione. "È successo qualcosa?"

Guarda verso il basso e scuote la testa per l'incredulità. "La pompa si è rotta."

"Rotta?" Guardo la mia versione della pompa per controllare se ci siano parti che potrebbero rompersi, ma non vedo niente del genere.

"Sembra che sia un problema di dimensioni." La frase viene pronunciata quasi timidamente e, di certo, senza alcun accenno di superiorità o ego.

Strabuzzo gli occhi.

Un problema di dimensioni? Nel senso, la pompa gliel'ha fatto diventare così grosso, da rompere quel dannato aggeggio?

Quanto grande ce l'ha?

Guardo di nuovo la mia versione del dispositivo.

Per romperlo, dovrebbe essere grande come Glurp.

Povera, piccola pompa. Non ha retto all'impalamento.

Merda.

Io ce la farei?

"Ritieni che questo test sia stato un fallimento?" La voce di Vlad s'intromette nei miei pensieri folli, e mi rendo conto di essere rimasta in silenzio per tutto questo tempo.

Mi sforzo di sorridere. "Nessun test è un fallimento. Abbiamo imparato una cosa da correggere, e questo è un bene per la Belka. In questo caso, è più un problema di hardware che di software."

Annuisce seriamente. "Hai ragione. Inoltrerò quest'informazione a quelli della Belka."

Ah! Quella sì che dovrebbe essere una conversazione divertente. "Che ne dici di concludere qui il test, per oggi?"

Perché quel membro gigantesco ha bisogno di riposare.

"Certo" mi risponde. "Domani alla stessa ora?"

"Per me va bene" dico; poi riattacco, per poter correre finalmente al mio cassetto degli attrezzi e prendere il metro.

La pompa misura venti centimetri in lunghezza e diciassette in circonferenza.

Questo mi dà un'idea del pacco di Vlad: è abbastanza grande, da richiedere un nome tutto suo.

Non devo pensarci molto, per trovarne uno.

*Dracula.*

## Capitolo Diciannove

*I*l mio sonno è ancora più inquieto della notte precedente.

Al mattino, trovo un'email di Sandra nella mia casella di posta elettronica. Vuole incontrarmi per un aggiornamento.

Le dico che posso essere in ufficio per le undici e mezza: orario scelto perché (non molto segretamente) spero di imbattermi in Vlad e di pranzare di nuovo insieme.

Sandra mi ringrazia e conferma che l'orario va bene; perciò, indosso la mia gonna a tubino e la mia camicetta preferite per sembrare più professionale, mi applico le sopracciglia migliori e mi dirigo verso l'ufficio.

Quando sto per entrare nel palazzo, una donna di una bellezza classica cattura il mio sguardo. È alta come una modella, con labbra carnose, capelli neri degni della pubblicità di uno shampoo, e occhi blu impressionanti.

Quando mi passa accanto, capisco cosa abbia attirato la mia attenzione.

Non il suo aspetto, bensì il suo profumo.

Lo riconosco.

È il profumo che ho sentito addosso a Vlad l'altro giorno. È tutt'intorno a lei, come se ci avesse fatto il bagno.

*Attacca!* ordina il mostro verde. *Prima uccidi, poi scopri se è davvero lei.*

*No.*

*Capisco... Troppi testimoni. Inseguila in un vicolo buio.*

*Ho una riunione con Sandra.*

*Patetica smidollata.*

*Chiudi il becco!*

*Non dirmi di chiudere il becco. Ucciderò anche te.*

Una guardia della sicurezza mi osserva in modo sospetto, quindi tiro fuori il mio tesserino identificativo e, finalmente, entro nell'edificio.

Quando m'infilo in ascensore, un tizio blocca la chiusura delle porte e mi segue all'interno.

Ha un aspetto familiare, ma ho un momentaneo vuoto di memoria. Poi, ricordo di averlo visto alla riunione mensile dell'altro giorno. La mia app aveva stabilito che assomigliasse a Butt-Head (solo che è più difficile identificarlo, senza Beavis).

"Tu sei Fanny, vero?" mi chiede Butt-Head. "Fanny Pack?"

"Sono io." Gli tendo la mano. "E tu sei..."

"Mike" si presenta. "Mike Ventura."

Premo il pulsante per il nostro piano. "Lavori nel dipartimento di sviluppo, giusto?"

Ho eseguito dei test sul suo lavoro, quindi so che è così, ma mi sembra educato domandare.

"Sì" risponde. "Ho sentito che hai intenzione di lasciare il dipartimento di QA per unirti a noi. Ho visto il tuo codice. Piuttosto elegante."

Elegante.

Phantom continua a dire così del mio codice.

Mike potrebbe essere Phantom? Sarebbe strano chiederglielo direttamente?

Le porte dell'ascensore si aprono.

Mi fa cenno di uscire per prima. "Se ti va, possiamo incontrarci per parlare di programmazione e così via."

"Certo" dico, pensando che potrebbe essere anche una buona occasione per scoprire se sia davvero Phantom, senza fare tardi per l'incontro con la mia manager. "Mandami un'email. L'indirizzo è *fpack* chiocciola Binary Birch."

Ecco, email di lavoro.

Manteniamo le cose professionali.

"Siamo d'accordo, allora" dice Mike con un ampio sorriso. "Ci vediamo."

Lo saluto con la mano e mi precipito al cubicolo di Sandra.

"Le cose stanno procedendo in anticipo rispetto al programma" le dico, dopo che andiamo in una sala riunioni e ci accomodiamo sulle nostre sedie. "Non c'è niente di cui preoccuparsi."

Tira un sospiro di sollievo. "Grazie. Dovrò dare un aggiornamento al signor Chortsky questo pomeriggio, quindi questa notizia mi è di grande aiuto."

Arrossisco. Lui sa già come stanno andando le cose, ma ovviamente non posso far venire un infarto a Sandra, rivelandole chi è il mio tester maschio.

"C'è nient'altro?" le chiedo, impaziente di correre nella sala ristoro, per vedere se lui è lì in agguato.

Mi sorride. "Ho parlato con il manager del dipartimento di sviluppo."

Questo cattura il mio interesse. "E?"

"Dice che non hanno posti vacanti, al momento, ma che il tuo codice ha impressionato tutti; quindi, quando ne avranno uno, sarai la prima persona a cui faranno un colloquio." Sandra abbassa la voce a un sussurro cospiratorio. "L'impressione che ho avuto è che, a quel punto, il colloquio sarebbe una mera formalità."

Evviva! Sono piaciuta. "Sai quanto spesso si aprono dei posti vacanti?"

Fa spallucce. "Non può essere tra più di qualche mese. L'azienda è in crescita."

La mia eccitazione diminuisce un pochino. Mi sembra che manchi un'eternità. Avrei dovuto chiedere il trasferimento prima; il conto alla rovescia avrebbe potuto iniziare allora.

D'altra parte, non avevo ancora l'app per impressionare tutti.

Sandra si alza in piedi. "Grazie ancora. Per favore, tienimi informata sui prossimi progressi."

"Lo farò."

Aspetto che se ne vada, poi mi fiondo verso la sala ristoro.

Il mio cuore sprofonda.

Vlad non è qui.

Quanto sarebbe sbagliato, se facessi un salto nel suo ufficio?

Se per "sbagliato" intendo "inappropriato", allora molto.

Sognando i suoi occhi, mi verso dell'acqua calda. Mentre intingo la bustina del tè, la tazza scivola giù dal bordo del tavolo e l'acqua si riversa dappertutto.

Merda! Per lo meno, non mi sono scottata.

Afferro dei tovaglioli, mi chino e comincio a tamponare il liquido. La mia gonna emette uno strano rumore di strappo (potrebbe essere troppo stretta per questa manovra!) e la sento arrotolarmisi su per le cosce.

Merda! È aria quella che sento sul sedere, coperto (o piuttosto, non molto coperto) dal perizoma?

Sento un odore di bergamotto agrumato, proprio quando qualcuno si schiarisce la gola.

Mi raddrizzo così velocemente, che quasi prendo un colpo di frusta alla colonna vertebrale.

Naturalmente.

È Vlad.

Non bastava che avesse visto la mia vagina ieri sera; ora, mi ha visto anche il sedere.

Almeno, gli piace?

Controllo con discrezione i suoi pantaloni per vedere se Dracula si sia risvegliato.

Sì! C'è un rigonfiamento. Bello grosso.

"I miei occhi sono quassù" dice Vlad.

Oh, merda! Adesso, mi ha pure beccata a fissargli il pacco.

Sul posto di lavoro.

Alzando la testa di scatto, mi vedo riflessa nei suoi occhiali.

Sorpresa, sorpresa. Le mie guance ardenti sono più rosse del culetto di un macaco.

Come in un déjà-vu, Britney entra nella sala ristoro proprio in quel momento, e i suoi occhi saltano da me a Vlad.

"Pranziamo insieme?" mi chiede lui, appena la vede.

Annuisco con un cenno del capo, getto i tovaglioli bagnati nell'immondizia e mi precipito fuori di lì, come se a Britney fossero spuntati dei foruncoli.

Dopo una discesa in ascensore e una breve camminata, mi ritrovo nello stesso ristorante dell'ultima volta (solo che, ora, sono più saggia e ordino immediatamente il menù per bambini).

"Il menù dei bambini anche per me" dice Vlad al cameriere.

"Non sei tenuto a ordinare la stessa cosa che prendo io" gli dico, ancora arrossita e agitata per l'incidente del tè. "Perché dovresti perderti gli occhi di tonno, o il cuore di cobra, o qualsiasi altra cosa lo chef abbia deciso di cucinare oggi?"

"Abbiamo i tacos de sesos che le piacciono" s'intromette il cameriere.

Il mio spagnolo è così-così, ma sono abbastanza sicura che *sesos* significhi "cervelli". Qualcuno può dire *morbo della mucca pazza*? Almeno spero che stiamo parlando di mucche e non, diciamo, di cervelli di tasso del miele.

Vlad sembra incuriosito. Immagino che il vampirismo sia diventato noioso, e lui sia pronto a provare ad essere uno zombie.

"Sul serio, prendi la scelta dello chef" lo esorto. "Altrimenti, mi sentirò in colpa."

Vlad sorride. "Se ne sei sicura."

"Insisto" dichiaro, e dico sul serio. L'alternativa sarebbe che io prendessi la specialità insieme a lui (e il mio stomaco non è abbastanza forte per questo).

Vlad guarda il cameriere. "Visto che la signora insiste, prenderò la scelta dello chef."

"Naturalmente." Il cameriere ci versa del vino e si leva di torno.

Vlad solleva il calice. "Alla tua salute."

Sembro forse malata? "Altrettanto." Sollevo il mio calice in modo cerimonioso e bevo un delizioso sorso di vino.

Lui posa il bicchiere.

Io lo imito, e mi lascio di nuovo distrarre dalle sue dita (in particolare, dalla voglia di leccarle).

"Posso farti una domanda personale?" mi chiede, strappandomi alle mie fantasticherie inappropriate.

Aggrotto il mio finto sopracciglio di peli umani sinistro. "Solo se io posso fartene due in cambio."

I suoi occhi brillano di divertimento. "Tradizionalmente, queste cose funzionano con un quid pro quo."

"Disprezzo la tradizione" dichiaro con finta serietà. "Una domanda personale al prezzo di due, offerta finale."

"Ma tu risponderai a qualsiasi cosa ti chieda" puntualizza. "Si applicano le regole di Obbligo o Verità."

"Affare fatto" rispondo, e non posso evitare di pensare che potrei pentirmene.

"Perché hai mollato il tuo ex recupera-libri?" mi chiede, stringendo gli occhi blu come una macchina della verità.

Avevo ragione. Sono già pentita del patto che abbiamo fatto. "Vuoi dire Bob?"

"Se si chiama così" replica con disgusto palese. "Il tizio che non poteva semplicemente comprarsi una nuova copia di *Gödel, Escher, Bach*."

Bevo un sorso più abbondante di vino. "Non l'ho mollato io. Lui ha lasciato me."

Vlad sgrana gli occhi (il che mi fa tornare in mente l'altro giorno, quando stava godendo sotto il mio controllo). "Perché mai avrebbe dovuto farlo?"

Il modo in cui mi pone questa domanda mi fa

sentire calda e scombussolata dentro. Solo che non ho voglia di rispondere. Neanche un po'.

Si spinge gli occhiali più in alto sul naso, con una di quelle dita leccabili. "Vuoi tirarti indietro dal nostro quid pro quo?"

Alzo il mento. "Ho già risposto alla tua domanda, quindi tu me ne devi due."

"Sai cosa intendevo chiedere." Prende il suo bicchiere d'acqua. "Vuoi davvero tirarti indietro per un cavillo?"

Bevo un altro sorso di vino, per farmi coraggio. "Riteneva che non fossi avventurosa."

Vlad per poco non si soffoca con l'acqua. "Stronzate. Tu? Sei una delle persone più audaci che conosco."

Whoa. Lo guardo a bocca aperta. "Io?"

"Ti ho vista fare cose audaci ogni volta che abbiamo eseguito i nostri test, e che cos'è questo, se non avventuroso?"

"Immagino di sì." Scruto i tavoli vicini con fare dubbioso. "Però, non ho provato il cibo qui." Né gli ho chiesto della donna col profumo.

Liquida l'affermazione con un cenno della mano. "Scommetto che potresti mangiarlo, se lo volessi. Ma perché? Il cibo è fatto per essere gustato. Se il recupera-libri ti chiedeva di fare cose che non ti andava di fare, questo non ti rende poco avventurosa. Semmai, il fatto che ti abbia definita così rende lui uno stronzo."

Il cameriere ci porta il cibo, risparmiandomi la necessità di commentare.

Lui non ha torto, però. Bob *è* uno stronzo. Col senno di poi, avrei dovuto essere *io* a rompere con lui. Ma ero occupata con il mio nuovo lavoro alla Binary Birch e, semplicemente, non ero nella disposizione mentale per analizzare la mia relazione. Mi sono limitata a lasciarmi trasportare dalla corrente, anche se il sesso era a dir poco noioso: situazione che Bob cercava di risolvere, spingendomi a compiere atti sessuali sempre più esotici, che semplicemente non mi andava di fare con lui. La goccia che ha fatto traboccare il vaso è stata al rientro da Praga, dove eravamo andati a vedere lo spettacolo delle succube allo strip club (che mi era piaciuto molto, tra l'altro, per gli alti valori della produzione, i costumi eccellenti e l'ottima recitazione). In ogni caso, Bob ha decretato che, visto che avevo accettato di guardare delle showgirl farsi il fisting a vicenda sul palco, avrei potuto essere d'accordo con il pissing... e questo era un no secco per me. E il mio no secco ha fatto incazzare Bob, che mi ha prontamente mollata. Anche se, certe volte, sembra che mi rivoglia indietro, perché ogni tanto passa a casa mia a riprendersi i pochi oggetti che ha lasciato.

Sentendo che mi sto innervosendo di nuovo (normalmente, non mi piace nemmeno pensare al nome di Bob), mi concentro sul cibo che ho davanti.

È lo stesso dell'ultima volta: yuca e patate dolci

fritte in salsa di besciamella, bastoncini di tonno pinna blu, crocchette di quaglia e quesadillas al formaggio.

Non guardo troppo nella selezione di pietanze di Vlad. Purché non striscino dal suo piatto al mio, mi sta bene. In ogni caso, la mia mente è ancora turbata dai pensieri sgraditi sul mio ex (e, cosa ancora più irritante, sulla misteriosa donna profumata).

Devo davvero prendere provvedimenti in merito a quest'ultima, prima che il mostro verde mi faccia impazzire.

"Dunque" esordisco, dopo aver finito un bastoncino di pesce e una crocchetta. "Tocca a me farti una domanda."

Vlad inghiotte qualcosa che non so (e non voglio) identificare. "Spara."

"Come mai è finita la tua ultima relazione?" gli chiedo, fissandolo con uno sguardo intenso. "A meno che… non sia ancora in corso."

## Capitolo Venti

*E*cco. Non molto discreta, ma ehi.

Lui morde quello che dev'essere il taco a base di cervello, e io mi aspetto quasi che i suoi occhi si offuschino, in stile zombie.

"La mia ultima relazione è stata un paio di anni fa" afferma, dopo aver ingoiato. "Lei mi ha lasciato perché non avevamo molto in comune; parole sue, non mie."

Non avevano abbastanza in comune? Sempre meglio che "non riusciva a gestire Dracula".

"Da quella rottura, non ho più avuto storie" continua. "Non perché abbia il cuore spezzato né niente del genere. Sono solo stato molto occupato con la mia azienda, e ad aiutare Alex con la sua."

Quindi, attualmente, non frequenta nessuna?

Devo sopprimere la gioia.

Questo significa anche che la donna del profumo è, al massimo, una scappatella casuale (molto meglio che una fidanzata fissa, anche se non è ancora l'ideale).

Ma, aspetta: è ancora troppo impegnato per uscire con qualcuna che meriti... qualcuna che potrebbe assomigliare a Biancaneve?

Quanto sarà ovvio, se la mia seconda domanda sarà questa?

Trasparente.

Un angolo della sua bocca si solleva in un sorriso diabolico. "Hai ancora una domanda. Sono curioso di sentirla."

Ecco la prova che non sono poi così audace come pensa lui. Invece di chiedergli se è pronto per una storia (in particolare, con me), blatero: "Come mai non ci sono informazioni su di te online?"

Il sorriso scompare. "Perché sono una persona estremamente riservata."

Metto delle patatine nel mio piatto. "Non è propriamente una risposta. *Perché* sei così riservato?"

"Perché tutti gli altri non sono *più* riservati?"

Sorrido. "È un'altra domanda?"

Scuote la testa. "Hai idea di quante persone non abbiano ottenuto un lavoro nella mia azienda, o in quella di mio fratello, esclusivamente sulla base di quello che hanno pubblicato su Facebook e Twitter? E questo è un esempio benevolo. Un governo può fare molto peggio che non assumerti. Può sbatterti in prigione, o metterti in qualche lista, o chissà cos'altro. Per me, il fatto che milioni di persone condividano i loro momenti più privati con il mondo intero, di loro spontanea volontà, è completamente folle. Un egocentrismo finito terribilmente male."

"Wow. Dimmi come la pensi *veramente*" dico, catalogando mentalmente ciò che ho pubblicato sui miei social media. Probabilmente, dovrei rimuovere una parte il più in fretta possibile.

Lui morde un boccone discutibile, da cui cola qualcosa di verde e appiccicoso. "Come dice il proverbio: la conoscenza è potere. Non mi piace rinunciare al mio potere."

Allungo la mano per grattarmi il sopracciglio, poi mi ricordo della sua natura precaria e mi gratto la fronte, invece. "Capisco quello che intendi. Però, mi sembra un tantino paranoico."

Questa volta, sono abbastanza sicura che sia un pezzo di sanguinaccio quello che si mette in bocca. Spero sia a base di sangue di maiale, ma non si può mai sapere.

"Che ne dici di un esperimento mentale?" mi propone, dopo che la salsiccia è sparita. "Io ti descrivo uno scenario, e tu mi dici come ti fa sentire."

"Certo." Mordo una patatina fritta.

"Oggi hai incontrato Sandra." Lo dice come un'affermazione, non una domanda.

"Sì. E allora?"

Si sporge in avanti. "E se ti dicessi che ho assistito all'intera conversazione attraverso la telecamera di sicurezza della sala riunioni?"

Mi acciglio. "Direi che è un po' inquietante, ma

ehi, l'azienda è tua. Certo, se mi dicessi che sbirci nei bagni, sarebbe tutta un'altra storia."

"Non sono un pervertito." Come a contraddire la sua affermazione, infila la forchetta in qualcosa di fermentato, con una consistenza appiccicosa e viscida, che nessun alimento dovrebbe mai avere. "Ma ora cominci a capire quello che intendo. Quella sensazione che proveresti, se qualcuno mettesse una telecamera nel tuo bagno: ecco di cosa parlo." Con il viso più teso, aggiunge: "È particolarmente sviluppata in me, e per una buona ragione."

Mi blocco, con un'altra patatina fritta a metà strada verso la bocca. "Che cosa intendi? È successo qualcosa?"

Mette giù la forchetta. "Mio nonno è stato giustiziato per una barzelletta politica che un suo vicino ha sentito per caso."

Porca puttana! Questa non me l'aspettavo.

"È terribile" dico, quando ritrovo la lingua. "Mi dispiace tanto."

"Grazie. È successo prima che io nascessi, quindi sto bene."

Fiu! Temevo di aver messo il piede sopra una grossa mina. "Questo non accadrebbe qui e ora" affermo. "Quella di cui parli era la Russia sovietica, un regime totalitario."

Infilza un altro boccone della sua collezione (qualcosa che assomiglia a due gamberoni incollati insieme). "Non si può mai sapere chi avrà il potere e che cosa ne farà."

"Suppongo sia così. Ma tu non hai nemmeno la tua foto sul sito web dell'azienda. O una biografia. Questo è tutto un altro livello di precauzione."

Divora la cosa che assomiglia a un gamberone in modo così appetitoso, che quasi mi viene voglia di assaggiarla. Posa la forchetta e dice: "Tempo fa, un giornale locale ha scritto un articolo sul ristorante dei miei genitori. All'inizio, è stato d'aiuto all'attività. Poi, un giorno, dei gangster della mafia sono entrati nel locale, hanno riconosciuto mia madre e l'hanno costretta a svuotare la cassaforte sotto la minaccia delle armi. È stato grazie a quell'articolo, se conoscevano il suo aspetto e sapevano che il ristorante stava andando bene." Mentre lo dice, i suoi occhi diventano inflessibili: un indizio di come si sia aggiudicato il soprannome di Impalatore.

Il boccone che stavo masticando mi rimane bloccato in gola. Credo di cominciare a capire la sua ossessione per la privacy. Se fosse successo alla mia famiglia, sarei paranoica anch'io.

"Dev'essere stato terribile per tua madre" dico, reprimendo l'impulso di appoggiare la mano sulla sua. "La polizia ha preso quei bastardi?"

La sua bocca si stringe. "Non esattamente."

"Sono scappati?"

"Non esattamente."

Lo fisso, in attesa.

Sospira e lancia un'occhiata ai tavoli vicini, come per accertarsi che nessuno possa origliare. Poi, abbassando la voce, dice: "Qualcuno ha rintracciato i criminali nei loro account di social media russi. Come il resto della gente, i gangster non erano molto attenti alla privacy, perciò hanno discusso apertamente dell'attività criminale nei loro messaggi. L'FBI ha ottenuto le trascrizioni tradotte di quella comunicazione attraverso una soffiata anonima. Proprio quando i mafiosi sono stati presi in custodia, il loro conto bancario offshore è stato misteriosamente cancellato."

Whoa. Sta dicendo di aver rapinato i rapinatori? Se è così, è un vero duro. Vorrei indagare ulteriormente, ma lui non sembra incline ad approfondire. Semmai, sembra pentito di aver rivelato ciò che ha fatto.

Non volendo che si preoccupi, alzo le mani teatralmente. "Hai vinto. Ho quasi voglia di chiudere i miei account Facebook e Instagram. Ma se lo faccio, come farò a rimanere aggiornata sulla salute dei gatti di tutti?"

La sua espressione si scalda di qualche grado, mentre infilza un altro boccone nel suo piatto con la forchetta. "Hai un porcellino d'India. I gatti sono il nemico."

"Giusto, giusto." Lo osservo, mentre mangia con ancora più gusto. Alla fine, non riesco a trattenermi. "Ok, credo che tu mi abbia ispirata ad essere audace e provare qualcosa della selezione dello chef. Sempre se non ti dispiace condividere?"

Sorride e indica la sua abbondanza di cibo. "Prego, serviti pure."

Mentre scruto il tutto, il mio entusiasmo comincia a scemare. "Che cosa mi consiglieresti?"

"Quelli." Indica la cosa che assomiglia ai gamberoni incollati. "Oggi sono divini."

Giusto. Era la pietanza che sembrava si stesse gustando di più.

Fisso intensamente quella cosa, ma brancolo nel buio. "Che cos'è? O è meglio che io non lo sappia?"

Spinge il piatto verso di me. "Sarebbe più audace se lo *sapessi* e lo mangiassi comunque."

Infilzo uno di quelli con la forchetta. "D'accordo. Stupiscimi. Che cos'è?"

"Cosce di rana" risponde. "Alla francese: fritte con salsa di prezzemolo e aglio."

Giusto. Adesso che me l'ha detto, lo vedo.

Senza concedermi molto tempo per deliberare, m'infilo in bocca le due zampe che penzolano dalla forchetta.

L'esplosione di sapore delizioso mi fa quasi gemere di piacere. È come se qualcuno avesse preso le migliori qualità di pollo e pesce, e le avesse mischiate insieme.

Lui mi osserva con attenzione.

"È buono" ammetto, appena riesco a parlare di nuovo. "Non mi sono mai piaciute le rane (faccia a faccia, intendo) e non le accarezzerei mai, ma credo di poterle *mangiare*."

E non sono raccapriccianti come le uova di lumaca, questo è sicuro.

Annuisce. "Io non accarezzerei un riccio di mare, ma sono deliziosi."

"Ha senso. La prossima volta, potrei ordinare una porzione di queste."

"Dovresti. Inoltre, se ti piace la cucina d'ispirazione francese, potresti apprezzare il ristorante dei miei genitori. A proposito..." Si strofina la barbetta sul mento. "Ricordi quella festa a cui ti ha invitato mio fratello?"

"L'anniversario dei 1000 Diavoli?"

"Sì, quella. È stasera, e la mia famiglia mi sta assillando perché ci vada."

Sbatto le palpebre. "Allora, vai. Si tratta della tua famiglia."

Il suo sguardo si fissa intensamente sul mio viso. "Ti andrebbe di accompagnarmi? Mio fratello ti voleva lì, ricordi?"

"Credo volesse che io portassi lì *te*, non il contrario." Lancio un'occhiata preoccupata alle cose più dubbie che ha nel piatto.

"Il cibo sarà molto meno esotico di questo" afferma, cogliendo la mia preoccupazione. "La cosa più insolita nel menù dei miei genitori è probabilmente il caviale. Normalissimo caviale nero, intendo... e non sei tenuta a mangiarlo."

Mi sta chiedendo un appuntamento?

No. È stato suo fratello a invitarmi, inizialmente.

Comunque... Sembra fantastico. E adesso è Vlad a esortarmi ad andarci.

Le sue labbra si piegano in un altro sorriso

malizioso. "Che ne dici di fare un altro patto? Ci andrò soltanto se tu verrai con me."

"Ehi. Non è giusto! È come uno strano ricatto emotivo."

Inclina la testa. "Non sei l'unica che sa giocare duro."

"Ma… stasera?" Guardo freneticamente il mio abbigliamento da ufficio. "Non ho niente di elegante da indossare."

"Che ne dici se ti procuro qualcosa io?"

"Non ne sono sicura…"

"Se non ti piace il vestito, puoi scegliere di non venire."

Mi stringo il ponte del naso. "Sei insistente."

I suoi occhi brillano. "Perseguo le cose che voglio."

La gola mi si secca all'improvviso, perciò bevo un sorso d'acqua.

"Dai" mi esorta. "Sì o no?"

"Forse" rispondo, pensando di poter sempre tirare pacco per via dell'abbigliamento. "Ora, possiamo parlare di qualcos'altro, per favore?"

Sembra soddisfatto, addirittura compiaciuto. Immagino abbia stabilito che ci andrò. "Beh… oggi c'è stato un interessante problema informatico. Ti va di sentirlo?"

Ah! È al corrente del mio interesse a trasferirmi al dipartimento di sviluppo? Potrebbe essere. Non sarei sorpresa, se fosse nella stessa mailing list degli altri e avesse visto l'email di Sandra a proposito delle mie ambizioni.

"Certo" rispondo. "Di che cosa si trattava?"

"Hai mai sentito parlare del problema di Scunthorpe?"

Scuoto la testa.

"Scunthorpe è il nome di una città in Inghilterra, i cui cittadini non riuscivano a creare account con AOL, in passato, perché il nome contiene la sottostringa *'cunt'* (fica), che faceva attivare i filtri per le parolacce di AOL."

Sorrido, il che lo sprona a fornire altri esempi dello stesso problema: come quando qualcuno non ha potuto registrare un dominio chiamato *shitakemushrooms.com* a causa delle prime quattro lettere (*"shit"* significa "merda")… a prescindere dal fatto che la corretta ortografia di quel particolare fungo abbia una "i" in più, che avrebbe risolto il problema. O quando un medico di cognome *Libshitz* non ha potuto registrare un indirizzo email per lo stesso motivo. Il mio esempio preferito è come il sito web della Montreal Urban Community sia stato bloccato da un software di filtraggio, perché il loro nome francese era *Communauté urbaine de Montréal*, il cui acronimo (e di conseguenza l'indirizzo del sito) era *"cum"* (sperma).

"E il problema di oggi è stato praticamente identico" continua Vlad con un ghigno. "I nostri filtri antispam delle Risorse Umane stavano bloccando i curricula dei laureati con lode: magna *cum* laude."

Mentre rido di questo, il suo telefono suona.

"Mi dispiace" dice, dopo averlo controllato. "Devo tornare in ufficio."

"Certo" rispondo.

Lui getta delle mazzette di contanti sul tavolo, e ci affrettiamo ad uscire dal ristorante.

"Vado di corsa" dice. "Ci vediamo stasera."

Prima che io possa chiarire che *forse* ci vedremo stasera, lui sta già attraversando la strada.

Merda! I vestiti che mi procurerà dovranno essere davvero orribili, per permettermi di tirare pacco senza sembrare una stronza. E mi sentirei veramente in colpa a farlo, se lui bidonasse la sua famiglia di conseguenza (anche se razionalmente so che sarebbe colpa sua, non mia).

È *davvero* diabolico. Ma non è una novità.

Mentre torno a casa a piedi, medito su una domanda importante: mi ha invitata a un appuntamento?

Abbiamo *effettivamente* trascorso parecchio tempo insieme, e i test sono stati bollenti e intensi, perciò capirei perché potrebbe farlo.

Ma è quello che voglio?

Ovviamente sì, almeno lo vorrei, se lui non fosse il mio capo al quadrato. Per come stanno le cose, non posso fare a meno di preoccuparmi di come la vedrebbe il resto della Binary Birch. Per non parlare del fatto che, se uscissimo insieme e ci lasciassimo, perderei il mio lavoro?

Un altro fattore è la donna del mistero profumata. Lui l'ha vista appena stamattina, il che non si sposa bene con la mia fantasticheria che questo invito sia un appuntamento.

Questi pensieri mi ronzano in testa per tutto il tragitto e anche dopo il rientro a casa. Poi, comincio a chiedermi quando dovrebbe arrivare il vestito e a che ora sia la festa.

Non mi ha dato proprio alcuna informazione.

Alle quattro del pomeriggio, suona il campanello.

"Chi è?" chiedo.

"Consegna" risponde una voce lontana.

Apro la porta e vedo due scatole sul tappetino di benvenuto.

Suppongo che questo risponda a una delle mie domande.

Porto tutto dentro e apro la scatola più grande.

C'è un vestito piegato, con una nota all'interno:

*Passo a prenderti alle sette.*

Ok, un'altra domanda ha trovato risposta.

Srotolo il vestito.

È uno splendido tubino nero, che potrebbe essersi ispirato al look iconico di Audrey Hepburn in *Colazione da Tiffany*.

Sembra sospettosamente vicino alla mia taglia.

Lo indosso.

Mi calza a pennello. Quasi come se qualcuno avesse preso un calco del mio corpo e ci avesse disegnato il vestito intorno.

Vlad ha forse hackerato qualche mio acquisto online passato? O mi ha guardata così attentamente, da poter indovinare le mie misure con così tanta precisione?

Perplessa, apro la seconda scatola.

All'interno, c'è un paio di décolleté Christian Louboutin assolutamente orgasmiche, che mi si adattano perfettamente, come il vestito.

Che cosa sta succedendo?

Mi guardo allo specchio e non posso fare a meno di fischiare.

È ufficiale. Mi è impossibile affermare che questo non sia un bellissimo vestito, senza sembrare una sporca bugiarda.

Scattandomi un selfie, lo mando ad Ava.

La risposta è immediata:

*Sexy! Qual è l'occasione?*

Quando le scrivo che si tratta di andare in un ristorante russo con Vlad, il mio Tesoro squilla immediatamente.

"Raccontami tutto" pretende Ava, non appena rispondo.

La aggiorno, concludendo con i miei dubbi sul fatto che questo sia un appuntamento.

"Oh, è un appuntamento! Questo tipo è mooolto preso da te. Ha usato il sex toy dello scoiattolo, per la miseria!"

Stringo il telefono più forte. "E quell'altra donna?"

"Chiedigli di lei" mi consiglia. "Magari fagli bere qualche drink, prima."

"Suppongo che…"

"Non c'è bisogno di supporre. Fallo e basta! Inoltre, ti sei già truccata e acconciata i capelli?"

"No." Mi guardo allo specchio. "Il mio trucco non è poi così male. Sono appena tornata dal lavoro."

"Io adesso riattacco e tu ti tiri come si deve. Vuoi che ti mandi qualche video utile su YouTube?"

Alzo gli occhi al cielo, anche se lei non può vedermi. "So usare internet da sola. Ciao-ciao."

Mi lancio nel restyling, per finire con uno chignon e abbastanza trucco, da rendere presentabile una talpa senza pelo. Addirittura, accorcio un po' le sopracciglia posticce e ci applico del gel per mantenere la cespugliosità sotto controllo.

Proprio mentre sto finendo, suona il campanello.

Merda! È qui.

Mi infilo le scarpe e cammino tacchettando fino alla porta.

"Chi è?" domando, scandendo le parole, per evitare di essere rimproverata per aver aperto la porta a dei criminali con un tempismo impeccabile.

"Vlad" risponde lui.

Apro la porta.

Oh mio Dio!

Con un completo nero su misura che abbraccia ogni suo muscolo, una camicia bianca inamidata e una cravatta nera, è uno spettacolo per gli occhi.

"Sei uno schianto" mormora, scrutandomi voracemente dalla testa ai piedi.

Ignorando il calore nelle guance (e in altre zone),

faccio una piroetta civettuola. "È il vestito che mi hai regalato."

La sua voce si fa più roca. "No. Sei tu." Prima che io possa rispondere, lui indica la limousine. "Vieni, siamo già in ritardo."

Inebriata per le sue parole, raggiungo la limousine in automatico.

Mi tiene aperta la portiera.

Con un sorriso impacciato, salgo e mi siedo vicino al suo fidato portatile (l'ultima volta, questo aveva fatto sì che lui si sedesse accanto a me).

Sì! Si accomoda al mio fianco, e la sua presenza mi procura fremiti e vertigini.

"Fa caldo qui dentro?" Armeggia con i comandi dell'aria condizionata.

Caldissimo. Perciò, togliti tutti i vestiti... "Io sto bene" mento, mentre mi scorrono in testa le parole della canzone "*So hot, So take off all your clothes*".

Mi rivolge un caloroso sorriso e dice a Ivan: "*Poyehali*". Poi, alza il divisorio.

L'auto si slancia in avanti, e noi stiamo seduti lì, a guardarci negli occhi, come una coppia di campioni di una gara di sguardi.

"Come si chiama il ristorante?" mi sforzo di domandare.

Le sue labbra si contraggono. "Su Yelp, è elencato come New Hut."

"Qualche relazione con Pizza Hut o Jabba the Hut?"

"Quest'ultimo ha due T nel nome" puntualizza con un sorriso.

Reprimo la voglia di afferrarlo per la cravatta e leccargli quel sorriso. "Beh, la parola 'hut' non lo fa sembrare elegante come l'avevo immaginato."

Si sistema gli occhiali. "È elegante. La parte 'hut' è un residuo del nome più lungo: The Hut on Hen's Legs" ( letteralmente: La capanna su zampe di gallina).

Sbatto le palpebre, colta alla sprovvista. "È un nome orribile, senza offesa."

"Non dissento. È un riferimento alle favole russe. Una capanna come quella era la dimora della famigerata Baba Yaga. Se hai visto i film di John Wick, per qualche ragione, lui veniva paragonato a lei costantemente."

Sollevo un sopracciglio posticcio ben curato. "Ho sentito parlare di lei. È una strega cannibale, vero? Mangiava i bambini piccoli. Ottima associazione per un ristorante."

Sogghigna. "È quello che ho detto anch'io ai miei genitori. Comunque, loro hanno tenuto il nome. Per lo meno, tutti sono passati a chiamarlo The New Hut, quindi meno associazioni col cannibalismo."

"Ma perché 'nuovo'?"

"Perché quello vecchio è bruciato e i miei genitori hanno acquistato il posto vuoto a buon mercato. Hanno tenuto il nome, perché aveva già un certo riconoscimento nella comunità di Brighton Beach."

La limousine si ferma, e io vedo un cartello

stradale verde, che m'informa che siamo già arrivati alla famosa Brighton Beach Avenue (o Little Odessa, come viene talvolta chiamata).

Per confermarlo, un treno emette dei rumori fragorosi sui binari della vicina metropolitana in superficie.

Scendendo dall'auto, sorrido alle vetrine con i nomi scritti in cirillico e alle persone che sembrano le comparse in un film sulla Russia sovietica.

Vlad mi conduce a quello che dev'essere il ristorante: una capanna di legno gigante a più piani con (guarda caso) zampe di pollo, dove la maggior parte degli altri edifici avrebbe delle colonne.

Mentre saliamo le scale di legno scricchiolanti, sfioro con le dita una delle "zampe".

Sembra fatta di vera pelle di pollo.

Pollo crudo, cioè.

Che bella trovata. Far sì che la gente pensi sempre alla *salmonella*, prima di un'esperienza gastronomica.

All'interno, il posto non potrebbe sembrare più diverso dalla sua rustica atmosfera esterna. Ci sono marmo e cristallo ovunque, che ricordano la stazione Grand Central e il Metropolitan Opera nello stesso tempo.

La festa è in pieno svolgimento, con la gente che scuote il didietro su un'enorme pista da ballo.

Qui, c'è anche un palco vero e proprio, con un tizio barbuto e grassoccio che indossa un vestito più luccicante di una palla da discoteca. Tra le sue dita pelose simili a salsicce, tiene un microfono e canta a squarciagola.

Quindi, questo posto non è solo un ristorante. È anche un club e un teatro, a quanto pare.

La musica è suonata su una tastiera e mi sembra vagamente familiare, ma mi ci vuole un momento per analizzare ciò che il ragazzo barbuto sta effettivamente cantando; il suo marcato accento russo e questo contesto mi confondono.

La canzone è *Single Ladies (Put a Ring on It).*

Sul serio? Beyoncé morirebbe dalle risate, se sentisse questo massacro di interpretazione.

Vlad si china, e sento il suo respiro caldo sul mio orecchio. "Fanno una marea di cover in questo posto. Con il pubblico americano, aspettati di sentirne parecchie."

Cerco di ignorare i piacevoli brividi che si diffondono lungo il mio braccio. "Non vedo l'ora."

Mentre procediamo oltre, noto che gli avventori sono per lo più ingegneri informatici: chiaramente, lo staff dei 1000 Diavoli.

"Eccoli". Vlad mi tocca la spalla e indica un tavolo a lato della pista da ballo. "Vieni a conoscere la mia famiglia."

## Capitolo Ventuno

*R*iconosco subito Alex, e deduco che la coppia di anziani seduti al tavolo debbano essere i genitori.

Il trucco della madre mi fa pensare a ballerine di burlesque e drag queen, mentre il suo décolleté esposto è così abbondante, che probabilmente ha un nome. Helga, forse? Indossa un abito da cocktail viola aderente, con una sicurezza che spero di emulare quando avrò la sua età.

Il padre sfoggia dei folti baffi e, in generale, assomiglia al cantante sul palco: peloso e paffuto, ma con un monociglio che il cantante dev'essersi sfoltito.

Sento di nuovo una leggera pugnalata d'invidia per le sopracciglia. Non darò mai più per scontati quei peli del viso!

Nessuno dei due genitori ha molte caratteristiche in comune con i due fratelli, ma entrambi mi ricordano qualcuno. Solo che non saprei dire chi.

"Mamma, papà, questa è la donna di cui vi parlavo" annuncia Alex, quando noi ci avviciniamo. "Ha salvato la mia azienda l'altro giorno e, come speravo, ha trascinato qui Vlad oggi."

Ciascuno dei genitori mi rivolge un cenno di gratitudine.

"Oh, non posso prendermi il merito." Sorrido nervosamente. "Vlad ha dovuto convincere me, non il contrario; credetemi. Piacere di conoscervi entrambi."

Un'altra serie di cenni di approvazione. Se il mio obiettivo è quello di piacere a queste persone, Alex mi ha chiaramente offerto un vantaggio iniziale.

"Mamma, papà, lei è Fanny" dice Vlad, con espressione sorprendentemente fredda.

Si alzano entrambi. La madre è incredibilmente alta (supera il marito di una spanna buona). Dev'essere da lei, che i fratelli hanno ereditato l'altezza.

"Piacere di conoscervi, signore e signora Chortsky" dico, tendendo la mano.

Il padre ignora la mia mano, per darmi un bacio graffiante sulla guancia.

La moglie gli dà una pacca sulla schiena. "È americana. Non baciano gli sconosciuti, vecchio pervertito."

"Chiamami Boris." Il padre mi rivolge un sorriso così ampio, che le estremità dei baffi gli toccano le tempie.

La madre gli dà un altro colpetto sulla schiena, poi mi stringe la mano con un sorriso sincero e mi attira a sé. Per fortuna, il suo è un bacio in aria. "Perdona quell'orso di mio marito, cara" sussurra in modo cospiratorio. "Chiamami Natasha."

Mentre mi ritraggo, faccio del mio meglio per mantenere un'espressione impassibile.

Boris e Natasha? È esattamente ciò che mi ricordano: i due cattivi di quel vecchio cartone animato con l'alce e lo scoiattolo. Hanno addirittura gli stessi nomi.

Scommetto che, se usassi la mia applicazione su di loro, lo confermerebbe. Persino i loro marcati accenti russi sono quasi identici.

"Prego, siediti." Boris tira fuori una sedia per me (e si becca un'altra pacca dalla moglie per il disturbo).

"Grazie." Mi accomodo e Vlad si siede accanto a me.

Il tavolo brulica di piatti coperti da tovaglioli di stoffa. Sembra che nessuno abbia ancora iniziato a mangiare.

"Servi la signora" dice Natasha a Vlad in modo severo, indicando il cibo coperto.

Servirmi? Forse, se si mettesse sotto il tavolo o qualcosa del genere (ma, anche in quel caso, sarebbe dannatamente imbarazzante).

Il volto di Vlad è tempestoso, mentre guarda sua madre. "Non dovremmo aspettare che arrivino *tutti*, prima?"

Non siamo tutti?

Natasha replica con scherno. "I ritardatari perdono il diritto di mangiare."

"O bere." Boris prende una bottiglia gigante di Stoli e mi versa uno shottino, senza chiedermi se ne voglio.

Poi fa altrettanto per Vlad, Alex e la moglie. Per se stesso, invece, versa la vodka in un bicchiere da vino.

Natasha trafigge Boris con lo sguardo. "Berrai uno shottino, come una persona normale."

Boris fa cenno a un cameriere di avvicinarsi e gli dice qualcosa in russo.

Il cameriere corre via e ritorna con una manciata di bicchierini, in cui versa la vodka di Boris.

"Che ne pensi di un compromesso?" propone Boris a Vlad, scoperchiando un piatto. "Prendiamo dei sottaceti e un drink, per ora, come antipasto."

"Come vuoi" borbotta Vlad, poi infilza un cetriolino sottaceto e lo deposita nel mio piatto.

Boris mette un sottaceto nel piatto della moglie, poi nel proprio, mentre Alex si "serve" da solo.

"Rivendico il primo brindisi." Natasha solleva il bicchierino e si guarda intorno, come se sfidasse qualcuno a contraddirla.

Vlad ha appena alzato gli occhi al cielo?

Natasha non sembra accorgersene. Guardandomi, afferma: "Solo gli alcolisti bevono da soli, senza un motivo e senza un brindisi."

Saggio. Non sono sicura che tutto ciò rientri nel programma dei dodici passi degli alcolisti anonimi, ma tengo la bocca chiusa, optando piuttosto per bere un po' d'acqua.

"Come donna di mezza età, mi si può perdonare, se penso agli eredi della mia famiglia" continua Natasha, stringendo gli occhi in direzione di Alex per qualche motivo, prima di guardare Vlad con approvazione.

Guardando direttamente me, Natasha solleva ancora di più il bicchiere. "Alla salute dei miei nipotini non ancora nati."

Per poco non mi strozzo con l'acqua e comincio a tossire.

Boris salta su dalla sedia e mi dà cinque pacche sulla schiena.

L'acqua mi esce dal naso e, alla fine, riprendo a respirare.

"Scusatemi" dico, quando riesco a parlare. "Non volevo rovinare il brindisi."

"Non fa niente, cara." Natasha sembra comicamente magnanima. "Non avevo finito, comunque."

"Va' avanti, cucciola" le dice Boris, adocchiando avidamente gli shottini.

Lei annuisce solennemente. "Che i miei nipoti non ancora nati siano ricchi e felici. Che la loro madre possa rimanere del colore della primavera e delle rose. Una fonte di dolci sogni per l'uomo della sua vita. La sua attrazione e ispirazione. Che lei possa rimanere semplice, ma regale. Una principessa. La musa di un'opera d'amore. Che i suoi giorni durino in eterno e oltre. A questo, berremo fino a vedere il fondo dei nostri bicchieri."

Amen? Sento di meritare un Oscar per aver mantenuto un'espressione seria.

Con gesto teatrale, Natasha si scola lo shottino in un unico sorso, poi annusa il suo sottaceto, prima di morderlo violentemente.

Vlad e Alex seguono l'esempio della madre, mentre Boris tracanna uno shottino, poi un altro, poi un terzo, poi un quarto e così via, finché i bicchierini non sono tutti vuoti.

Non avendo istinti suicidi, io bevo il sorso più piccolo che riesco.

Il fuoco mi esplode in bocca, poi si diffonde nel mio petto e nel mio stomaco.

Ansimando, provo ad annusare il sottaceto come hanno fatto tutti gli altri.

No. Questo peggiora le cose.

Lo mordo.

Ok, adesso ho anche un sapore salato in bocca, oltre al bruciore.

"Dunque, Fannychka, c'è del russo in te?" mi domanda Natasha.

Se rispondo di no, mi chiederà "ne vuoi un po'?", indicando Vlad?

Dopo quel brindisi, non mi sorprenderebbe.

"Non ne ho idea." Poso cautamente il cetriolino sottaceto che stavo ancora stringendo. "I miei genitori si definiscono meticci americani di razza pura. Stavo pensando di sottopormi a un test di genealogia genetica, ma non l'ho ancora fatto. Però, non si sa mai."

La mia risposta sembra piacerle. Per lo meno, guarda con approvazione me e, poi, Vlad.

Boris riempie i bicchierini di tutti, compresa la mezza dozzina dei suoi. Quando nota che il mio è quasi pieno, si acciglia, ma non dice nulla.

Invece, si alza drammaticamente in piedi e leva un bicchiere. "Il tempo tra il primo drink e il secondo dovrebbe essere breve."

"Non dovremmo mangiare qualcosa di più sostanzioso di un cetriolino, prima?" sibila Natasha.

Prima che il marito possa risponderle, un odore familiare raggiunge le mie narici.

Profumo.

*Quel* profumo.

Guardo dietro di me.

Eh già.

La donna simile a una modella che ho visto nei pressi dell'edificio aziendale sta camminando verso il nostro tavolo su scarpe da tacco dodici. Il suo trucco sembra pittura di guerra, forse a causa dell'espressione furiosa sul suo viso.

Che diamine?

Vlad ha invitato la sua amante a un evento di famiglia?

## Capitolo Ventidue

"*A*h, se non è colei che si fa sempre attendere" dichiara Natasha in modo sprezzante nei confronti della donna.

Anche lei la stava aspettando?

"Genitori." La voce della nuova arrivata è gelida. "Fratelli." La voce è un po' più calorosa, ora. "Non potevate aspettare nemmeno un minuto, eh?"

Fratelli?

Fiù!

È la sorella di Vlad, non la sua amante.

Sempre che non ci sia sotto qualche incesto alla *Game of Thrones*, cosa di cui dubito.

Vlad si alza e tira infuori una sedia per lei. "Ho cercato di farli aspettare."

Mentre si accomoda, le lancio un'occhiata di nascosto. Ora che so che è la sorella di Vlad, riesco a notare la somiglianza: i capelli nerissimi, gli occhi blu, e persino la capacità di assumere quell'espressione fredda.

"Bella, ti presento Fanny." Alex sembra conciliante. "L'amica di Vlad."

L'espressione da regina dei ghiacci si scioglie, quando gli occhi blu pesantemente truccati dal mascara si spostano su di me. "Oh, tu sei Fanny? È bello dare un volto a un nome."

Un volto a un nome? Ha già sentito parlare di me?

Suppongo che Vlad possa avermi menzionata, quando lei è andata a trovarlo stamattina. Oppure domenica (lui era arrivato da me con il suo profumo addosso).

Le rivolgo il mio sorriso più caloroso. "Piacere di conoscerti, Bella. Sei stupenda."

Il suo sorriso di risposta è radioso. "Non hai bisogno di adularmi. Sono già la tua più grande fan. Il tuo aiuto con…"

"Niente affari a tavola" dice Vlad severamente.

Affari?

Aspetta. A quale aiuto si riferisce? Sicuramente, non il test che noi…

"Tuo fratello ha ragione" afferma Natasha, storcendo il naso. "Non c'è motivo di parlare del tuo lavoro in compagnia di persone perbene."

Eh? Fa la prostituta o qualcosa del genere?

Vlad guarda di traverso sua madre. "L'azienda di Bella è la migliore nel suo campo. Stanno per scriverne un articolo sulla rivista *Cosmopolitan*."

Sbatto le palpebre più volte.

La sua azienda.

L'articolo su *Cosmo*.

Lei è a capo della Belka?

Se è così, avevo ragione un attimo fa. Stava per complimentarsi con me per il mio aiuto con i test.

Come a dire: Vlad ha riferito a sua sorella quello che stiamo facendo.

Per poco non mi strozzo di nuovo. L'incidente con la pompa… lui doveva riferire a quelli della Belka che è necessario essere più generosi con le dimensioni.

Dev'essere stata una cosa divertente da dire a sua *sorella*!

"Bella disonora la famiglia." Il contegno solitamente caloroso di Boris è sparito.

"Stronzate!" Bella fulmina il padre con lo sguardo. "*Tu* disonori la famiglia, con tutto quello che bevi e…"

"Belka, smettila!" sibila Natasha. "Abbiamo un'ospite."

Oh, cavoli! Trovarsi nel bel mezzo di un battibecco familiare è orribile.

Almeno, ho imparato qualcosa. Oltre a significare "scoiattolo", *Belka* sembra essere anche il diminutivo russo di *Bella*.

"Possiamo mangiare, ora?" chiede Alex e, prima che qualcuno risponda, toglie il coperchio dal piatto più vicino.

"Buona idea." Vlad fa lo stesso con un altro piatto.

"Io sto morendo di fame" mento, e mi unisco a loro nello scoperchiare il cibo.

I genitori e la sorella ci imitano con maggior riluttanza. Sembrano ancora infuriati. Prendo mentalmente nota di reindirizzare la conversazione verso un argomento sicuro, se si presenterà l'occasione.

Per ora, esamino il cibo.

Vlad non ha mentito. È meno strano della scelta dello chef dell'altro ristorante (non che ci volesse molto).

"Quella è una gelatina di carne?" Indico la pietanza vicino a Vlad.

Natasha sorride con condiscendenza. "Quello è *holodetz*. Provane un po' con *gorchitza* e *hren*."

"Intende dire: senape e salsa di rafano." Vlad mette un po' di holo-come-si-chiama nel mio piatto e lo guarnisce con le due salse. "Provalo."

Eseguo con cautela.

Ha il sapore di una zuppa di pollo molto sostanziosa, ma ha quella consistenza gelatinosa, che in qualche modo funziona.

"Buono" dico ai Chortsky in attesa e, come ricompensa (o forse punizione), cominciano a istruirmi sui piatti rimanenti.

La cosa principale che imparo: ai russi piace mettere sott'aceto cose che io non mi sognerei mai di mettere sott'aceto, come l'anguria, le mele, l'uva e le aringhe.

Inoltre, nel corso della lezione, ci sono almeno

altri quattro shottini di vodka, accompagnati da lunghi brindisi. Non volendo ubriacarmi, continuo a sorseggiare il mio unico shottino.

Il mio piatto preferito risulta essere "Oliver" (o qualcosa che ci assomiglia): lo rinomino mentalmente "l'insalata del lavello della cucina". Contiene patate tritate, carne, carote, sottaceti, uova, piselli verdi e così tanta maionese, da mantenere Hellmann's in affari per un mese.

"Non le va il caviale" afferma Vlad, quando suo padre cerca di mettere una crêpe con della roba nera nel mio piatto.

Sorrido timidamente. "Sono solo le uova di lumaca e i blinis di farina di grilli a non piacermi. Se questo è grano saraceno con uova di storione, ne assaggerò un po'."

Boris ride. "Non posso credere che in quel ristorante abbiano preparato la ricetta che ho suggerito per scherzo!"

"Era piuttosto buono, in realtà" commenta Vlad con un sorrisino.

Assaggio la famosa prelibatezza e mi piace.

"Non è neanche lontanamente esotico come quello che abbiamo mangiato in Ecuador." Natasha guarda Vlad con aria di sfida. "Ti ho parlato del *cuy asado*?"

"Fanny non gradirà quella storia" afferma Vlad severamente. Toccandomi la mano, mi spiega: "Il *cuy asado* è porcellino d'India alla griglia. La mamma si diverte a raccontare quella storia, perché non ha simpatia per Oracle."

Che cosa? È orribile! Monkey non sentirà mai parlare di questo piatto (si comporta già come se io potessi mangiarla).

Natasha storce il naso. "Un ratto è un ratto."

Wow. Così tanti campi minati, in questa famiglia!

Decidendo di salvare la situazione, chiedo: "Mi raccontate qualche barzelletta su Vovochka?"

I genitori si scambiano uno sguardo di approvazione. Devo sembrare più versata nella cultura russa di quanto sia in realtà.

"Comincio io." Boris mette giù il suo shish kebab. "A lezione di biologia, l'insegnante disegna un cetriolo alla lavagna e chiede: 'Qualcuno sa dirmi che cos'è questo?' Vovochka alza la mano. 'È un pene!' L'insegnante se ne va infuriato. Il preside si precipita in classe. 'Chi ha fatto arrabbiare l'insegnante? E, soprattutto, chi diavolo ha disegnato quel pene alla lavagna?'"

Risate tutt'intorno.

"Ne so una anch'io" interviene Natasha. "L'insegnante dice: 'Vovochka, spero proprio che non ti beccherò a copiare dal tuo compagno di banco al prossimo test'. 'Lo spero anch'io!' risponde Vovochka."

Altre risate.

"È il mio turno" interviene Bella. "Vovochka chiede a sua madre: 'Da dove arrivano i bambini?' Senza esitazione, la madre risponde: 'Li porta la cicogna'. 'Lo so che è la cicogna', ribatte Vovochka. 'Ma chi si scopa la cicogna?'"

Sebbene anche la sua barzelletta fosse sporca, Boris lancia a Bella uno sguardo di disapprovazione.

"Posso andare io?" chiede Alex e, prima che qualcuno risponda, comincia: "Vovochka si mette gli stivali di gomma. 'Vovochka, non c'è fango fuori' dice sua madre. 'Non preoccuparti, mamma, io lo troverò!' risponde Vovochka."

Altre risatine.

"Questa qui sembra proprio descrivere Vlad quand'era piccolo" mi dice Natasha in modo cospiratorio.

"È vero" conferma Bella con un sorrisino.

Vlad dà una gomitata al fratello. "Questa non era granché."

"Dovremmo bere un altro drink, prima che inizi lo spettacolo" dichiara Boris, e versa a tutti un altro giro.

Lo spettacolo? È a questo che serve il palco?

Tutti si scolano la vodka. Vedendo la facilità con cui lo fa Bella, tracanno anch'io un bicchierino pieno.

Dev'essere l'effetto della sbronza che ho già in corso, ma la vodka non brucia più così tanto come prima, quando mi scivola in gola.

Le luci si abbassano.

Inizia a suonare quella che presumo essere musica russa, anche se a me sembra molto K-Pop.

Un gruppo di ragazze scarsamente vestite esce di corsa sul palco. Indossano le maschere di quella scena pre-orgia in *Eyes Wide Shut*, ma la loro danza mi ricorda di più le Rockettes.

Dopo aver sollevato le gambe per l'ennesima volta, le danzatrici mascherate se ne vanno, e la musica passa a quella del *Lago dei Cigni*.

Una ballerina sale sul palco.

Almeno, è una ballerina dal collo in giù. Sul viso, invece, ha un trucco orribile, che la fa sembrare una strega: con rughe sulla fronte così grandi, che ne contengono altre al loro interno.

Dev'essere un'imitazione di Baba Yaga. Non sapevo che la vecchia strega fosse una ballerina.

Quella sul palco lo è di sicuro. Esegue alcuni passi di danza classica veramente acrobatici, fino a quando il cantante grassottello di prima si precipita sul palco, vestito come un bambino.

Eh già.

È Baba Yaga, di sicuro. Altrimenti, perché avrebbe mimato di mangiarsi il tizio?

Quando ha finito di fingere di divorarlo, il bambino barbuto prende il microfono e la musica cambia di nuovo.

"Il mio frullato attira tutti i ragazzi in cortile" canta con un forte accento russo.

Le Rockettes tornano di corsa, anche loro truccate da Baba Yaga. Ciascuna tiene in mano un giocattolo che mi ricorda la bambola assassina Chucky, ma a queste bambole mancano degli arti a caso.

Forse che alle Baba Yaga sia venuta fame, dietro le quinte?

Anziché sollevare le gambe come prima, le Rockettes/Baba Yaga si lanciano nella famosa danza dei cosacchi russi, quella con molti squat e spinte di gambe.

Per essere streghe anziane, sono incredibilmente atletiche.

Da qui, lo spettacolo diventa ancora più strano. Ci sono acrobati in stile Cirque du Soleil vestiti da Teletubbies, giocolieri che si fingono orsi, un clown uscito dai peggiori incubi di Stephen King e una Baba Yaga in monociclo per il finale.

Finito lo spettacolo, tutti cominciano ad applaudire e io mi unisco a loro.

"Signore e signori" annuncia il cantante dopo l'ovazione, con il sudore che gli imperla la fronte. "Voglio vedervi sulla pista da ballo." E, detto questo, inizia a massacrare *Like a Virgin* di Madonna.

"Che cosa ne pensi dello spettacolo?" mi chiede Natasha, raggiante di orgoglio.

L'ha coreografato lei? "Era... molto interessante."

"Ne sono lieta" dice. "Abbiamo dovuto semplificarlo per il pubblico americano."

Semplificarlo? L'originale doveva essere l'equivalente di un'overdose di LSD.

"Chiedi alla signora di ballare." Bella lancia a Vlad uno sguardo esasperato. "Stai mettendo in cattiva luce la famiglia."

"È vero, fratello" incalza Alex. "Va' a ballare."

Sorridendo con gli occhi, Vlad si alza e mi tende

la mano, in stile principe azzurro. "Posso avere l'onore di questo ballo?"

Balzo in piedi, prima che il mio cervello possa anche solo pensare di porre il veto a quest'idea discutibile.

Con un sorriso consapevole, Bella si precipita sul palco e urla qualcosa in russo al cantante.

Quello annuisce.

La musica cambia ancora una volta, passando a una canzone più lenta, che non riconosco.

Vlad mi prende le mani come un ballerino professionista.

Al suo tocco, il calore si diffonde in tutto il mio corpo, come se avessi vodka al posto del sangue.

Mi attira più vicino.

Deglutisco, con il cuore in gola.

Cominciamo a ondeggiare lentamente al ritmo della musica.

Si può avere un infarto per essere troppo eccitati?

"Bésame" canta il tipo grassottello e, per la prima volta, sento che è nel suo elemento. "Bésame mucho."

Perché, ma perché mai ho imparato lo spagnolo? Significa "baciami molto", che è esattamente quello che vorrei che Vlad facesse con me.

Intorno a noi, alcuni membri dello staff dei 1000 Diavoli hanno la stessa idea. La gente inizia a pomiciare a destra e a manca. Si spera che sia con i rispettivi partner (e non, come nel nostro caso, i capi con le loro dipendenti).

Vlad si china.

Non dovrei baciarlo.

Ma lo desidero davvero.

Però, non devo.

Mi guarda negli occhi.

Non è giusto! È più difficile controllarmi, quando fisso quelle ipnotiche pozze blu.

E se mi baciasse?

Penso che potrebbe farlo. E, se lo farà, non saprò resistere. Sono solo un essere umano.

Mi tira ancora più vicino, e i nostri corpi si toccano dalla vita in giù.

Santi simboli fallici!

È la proverbiale torcia nella tasca, o Dracula è molto felice di vedermi?

Dovrei indietreggiare, ma non ci riesco.

Le mie gambe si rifiutano di allontanarsi, persino quando Vlad abbassa lentamente la testa, come se la sua bocca fosse attirata verso la mia dal filo di un burattinaio.

Devo fare qualcosa! Subito.

"Dovremmo fare i test oggi" blatero, fermandolo a un centimetro dalle mie labbra.

Con gli occhi che brillano, alza la testa. "Dovremmo?"

"A casa tua." Aspetta, che cosa? In che modo questo sarebbe meglio che baciarci? Sono chiaramente gli ormoni e la vodka a parlare.

Le sue narici si dilatano. "Adesso?"

"*È* una serata di scuola." Serata di scuola? Mi è

venuto in mente, perché assomiglia molto alla fantasia del ballo di fine anno a cui non ho mai partecipato?

"Andiamo." Mi guida attraverso la folla di ingegneri informatici, che ballano lentamente.

Prima che io possa sbattere le ciglia, siamo di nuovo nella limousine.

"E la tua famiglia?" domando, mentre Ivan schiaccia il pedale dell'acceleratore.

Vlad tira fuori il cellulare e manda alcuni messaggi a raffica.

Arriva immediatamente una serie di risposte.

Lui alza gli occhi al cielo. "Per riassumere, sei piaciuta a tutti. Molto."

Come mai ho il presentimento che i veri messaggi citino nipoti non ancora nati, o peggio?

"Buono a sapersi." Le parole fuoriescono troppo affannose per i miei gusti.

"Prima, le cose importanti." Si sporge verso un cassetto laterale e tira fuori qualcosa che assomiglia a un inalatore per l'asma. Cambiato il boccaglio, mi spinge l'aggeggio davanti alla faccia. "Soffia."

Le mie guance avvampano. A quanto pare, hanno immaginato le mie labbra intorno all'asta di Dracula, non a questo dispositivo.

"Che cos'è?" chiedo, anche se posso indovinare.

"Un etilometro. Voglio assicurarmi che tu non sia ubriaca."

Ah, ok. Facendo spallucce, soffio dentro l'aggeggio. Avevo fatto un test antidroga, prima di iniziare a lavorare per la Binary Birch; questo non è molto diverso, credo.

Lui si acciglia. "0,05 percento. Mi sa che ti porteremo a casa."

Mi sta dando dell'ubriaca? Sollevo il mento. "Sotto l'otto, è sicuro guidare a New York."

Il suo cipiglio si fa più profondo. "Hai una macchina?"

"No."

"Bene. Non pensare nemmeno di guidare in queste condizioni."

Se l'idea era quella di rovinare il mio entusiasmo, ci sta decisamente riuscendo. "Perché tieni un etilometro qui?"

Indica la postazione dell'autista. "Faccio dei controlli casuali, soprattutto nel periodo delle feste. I russi si fanno beffe delle norme sulla guida in stato di ebbrezza. Ivan non può bere alcolici, quando è in servizio."

Sentendomi improvvisamente maliziosa, mi lecco le labbra nel modo più seducente possibile. "Sei sicuro che vuoi portarmi a casa? Il test è moolto importante."

La sua mascella si contrae. "D'accordo. Andiamo da me. È meglio che ti tenga d'occhio."

Wow.

A casa sua.

Sta succedendo davvero.

Torno ad essere un po' più sobria. Sentendomi improvvisamente timida, do voce a un pensiero che mi ha turbata al ristorante. "Non vai d'accordo con i tuoi genitori?"

Scuote la testa. "Quando vado a trovarli da solo o con Alex, andiamo d'accordo. Solo che non mi piacciono i raduni più grandi, per via di come trattano Bella. È una sorella fantastica e un'ottima figlia, senza citare la laurea al MIT, ma loro non la apprezzano."

Mi acciglio. "Per via della sua azienda di sex toys?"

"No. È cominciata molto prima. Bella era un maschiaccio da piccola, cosa che nostra madre detestava. In generale, Bella è sempre stata uno spirito libero, e credo che ai miei genitori non andasse a genio il fatto che non rientrasse nello stampo che avevano in mente per lei. Pensano sempre il peggio di lei. Sostengono che si droghi, ma non è vero. Pensano che sia promiscua, ma non lo è. È esasperante!"

"È terribile." Copro la sua mano con la mia. "So cosa significa non soddisfare le aspettative dei genitori. E l'ironia della sorte è che penso che i miei sarebbero felicissimi di scambiarmi con Bella."

La sua espressione si scalda. "Beh, almeno i miei ti adorano."

"Perché pensano che io sia una santarellina?" La domanda mi esce più amara di quanto sperassi.

Lui si sporge in avanti, e gli angoli della sua bocca si sollevano. "Se solo sapessero che cosa volevi fare a casa mia."

Persino il mio fard arrossisce! "Peccato che sia stato cancellato…"

Si mette in tasca l'etilometro. "Forse no. Dipende dall'efficienza del tuo fegato."

Eh?

L'auto si ferma e, prima che io possa rispondere, Vlad mi apre la portiera.

Il suo palazzo è moderno e dall'aspetto costoso. Lui rivolge un cenno di saluto al tizio della sicurezza, mentre mi conduce all'ascensore e preme il pulsante per l'attico.

Sta succedendo davvero?

Vorrei che il mio organismo smaltisse l'alcol il più velocemente possibile.

L'ascensore si apre su un ampio corridoio.

Vlad mi tiene le porte. "Benvenuta a casa mia."

Esco barcollando dall'ascensore.

È surreale.

Sono venuta di mia spontanea volontà nel covo dell'Impalatore.

## Capitolo Ventitré

"*L*a cucina è in fondo al corridoio." Mi fa strada.

Mentre camminiamo, osservo tutto.

L'appartamento è enorme, specialmente per New York. L'arredamento mi ricorda il nostro ufficio: freddo, moderno, immacolato. Però, a differenza dell'azienda, qui ci sono anche tocchi umani. In particolare, poster della serie di film *Matrix*. E intendo una miriade di poster. In più lingue. Di ogni personaggio. Ci sono anche manifesti correlati per vie traverse, come quello che riporta: "Nella Russia sovietica, è il proiettile a schivare te".

Entriamo in cucina.

"Accomodati." Preme un pulsante su una macchinetta per il caffè espresso. "Latte, zucchero?"

"Solo nero va bene." Mi lascio cadere su uno sgabello cromato. "Dunque, fammi indovinare. *Matrix* è il tuo film preferito."

Inclina la testa. "Che cosa mi ha tradito? È stato il trench?"

Vorrei darmi uno schiaffo sulla fronte! Ama così tanto quel film, che si veste persino come i personaggi.

Come ho fatto a non notarlo?

Sorrido. "Oracle: l'Oracolo. Anche questo è un riferimento, vero?"

Versa il caffè in due tazze e me ne mette una davanti. "Dimmi che ti piace il primo *Matrix*."

"Non mi piace." Soffio sul mio caffè. "Lo adoro! Mi sono vestita da Trinity ogni Halloween, da quando l'ho visto."

Mi guarda con talmente tanta ammirazione, che, per la primissima volta, mi chiedo se potrebbe davvero funzionare tra di noi.

Qualunque *cosa* ci sia.

Amiamo lo stesso film.

Ci occupiamo di programmazione.

Io lo trovo attraente e, chiaramente, lui non mi trova orribile.

Se solo l'avessi incontrato fuori dal lavoro!

"Tutti i programmatori adorano *Matrix*, almeno un po'" afferma. "Come potremmo non farlo? L'eroe è uno di noi."

Bevo un lungo sorso. Il caffè è buono, liscio e solo moderatamente amaro. "Quanto sei gasato per il quarto film?"

Sogghigna. "Da quando ne hanno confermato l'esistenza, qualche mese fa, sto contando i giorni che mancano."

Mmm. Mi domando se mi porterebbe alla première.

"Qual è la tua scena preferita?" gli chiedo.

Lui me la racconta, e io condivido le mie. Poi, parliamo di altri film che ci piacciono e, anche qui, i nostri gusti combaciano come pezzi di un puzzle.

"Posso vedere la stanza di Oracle?" chiedo, quando il caffè è finito.

Con un ampio sorriso, mi conduce lì.

È grande quanto sembrava sullo schermo. Ci sono milioni di persone a New York che hanno meno metri quadrati di questa fortunata porcellina d'India.

"Come ti senti?" mi chiede. "Ancora sbronza?"

Di nuovo questa storia? Lo fulmino con lo sguardo. "Non ero sbronza prima. Tantomeno adesso."

Tira fuori l'etilometro. "Se sei sotto lo 0,04 percento, ti do il via libera per i test."

I test. Merda! Me n'ero completamente dimenticata. Voglio che il mio livello alcolico sia basso o alto?

Soffio dentro l'aggeggio.

"Abbastanza bene" sentenzia lui. "Possiamo fare i test. Sempre se te la senti ancora, s'intende."

Le mie guance diventano più rosse della bandiera sovietica. Posso forse tirarmi indietro, ora, dopo averlo trascinato via dalla festa con questo pretesto?

Forse aveva ragione lui, prima. Ero sbronza. Come spiegare, altrimenti, quell'invito audace?

Indietreggio di un passo, cercando freneticamente

di pensare a un modo per minimizzare la follia di ciò che sta per accadere. "Manteniamo le cose professionali."

Lui avanza verso di me. "Non lo farei in nessun altro modo."

"Io userò le palline di Kegel. Così, terrò i vestiti addosso." Mi sento come se stessi per accasciarmi a terra, mentre lo dico.

Lui si allenta la cravatta. "C'è un toy maschile equivalente a quelle palline?"

"No. Cioè, ci sarebbe l'anello per il pene, ma suppongo che Dracula non ci starà dentro i pantaloni, se…"

Solleva un sopracciglio. "Dracula?"

Non credevo di poter arrossire di più, ma eccoci qui.

Oh, beh… Tanto vale confessare!

"Do spesso dei soprannomi alle cose." Abbasso lo sguardo sulle mie tette. "Ho soprannominato le ragazze Mignolo e il Prof., se questo fa sentire meglio il tuo ego."

Lui fissa Mignolo e il Prof. per un secondo di troppo, poi rialza lo sguardo sul mio viso. "Tu non guardi Dracula, e io non guardo te mentre usi le palle." Si toglie gli occhiali e li posa su un tavolo vicino. "Così, non posso vedere molto, comunque."

Sopprimo una risatina semi-isterica, provocata dalla frase "usare le palle". "Dove lo facciamo?" gli chiedo.

"Seguimi." Mi conduce nel suo gigantesco salotto.

"Eccoci". Indica una valigetta identica alla mia. "Prendi quello che ci serve."

Recupero i toys in questione e gli passo l'anello per il pene (mentre la mia faccia brucia per tutto il tempo).

Non. Devo. Pensare a come starebbe Dracula con quel gioiello addosso.

Quando lui prende l'anello, le nostre dita si sfiorano, procurandomi brividi in tutto il corpo.

Perfetto. Ora, non avrò bisogno di alcun lubrificante per le palline di Kegel.

"Dov'è il bagno?" La voce mi è uscita un po' troppo roca?

Lui m'indica una porta vicina.

Mi ci chiudo dentro, tolgo le mutandine, mi lavo le mani e, poi, anche le palle. Quelle di Kegel, intendo. Finora, per quanto cazzuta mi senta, non me ne è mai spuntato un paio (grazie all'utero!).

Per sicurezza, lubrifico le sfere e inserisco delicatamente dentro la prima, poi la cordicina che le tiene legate.

Per ora, la sensazione è abbastanza neutrale.

Assicurandomi di lasciar fuoriuscire l'anello di rimozione, faccio in modo che la seconda pallina raggiunga la prima, spingendole dentro, fin dove mi sento a mio agio.

Mmm. In questo modo, mi provocano un formicolio, e non è un grosso sforzo tenerle all'interno.

Probabilmente, potrei andarmene in giro così

tutto il giorno! Questa, ovviamente, sarebbe una pessima idea: Vlad potrebbe attivare la vibrazione in qualsiasi momento, persino mentre sono alla motorizzazione o al mercato del pesce, o in riunione con Sandra.

Faccio qualche passo dal lavandino alla vasca.

Eh già.

Grazie ai muscoli del pavimento pelvico, le palline rimangono ferme.

Eppure, camminare così mi spaventa un po'. Dev'essere così che si sentono i maschi, ad andare in giro preoccupati per le loro palle tutto il tempo!

Torno in salotto e scopro che lui ha abbassato le luci.

È per ridurre la visibilità o per creare un'atmosfera sexy?

Lancia un'occhiata alla mia gonna, poi alza rapidamente lo sguardo sul mio viso. "Tutto a posto?"

È voglia quella che vedo nei suoi occhi? Stringo i muscoli intorno alle sfere come rassicurazione. "Alla grande."

Si passa la lingua sul labbro inferiore. "Prima le signore?"

Trattengo il fiato. "Che ne dici di farlo insieme? Tu ti giri e…"

"Certo." Si volta di spalle, e sento aprirsi la cerniera più rumorosa nella storia del suono.

Gli anelli per il pene richiedono un'erezione? Se è così, Dracula era chiaramente pronto all'azione, perché quasi all'istante, Vlad annuncia: "Sono pronto."

Lo schermo del suo telefono s'illumina.

"Niente video." Tiro fuori il mio cellulare e lancio l'applicazione.

Lui concorda con un grugnito e fa clic su qualcosa nel suo schermo.

Oh mio Dio! Le sfere cominciano a vibrare dentro di me, e per poco non lascio cadere il mio Tesoro.

Santo punto A! È piacevole.

Troppo piacevole. Ai livelli di gemere nella stessa stanza con Vlad.

Devo distrarlo.

Freneticamente, attivo la vibrazione del suo giocattolo.

Il telefono gli è appena tremato tra le mani?

La vibrazione delle sfere aumenta.

Alzo anche la sua.

Lui aumenta di nuovo la mia.

Perché non ci siamo seduti? O sdraiati?

Comincio a roteare gli occhi all'indietro, ma riesco ancora ad aumentare la sua vibrazione di un'altra tacca.

Quando l'orgasmo si abbatte su di me, non riesco a reprimere un gemito.

La sua schiena è tesa.

I miei muscoli pelvici hanno qualche altro spasmo, poi si rilassano.

Oh, no! Le palline di Kegel mi scivolano fuori e

finiscono sul pavimento del salotto, cominciando a rotolare.

Accidenti! Se lui vedesse i miei umori su quelle sfere, morirei.

"Chiudi gli occhi!" esclamo. "E per favore, non chiedermi perché."

"Fatto." La parola suona come un grugnito.

Bene.

Senza spegnere la sua vibrazione, metto il mio Tesoro in borsa e mi fiondo verso il punto in cui le sfere si sono fermate: a poco più di un metro davanti a Vlad.

Rispettando la sua privacy, resisto al forte impulso di dare una sbirciatina a Dracula, mentre mi piego per raccogliere le palline.

Quelle maledette mi scivolano tra le dita e rotolano via.

Dato che è difficile non guardargli i genitali, mentre inseguo le sfere in questo modo, mi metto a carponi e le inseguo come un predatore che dà la caccia alla preda.

Finalmente!

Afferro le sfere.

No!

Scivolano via dalle mie grinfie ancora una volta.

Dovevo proprio lubrificarle così bene?

Con le ginocchia che cominciano a farmi male, striscio fino a dove si sono fermate.

Sì! Le afferro e riesco a mantenere la presa.

Poi, vedo le gambe davanti a me.

Alzo lo sguardo.

Eh già.

Sono faccia a faccia con Dracula.

## Capitolo Ventiquattro

*W*ow!

Sono un topolino di fronte a un anaconda.

È così che dev'essersi sentito Mowgli, quando ha incontrato Kaa per la prima volta.

Aggrappandomi alle mie palle con tutta me stessa, inghiotto il litro di saliva che le ghiandole salivari mi hanno improvvisamente spruzzato in bocca.

Ho già detto wow?

Dracula è magnifico nella sua turgida enormità. Notevolmente più grande persino di Glurp, rischia di non entrare dentro di me, anche se potrebbe essere bello provarci.

L'anello stringe Dracula vicino alla base e lo fa vibrare, enfatizzando in qualche modo lo spettacolo già meraviglioso.

Da qualche parte sopra di me, Vlad grugnisce di piacere.

Accidenti! Mi ero dimenticata che sono collegati.

Comincio a indietreggiare, proprio quando un liquido bianco e cremoso schizza fuori da Dracula e mi finisce sulla guancia.

Sbatto le palpebre, incredula.

È successo davvero?

Ne sgorga dell'altro.

Chiudo istintivamente gli occhi, mentre il liquido caldo mi atterra sulla fronte, sull'altra guancia, sul naso e sul mento.

Una goccia calda finisce su Mignolo e due sul Prof.

Beh, ora so cosa provano le pornostar in quei video di bukkake. Quando Bob voleva fare questa cosa con me, tempo fa, ho rifiutato, pensando che fosse degradante. Ora, non ne sono più così sicura. Forse, se…

"Che stai facendo lì?" Dalla voce, sembra che Vlad abbia visto un fantasma.

Merda! Deve aver aperto gli occhi, alla fine.

Tenendo le palpebre chiuse, per evitare che i miei bulbi oculari s'impregnino, mi alzo in piedi. Le guance mi bruciano così tanto, che mi aspetto quasi che i succhi di Dracula sfrigolino, come albumi in una padella.

"Non muoverti." Lo sento correre via.

Sta scappando? Scattando una foto? Ordinando del cibo da asporto?

Lo sento tornare, e una mano forte mi prende la testa.

Beh, questo è piacevole.

"L'acqua dovrebbe essere tiepida" mormora.

Non oso sbirciare.

Un tovagliolo di carta mi tocca la fronte.

Oh. Mi sta pulendo. Questo è dolce (per quanto dolce possa essere, data la sostanza in questione).

A proposito della sostanza, è troppo tardi per dare un assaggino furtivo?

Non posso. Lui mi vedrebbe e, anche se la maggior parte dei ragazzi lo troverebbe eccitante, non sono sicura di quale sia il protocollo, quando il ragazzo in questione è il tuo capo al quadrato.

"Mi dispiace" dice, quando ha finito di asciugarmi la zona intorno agli occhi. Nonostante le parole, la sua voce è più di un tantino roca. "Non sono sicuro di come sia successo, ma…"

"Non è stata colpa tua." Apro gli occhi e lo guardo, mentre finisce di pulirmi le guance e il mento; poi, adocchia la mia scollatura, incerto.

"Non c'è problema" dico, arrossendo in modo impossibile. "Fa' pure."

Le sue pupille si dilatano, mentre tampona le poche gocce su Mignolo e il Prof.

Abbasso lo sguardo.

Ha chiuso la zip di Dracula, ma sembra che ci sia un nuovo rigonfiamento laggiù.

Utile, suppongo, nel caso in cui decidessimo di fare ulteriori test.

Appallottola l'asciugamano sporco nella mano. "Per tua informazione, sono sano. Ho fatto il test dopo la mia ultima relazione, e non sono stato con nessuna da allora, quindi…."

"Anche io sono sana" sparo. "E prendo la pillola."

I suoi occhi brillano. "Buono a sapersi, ma se ti ho parlato della mia storia clinica era perché non ti preoccupassi di uno sfogo di herpes sulla faccia. Non era un quid pro quo."

Certo, ecco che cosa intendeva. Stupida bocca! Prima spiffera troppe informazioni, ora vuole baciarlo. Gli sembrerebbe disgustoso, se lo baciassi? La mia bocca è stata risparmiata dalla fontana di…

Lui china la testa e unisce le labbra alle mie.

Il mio cuore diventa una supernova, e le ginocchia minacciano di cedere.

Questo è chiaramente un giorno di wow. Le sue labbra sono calde e morbide, e così piacevoli, che per poco non ho un altro orgasmo (e quasi mi cadono le palle). La stanza svanisce intorno a me, e tutte le mie preoccupazioni sembrano evaporare. Tutti i miei sensi si concentrano sul modo in cui la sua lingua accarezza delicatamente l'interno della mia bocca, sul dolce calore lievemente mentolato del suo alito, sul martellarmi del cuore nelle tempie e…

Si ritrae.

Io sto ansimando, e lui pure.

"Perché?" gli chiedo senza fiato, fissandolo.

"Non dovremmo." La sua voce è roca. "Ancora sotto l'effetto dell'alcol."

Mi ritraggo bruscamente. La mia eccitazione evapora, sostituita da un'ondata irrazionale di rabbia.

Che cosa diavolo dovrebbe significare? Sta dicendo che mi ha baciata solo perché era annebbiato dall'alcol (o meglio, dalla vodka)? Oppure crede che io non possa prendere decisioni adulte con una leggerissima sbornia?

Prima che possa dare voce a tutto questo, lui ha in mano il telefono e sta inviando un messaggio.

Quando arriva la risposta, un millisecondo dopo, mi dice: "Ivan ti porterà a casa. Vieni."

Mi guida nell'ascensore, mi accompagna fino all'atrio e mi tiene aperta la portiera della limousine.

Il viaggio di ritorno a casa trascorre in una nebbia. Un milione di domande mi attraversa la mente, ma due più di tutte: Perché si è fermato? E, se un semplice bacio è stato così straordinario, come sarebbe, se facessimo di più?

Quando arrivo a casa, lascio cadere le sfere nel lavandino e mi guardo allo specchio.

Uff! La mia espressione sbilenca è di nuovo un misto di curiosità, sospetto e scetticismo. La colla del sopracciglio posticcio sinistro deve aver ceduto, a un certo punto. Almeno, presumo che sia andata così. Quell'affare è scomparso, ormai, probabilmente rimasto nell'asciugamano di Vlad.

Non c'è da stupirsi che lui non volesse combinare niente con me.

La mia prima doccia è bollente, la seconda gelida.

Buttandomi a letto, mi copro la testa con un cuscino e cerco di dimenticare l'accaduto.

## Capitolo Venticinque

*L*a prima cosa che faccio al mattino è controllare il mio Tesoro, per vedere se ci siano messaggi di Vlad.

No. Silenzio radio.

Poi, controllo le email di lavoro e trovo un messaggio di Sandra, che mi chiede un altro aggiornamento. Le domando se le vada bene farlo domani. Finché non sentirò Vlad, non posso dirle onestamente che procede tutto bene.

Nella casella di posta in arrivo, c'è anche un'email di Mike Ventura (alias Butt-Head e, forse, Phantom):

*Ti va di fare quella chiacchierata domani alle 11:30?*

Mentre ci penso su, Sandra risponde che le va bene il mio suggerimento.

Organizzo un incontro con lei per le undici e dico a Mike che ci sto per le undici e mezza. In questo modo, prendo due piccioni/colleghi con una fava.

Il mio Tesoro riceve un messaggio.

Il cuore mi salta in gola.

È da parte di Vlad.

*Sei già in piedi?*

Con la mano che trema, rispondo: *Sì. E niente postumi da sbornia. Tu?*

Invece di rispondermi per messaggio, mi chiama.

"Ciao" lo saluto.

"Ciao a te."

Mi schiarisco la gola. "Senti, riguardo a ieri…"

"Facciamo l'appuntamento di gioco dei porcellini, oggi?" mi chiede quasi contemporaneamente. "Sembra che Oracle si senta sola, stamattina."

Esito solo per un secondo. "Certo. A che ora…"

"Stiamo arrivando" m'informa. "Hai fatto colazione?"

"Non ancora."

"Che cosa ti piacerebbe?"

Sentendomi un po' surreale, rispondo che non direi di no a dei muffin ai mirtilli.

"Fatti uno spuntino, intanto" mi dice. "Arriveremo presto."

"Certo" rispondo, ma ha già riattaccato.

Merda!

Devo rendermi presentabile, subito. Per lo meno, casa mia è ancora pulita dalla sua ultima visita.

Attaccando il kit per il trucco, ricordo la figuraccia delle sopracciglia di ieri sera. È stato quello il motivo per cui ha smesso di baciarmi, o no? Nel dubbio, uso i tatuaggi temporanei per sopracciglia come seconda soluzione, poi ordino un altro paio di sopracciglia posticce per il futuro, nel caso in cui le mie non ricrescano abbastanza in fretta.

Proprio mentre mi sto infilando un paio di jeans puliti, ricevo una chiamata sul mio Tesoro. Per poco non inciampo, mentre mi precipito a prenderlo.

Potrebbe essere Vlad.

No.

È Ava. Pretende un aggiornamento, perciò glielo do.

"Incredibile!" commenta, dopo che ho terminato. "Com'è possibile che due persone si diano così tanti orgasmi, eppure arrivino solo alla prima base?"

Alzo gli occhi al cielo. "I sex toys non sono forse la terza base? E l'eiaculazione in faccia non è una specie di base anche quella?"

Lei ridacchia. "Dico solo che avresti dovuto andare fino in fondo."

Sospiro. "Non credo che mi volesse. Potrebbe trovarmi ripugnante."

Ava mi schernisce. "Ripugnante? Tu? Sei…"

Suona il campanello.

"Devo andare!" grido nel telefono, e riattacco.

"Chi è?" chiedo, scandendo le parole, quando mi avvicino alla porta.

"Vlad" risponde, con una nota di approvazione nel tono.

Apro.

Accidenti! Perché mi sento sempre sorpresa dal suo aspetto?

Senza fiato, osservo i suoi riccioli neri arruffati

(compreso quello indisciplinato, che mi fa prudere le dita dalla voglia di toccarlo) e le linee ben modellate delle sue labbra. I suoi occhi sono della più profonda tonalità di blu, dietro gli occhiali con la montatura di corno, e indossa il suo abbigliamento ispirato a Matrix. In una mano, tiene un trasportino con dentro Oracle e, nell'altra, un sacchetto marrone.

Ingoio la bava. "Prego, entra." Indico il salotto.

Lui si toglie di nuovo le scarpe, appende il trench vicino alla porta e avvicina il trasportino alla casetta di Monkey.

"Tieni." Mi porge un muffin. "Ti dispiace se le metto nell'area giochi?"

"Prego, fa' pure." Attacco il muffin con fervore.

Mmm, che buono! O si è fermato nella migliore pasticceria di NYC, o io ho molto appetito.

Mentre mangio, guardo Oracle e Monkey strofinarsi il naso a vicenda.

"Ho portato degli snack anche per loro." Vlad tira fuori una verdura verde che non ho mai visto prima. "Ti dispiace?"

"Niente affatto. Che cos'è?"

"Germogli di luppolo." Ne morde un pezzo. "Sono già lavati. Vuoi assaggiare?"

Con un'alzata di spalle, assaggio la verdura. Mi ricorda il cavolo, con un leggero retrogusto di noce. "Sono buoni. Perché non li ho mai visti al supermercato? O nei ristoranti? È una coltura speciale per porcellini d'India?"

E, se è così, perché noi l'abbiamo appena mangiata?

Mette un lungo germoglio dentro l'acquario. "Il processo di raccolta è elaborato, quindi sono un po' costosi per la maggior parte delle persone."

Vedendo il germoglio, Oracle lo afferra e inizia a mordicchiarlo.

Monkey lo assaggia dall'altra estremità, e deve piacerle, perché comincia a tirare lo stelo verde piuttosto vigorosamente.

Quasi violentemente.

A sua volta, Oracle tira dall'altra parte.

Monkey continua a farlo dalla propria.

Diventa uno spassoso tiro alla fune (o almeno, spassoso per me).

Vlad, in realtà, si acciglia. "Dimenticavo che Oracle va pazza per queste verdure. Potrei aver creato inavvertitamente un attrito."

Ha ragione.

Dopo aver strappato la pianta a metà e aver finito di mangiarla, Oracle comincia a rincorrere Monkey, strillando per tutto il tempo.

Quando finalmente mette all'angolo Monkey, la monta e comincia a ingropparla.

Ah, ok. Quando Vlad ha parlato di attrito, un secondo fa, non pensavo sarebbe stato di tipo sessuale. Ma perché ingropparsi? Sono entrambe femmine, quindi non avrebbe più senso che una scendesse sulle parti basse dell'altra? Oppure (ma non sono sicura che i loro corpi siano fatti per questo) potrebbero provare qualcosa come la sforbiciata.

"Avevi detto che Oracle è una lei" affermo, reprimendo una risata, mentre l'ingroppamento s'intensifica. "Questo non richiede parti maschili?"

"È una questione di predominio." Getta due pezzi di verdura in due angoli diversi dell'acquario.

Come per confermare le sue parole, Monkey scatta via da sotto Oracle, fa una giravolta e comincia a cercare di sottomettere la sua amica.

"I porcellini d'India devono essere sessisti" commento, sogghignando. "Perché quello che viene ingroppato è il meno dominante? E comunque, non dovrebbe valere solo in camera da letto, e non per chi riceve più spuntini?"

Lui ricambia il mio sorriso. "Eppure, pensa a quanto sarebbe divertente, se la gente provasse a farlo nelle sale riunioni?"

Osserviamo i due porcellini d'India, che, alla fine, si stancano di cercare di ingropparsi a vicenda e si limitano a mangiare un germoglio di luppolo a testa.

"Penso che sia una tregua" dichiara Vlad. "Nessuna delle due sta cercando di rubare all'altra."

"Dove posso trovare quei germogli di luppolo?" gli chiedo. "È evidente che Monkey li adori."

"Mio padre ha un aggancio." Vlad lascia cadere dell'altra verdura davanti alle due porcelline d'India. "Ma, come ho detto, sono un po' cari."

Osservo la verdura insignificante. "Quanto possono costare?"

"Con lo sconto di papà, quattrocento al chilo" risponde con espressione seria.

*Un po'* cari?

Fisso le porcelline d'India, poi lui. "Sul serio?"

Annuisce.

"E adesso, deporranno un uovo d'oro?"

Ridacchia. "È improbabile."

Scuoto la testa. "È come nutrire un gatto con il caviale."

Un sorriso gli attraversa il volto. "Mia madre lo faceva con il suo gatto, e ha smesso solo perché, a quanto pare, rendeva la lettiera troppo puzzolente."

Porca vacca! "Evidentemente, non sono una buona padrona di animali" commento. "Non mi sognerei mai di comprare a Monkey una verdura che costi più di un paio di scarpe."

Mi porge un altro germoglio di luppolo. "La compreresti per te stessa?"

Assaggio di nuovo. "No. A meno che non fossi malata e questa fosse l'unica cura. In realtà, in quel caso, la prenderei anche per Monkey. Come medicina."

"Beh, non preoccuparti." Getta il resto della merenda nell'acquario. "Ne porterò altri a tutti gli appuntamenti di gioco, così Monkey continuerà a gustarseli."

Oh. Vuole che le ragazze abbiano altri appuntamenti di gioco. E, come effetto collaterale, è disposto a passare più tempo con me.

Questo potrebbe essere un ottimo momento per parlare di ieri.

"Senti" esordisco, orgogliosa del fatto che ci sto provando davvero. "C'è una cosa che volevo chiederti."

Mi rivolge tutta la sua attenzione.

Arrossisco.

Le parole non escono.

Suppongo che questo voglia dire abbandonare la missione. Mi sto chiaramente tirando indietro.

"Di che si tratta?" mi domanda, ora con aria un po' preoccupata.

"I test" spiffero, in preda alla disperazione. "Dato che sei qui, e ormai siamo d'accordo a farli faccia a faccia, mi chiedevo se ti andasse di essere produttivo."

Oddio! Per poco non dicevo "riproduttivo", alla fine.

Lui sembra pensieroso.

Merda! Se mi trova ripugnante, troverà una scusa per rifiutare.

"Certo" dice. "Facciamolo."

Immagino che sia un buon segno, ma questo non prova niente in via definitiva. Può darsi che lo faccia soltanto per sua sorella.

Un modo per scoprirlo potrebbe essere quello di osservarlo attentamente durante il test, per vedere se gli piace guardarmi.

Il mio rossore aumenta. "Vuoi farlo adesso?"

Lancia un'occhiata alle porcelline d'India. Sono

tornate ad essere migliori amiche e si stanno pulendo a vicenda con entusiasmo. "Certo."

Corro in camera mia e torno con la valigetta decorata con i genitali. Spalancandola sul pavimento accanto al divano, contemplo le mie scelte.

La sua espressione è guardinga, mentre esamina il contenuto insieme a me.

Cominciando a perdere la calma, indico un grande vibratore a forma di bacchetta. "Che ne dici di quello?" Mentre parlo, il mio battito cardiaco sale alle stelle, e devo ricordare a me stessa che ho appena scelto il giocattolo meno malizioso del gruppo. Quegli aggeggi li vendono da Target sotto forma di "massaggiatori".

Che diamine, mia madre me ne ha regalato uno, una volta! Lo chiamava il Vibronatore.

"Per me va bene." Il suo sguardo si sposta dalla valigetta al mio viso. "Dovrei distogliere lo sguardo, come ieri?"

Mi sarebbe difficile indurlo in tentazione, se si voltasse, ma non ho nemmeno le palle di spogliarmi; quindi, propongo: "Che ne dici se lo uso sopra i jeans? Dovrebbe essere abbastanza potente da funzionare anche così."

Con aria incerta, tira fuori il dispositivo.

Si sta chiedendo se dovrebbe essere lui a reggere l'aggeggio per me? Voglio che lo faccia?

"Tieni." Me lo porge, con mia grande delusione. "Preparo l'applicazione."

Mentre lui armeggia col cellulare, io mi sdraio sul

divano e allargo un po' le gambe (quanto basta per essere seducente, ma ancora credibile come posizione necessaria per svolgere il lavoro della vibrazione).

Quando lui mi guarda di nuovo, sembra che gli manchi il respiro.

Bingo!

Sento una botta di coraggio improvvisa.

"Vieni." Do dei colpetti al divano accanto a me. "Non è finita bene, l'ultima volta che l'abbiamo fatto in piedi."

Si siede accanto a me, e le note sensuali della sua acqua di colonia mi stuzzicano le narici, mentre mormora: "Fammi sapere quando Mina è pronta".

"Mina?" Si è dimenticato che mi chiamo Fanny? E perché, all'improvviso, mi parla in terza persona?

Le sue labbra sexy s'incurvano. "Mina era l'oggetto dei desideri di Dracula. Ho pensato che, visto che tu hai dato un nome al mio, ti avrei aiutata a soprannominare la tua."

Santo vampirismo! Quest'uomo è più che perfetto. Nessuno dei miei ex è mai stato al gioco; trovavano sciocca la mia inclinazione per i soprannomi.

Facendo del mio meglio per nascondere la mia esultanza, sollevo uno dei tatuaggi temporanei di sopracciglia. "Dovresti lasciare tutti i soprannomi a me. Mina è terribile."

Solleva un sopracciglio. "Forza, allora, rinominala tu."

Mmm, una sfida.

Spero di essere all'altezza. Tra il fatto di non aver mai nominato quella parte di me e tutta l'adrenalina, brancolo nel buio. Poi, mi viene in mente. "Che ne dici di Gizmo?"

Lancia un'occhiata al mio inguine. "Tipo un dispositivo elettronico con cui uno vuole giocare?"

Sogghigno. "No. Come la creatura carina dei Gremlins. Pericolosa, se bagnata… Hai presente?"

Lui geme, ed entrambi scoppiamo a ridere.

Quando smettiamo, mi mostra il suo schermo, pronto a partire. "Posso?"

Ancora euforica per tutte le risate, mi sento molto audace. "Mi chiedevo se potessi tenere tu la bacchetta per me."

Il suo sorriso scompare. "Sei sicura?"

Il mio viso è in fiamme, ma annuisco. "Per favore." Gli porgo la bacchetta.

Lui la attiva tramite l'app, e quell'aggeggio ruggisce come una motosega nel mio palmo, prima che me lo strappi di mano.

Faccio un respiro profondo.

Sta succedendo.

Santa bacchetta, sta succedendo!

Posa il suo telefono, poi si sporge in avanti e preme lentamente il giocattolo, che vibra sonoramente, contro i miei jeans.

L'aria mi esce dai polmoni. Anche attraverso gli strati di tessuto, la vibrazione è pazzesca… e mi porta all'orgasmo quasi istantaneamente, estorcendomi un forte gemito.

Le sue pupille si dilatano, e vedo che sta per tirare via la bacchetta, perciò gli stringo il polso perché la tenga lì. Sono avida di un altro orgasmo, che riesco già a sentire in avvicinamento. La tensione si avvolge nel mio bassoventre e la mia pelle formicola, mentre i capezzoli mi s'inturgidiscono dentro il reggiseno.

Il suo viso è una maschera di soddisfazione puramente maschile, anche se i suoi occhi sono socchiusi per l'eccitazione.

L'orgasmo si abbatte su di me, facendomi gridare. È spudorato, audace, ma non m'importa. Mi piace l'effetto che sta avendo su di lui. C'è un enorme rigonfiamento nei suoi pantaloni, a soli pochi centimetri da me.

Dovrei aprirgli la zip e liberare Dracula?

Non ancora.

Per adesso, gli afferro l'altra mano e me la piazzo sopra Mignolo, strusciando i fianchi contro la bacchetta, per intensificare le sensazioni che si stanno accumulando di nuovo, senza pietà.

I suoi occhi si oscurano e lui mi palpa la carne con apprezzamento, proprio mentre un altro orgasmo mi scuote, facendomi stringere gli occhi e gemere ancora una volta.

Quando le scosse di assestamento si attenuano, apro gli occhi… e mi trovo a fissare dritto nei volti dei miei genitori.

## Capitolo Ventisei

*G*li orgasmi provocano le allucinazioni?

Aspetta, no, sembra che siano reali.

Porca puttana!

Mamma e papà hanno fatto di nuovo irruzione nel mio appartamento.

Irrigidendosi, Vlad tira via il vibratore dalla mia zona inguinale, mentre io guardo a bocca aperta i miei genitori sorridenti, penosamente consapevole della valigetta di sex toys aperta ai miei piedi, nonché dell'orgasmo a cui devono aver appena assistito.

"È semplicemente favoloso, mia cara!" La mamma sembra decisamente euforica. "Sapevo che il Vibronatore ti sarebbe stato utile."

Balzo in piedi, e Vlad fa altrettanto. Disattivando rapidamente la bacchetta, la getta nella valigetta e chiude quest'ultima.

Pondero se sarebbe meglio morire sul posto o meno. Sono sicura che ci sia gente che si è lasciata cadere sopra una spada per un disonore di gran lunga minore.

Se non altro, la mia faccia arrossata dall'orgasmo non può diventare più rossa di così!

In qualche modo, ritrovo la lingua. "Mamma, papà, questo è Vlad." Sono orgogliosa della fermezza della mia voce. "Vlad, loro sono i miei genitori. È chiaro che non abbiano mai imparato a rispettare i limiti."

Freddamente composto, ora, Vlad tende una mano alla mamma. "Piacere di conoscerla, signora Pack."

La mamma sembra sul punto di sbavare. "Per favore, chiamami Venus."

"Certo, Venus" replica Vlad, poi tende la mano a mio padre in segno di saluto. "Signor Pack, piacere di conoscere anche lei."

"Chiamami Wolf" risponde papà, ed è chiaro che anche lui sia impressionato da Vlad (anche se, a differenza di mamma, non sembra che stia per saltargli addosso, in stile puma).

Il mio imbarazzo si attenua leggermente.

È il momento della rivincita.

"Hai sentito bene" dico a Vlad. "È Wolf Pack: un branco di lupi con un lupo solo, come quel tizio di *Una notte da leoni*. I nonni lo hanno chiamato così per scherzo, e a me questi due hanno giocato un tiro ancora peggiore."

"Piacere di conoscerla, Wolf" dice Vlad, senza mostrare alcun segno di aver sentito ciò che ho detto.

In generale, sta gestendo la cosa molto, molto meglio di quanto avrei fatto io, se i suoi genitori ci avessero interrotto.

La mamma sorride radiosa a Vlad. "Siamo venuti per trascinare Fanny a pranzo. Vuoi unirti a noi?"

"Mi farebbe molto piacere" risponde Vlad senza esitazione.

Aspetta, che cos'è questa storia? Un pranzo con i miei genitori *e* Vlad? Non siamo arrivati alla fase "conoscere i genitori".

Siamo ancora nella fase del limbo.

D'altro canto, io ho conosciuto i suoi.

Potremmo procedere più al contrario di così?

"Che tipo di cucina ti piace?" chiede papà a Vlad.

"Non sono schizzinoso" risponde lui.

Papà propone un elenco di cucine, e lui e mamma discutono su dove vogliono andare, come se io e Vlad non fossimo nemmeno nella stanza. Mentre procedono, sbircio furtivamente la faccia da poker di Vlad.

Non ho idea di cosa stia pensando dei due intrusi.

Mamma e papà sono state le prime persone su cui ho testato la mia applicazione. Il mio codice ha stabilito che la mamma assomigliasse alla principessa Fiona di Shrek, ma (attenzione allo spoiler!) dopo essersi trasformata permanentemente in un orco. Papà corrispondeva a Garfield (e questo potrebbe essere il motivo per cui Monkey è assolutamente terrorizzata da lui).

"Che ne pensi del sushi?" propone la mamma a Vlad.

Lui mi posa una mano sulla spalla. "Io vado dove va Fanny."

Notando la mano, mamma e papà si scambiano un'occhiata complice. "Il cibo che piace a Fanny è troppo semplice."

"Ehi, io lo mangio, il sushi!" ribatto, cercando di non sembrare indignata, senza riuscirci.

La mamma ridacchia. "In Giappone, i California roll li servono nei ristoranti di cucina americana, insieme agli hamburger."

Stringo gli occhi. "Mangio anche altre cose. Che ne dici se ci andiamo, e ti lascio ordinare per me?"

La mamma batte le mani per l'eccitazione, e io faccio uscire tutti dall'appartamento.

Il mio telefono emette un bip.

Do una sbirciatina di nascosto.

È un messaggio di Vlad:

*Vuoi prendere la limousine, o andiamo a piedi in un bel posticino nelle vicinanze?*

L'ha scritto dentro la tasca?

"Mamma, papà, Vlad conosce un ottimo ristorantino di sushi qui vicino" affermo. "Che ne pensate?"

Accettano volentieri di fare una passeggiata, perciò ci incamminiamo, mentre mamma e papà ci interrogano su come ci siamo conosciuti e da quanto tempo ci frequentiamo.

"Lavoriamo insieme" risponde Vlad,

imperturbabile come sempre. "E voi due, invece? Da quanto tempo siete sposati?"

Il diversivo funziona. Mamma si lancia nella storia che vorrei non aver mai sentito (soprattutto, non le decine di volte che l'ha raccontata in mia presenza). A quanto pare, lei aveva risposto a un annuncio sul giornale e posato nuda per il quadro di papà; lui l'aveva trovata irresistibile, e una cosa tira l'altra… con questo, intendo dire che si sono coperti di pittura e hanno fatto sesso selvaggio su una tela gigante. L'opera d'arte risultante è tuttora appesa nel loro salotto.

Se mai andrò in terapia, sono sicura che ne parlerò. Molto.

Vlad ascolta questa storia inappropriata con la stessa calma che avrebbe, se lei gli avesse detto che si sono incontrati su eHarmony.

Poi, mi arriva un altro suo messaggio:

*Vuoi che mandi Ivan a comprarti un lucchetto per la porta?*

Teme forse che, la prossima volta che faranno irruzione, cominceranno a creare opere d'arte a casa mia?

Sorridendo, rispondo in modo affermativo.

*Che ne dici di uno di quei videocitofoni intelligenti? Conosco una marca estremamente sicura, per quanto riguarda la privacy.*

Mentre esprimo il mio consenso anche su questo, raggiungiamo il ristorante ed entriamo.

"Konnichiwa" il personale del ristorante ci grida all'unisono.

Vlad risponde a tono, e la sua pronuncia mi sembra impeccabile.

Colgo mamma e papà scambiarsi uno sguardo di approvazione.

Ci sediamo e la mamma mi ordina un sushi deluxe, poi prende lo stesso per sé e papà. Vlad ordina il suo sushi à la carte, citando i pezzi con i loro nomi giapponesi come un professionista.

"Allora, Venus, ho sentito che canti l'opera" dice Vlad, quando la cameriera se ne va. Tira fuori il suo telefono. "Riuscirei a trovare una tua esibizione online?"

Lei muove la testa su e giù con entusiasmo. "Cerca il mio nome, ma ignora tutte le confezioni di rasoi e lamette che compaiono all'inizio della ricerca."

Due secondi dopo, il mezzosoprano della mamma emana dagli altoparlanti del telefono di Vlad.

"Ah" commenta Vlad, dopo appena due battute musicali. "*L'Habanera* della *Carmen*."

"Sposalo!" mi dice la mamma con un sussurro molto forte.

La mia faccia è uguale alla parte superiore rossa della salsa di soia ad alto contenuto di sodio.

Rivolgendosi a Vlad, la mamma chiede: "Che cos'è questo meraviglioso accento che percepisco nella tua parlata?"

"Russo" risponde Vlad. "A proposito, ti sei mai esibita in un'opera di Tchaikovsky? *La Dama di Picche* è la mia preferita delle sue."

Il cibo arriva, mentre loro si lanciano in

un'animata discussione sull'opera russa, e questo mi diventa chiaro: qualunque cosa accada tra noi, mamma non smetterà mai e poi mai di parlare di Vlad.

"Wolf, tu fai il pittore, giusto?" chiede Vlad, quando la bocca di mamma è occupata da un pezzo di tonno grasso.

E in un attimo, papà e Vlad si ritrovano a pronunciare nomi come *Repin* e *Malevich*, discutendo di arte russa.

Io mangio il mio sushi e ne apprezzo la maggior parte. Tuttavia, ci sono due pezzi di qualcosa di marrone che non ho mai provato prima, e sembrano particolarmente poco appetitosi.

"Quello è *uni*" mi spiega Vlad, notando dove restano sospese le mie bacchette. "Sono gonadi di riccio di mare."

Ma certo che sì! Comunque, è un nome migliore di quello che avevo in testa io: sushi di cacca.

Tuttavia, sono determinata ad essere avventurosa.

Mangio un pezzo di zenzero sottaceto per pulirmi il palato, poi immergo la punta della mia bacchetta nella sostanza marrone e la lecco con circospezione.

È cremosa in modo disgustoso e decisamente troppo salmastra per i miei gusti.

Non c'è possibilità che la mangi.

Grr. Adesso, mamma potrà rinfacciarmi: "Te l'avevo detto". Il che è ingiusto, perché ho mangiato tutte le altre cose, pesce crudo incluso.

"Sai, quelli sono i miei preferiti" mi dice Vlad,

notando la mia smorfia. "Possiamo fare cambio, per favore?"

Gli stringo il ginocchio con gratitudine e metto l'uni nel suo piatto, prendendo in cambio un pezzo del suo salmone e del pesce giallo.

"L'uni è considerato un afrodisiaco in Giappone" sussurra la mamma a Vlad in modo cospiratorio.

Se questo è vero, visto il modo in cui flirta con Vlad, lei deve aver mangiato un intero oceano di gonadi di ricci di mare per colazione.

"Sei stato in Giappone?" chiede a Vlad.

Ci siamo. Quando ero al college, i miei genitori hanno cominciato a viaggiare e, adesso, non fanno altro che parlare di questo (e del fatto che, a parte il mio solo e unico viaggio a Praga, io non sia stata da nessuna parte fuori dagli Stati Uniti).

È un'altra frecciatina al mio essere poco avventurosa. Il che è ingiusto. Semplicemente, non ho avuto il tempo né i fondi per viaggiare, in questa fase della mia carriera.

Andrei sicuramente in molti posti, se potessi.

Probabilmente.

Spero.

Vlad annuisce. "Kyoto era la mia città preferita, ma ho viaggiato in tutto il paese."

La mamma sorride. "Anche noi. A Kyoto, tutto era al gusto di matcha. Sei stato al parco delle scimmie?"

Instaurano un legame parlando del Giappone per

un po', prima di passare alla Russia, su cui interrogano Vlad. È una destinazione che non hanno ancora spuntato dalla loro lista dei posti da visitare. Io ascolto, mentre lui risponde volentieri alle loro domande, raccontando della sua città natale, Murmansk, e di come lì si possa vedere l'aurora boreale in inverno.

Devo ammettere che ucciderei per vederla.

Il fenomeno dell'aurora boreale è sicuramente sulla *mia* lista di cose da vedere.

Finiamo il pasto con un gelato al tè verde fritto che, secondo la mamma, "non è buono come quelli che si trovano a Kyoto".

Quando arriva il conto, Vlad lo prende e porge la sua carta al cameriere, prima che mio padre possa anche solo aprire bocca sull'eventualità di dividere il conto.

"Grazie" gli dice la mamma, mentre usciamo dal ristorante per tornare da me.

L'interrogatorio sulla Russia continua, durante la nostra passeggiata verso casa. Quando raggiungiamo il mio palazzo, Vlad si ferma e sorride calorosamente ai miei genitori.

"È stato un piacere conoscervi entrambi" dice. "Volete un passaggio a casa?"

Sembrano confusi, finché lui non indica la limousine.

La mamma gli lancia l'occhiata più da panterona del giorno. "Sì, per favore. Grazie."

Ci avviciniamo alla limousine, dove Vlad prende

un grande zaino da Ivan, dicendo qualcosa in russo e indicando i miei con un cenno del capo.

Ivan abbassa la testa in segno di assenso e tiene aperta la portiera per mamma e papà, mentre salgono.

"Ciao" li saluto. "Chiamate, prima di passare, la prossima volta."

La limousine si allontana e io tiro un sospiro. "Non chiameranno."

Vlad apre lo zaino. "Questo dovrebbe essere d'aiuto."

All'interno, ci sono un trapano, un chiavistello e una scatola con (presumibilmente) il videocitofono.

Quando arriviamo alla mia porta, guardo Vlad installare tutto nel giro di pochi minuti (un'inaspettata dimostrazione di abilità da tuttofare, che funge da afrodisiaco più forte delle gonadi dei ricci di mare).

Una volta che il citofono è installato e io ho l'app necessaria in esecuzione sul mio Tesoro, Vlad mi dice: "Proviamolo".

Entro in casa e inserisco il nuovo chiavistello, lasciando lui sulla soglia.

Suona il campanello.

Il mio Tesoro mi mostra il suo splendido viso.

"Sì. Funziona!" Sblocco la serratura, ma non il chiavistello.

Lui cerca di aprire la porta, ma il chiavistello glielo impedisce.

"Ottimo." Lo lascio entrare per davvero, e il mio battito accelera, mentre mi preparo ad essere audace ancora una volta. Guardandolo negli occhi, dico il più fermamente possibile: "Ora probabilmente dovremmo riprendere l'*altro* tipo di test."

Il suo viso si fa teso. "Sei sicura?"

Invece di rispondere, lo conduco in salotto e apro di nuovo la valigetta.

Come uno dei cani di Pavlov, sto già sbavando dinnanzi alla promessa di altri orgasmi.

"Quasi dimenticavo." Vlad tira fuori dalla tasca un piccolo fascio di stoffa in pizzo. "Hai lasciato queste nel mio bagno."

Porca miseria! Ho dimenticato le mie mutandine a casa sua e non me ne sono nemmeno accorta!

Con le guance che diventano nucleari, gli strappo le mutandine di mano. "Mi dispiace. Ho dovuto andarmene in fretta e furia."

"A proposito di questo." Si avvicina, e i suoi occhi sono incredibilmente blu dietro le lenti degli occhiali. "Spero che tu stia bene."

Bene? Di che cosa sta… oh! Tutto l'annebbiamento caldo mi abbandona, quando rievoco la scorsa notte e il modo in cui lui si è allontanato da me così bruscamente.

"Era perché sembravo un mostro?" spiattello.

Aggrotta la fronte. "Di che cosa stai parlando?"

"Ci siamo baciati. Tu ti sei staccato. Hai pensato che sembrassi un mostro, vero?" Indico le mie sopracciglia finte.

La sua espressione passa dalla confusione all'inconfondibile desiderio, e le sue palpebre si abbassano, mentre i suoi occhi vagano affamati sul mio corpo. Avvicinandosi a me, mi prende il viso tra le mani grandi. "Fannychka…" La sua voce è roca e vellutata. "Saresti bella anche senza un solo capello in testa."

Oh. Mio. Dio. Se fossi un computer, i messaggi di errore di sistema starebbero suonando a tutto volume attraverso i miei altoparlanti. Il cuore mi batte forte, e mi si rizzano tutti i peli del corpo, come se una corrente elettrica mi scorresse sotto la pelle.

Sono. Così. Eccitata!

"Avevi la vodka in circolo" prosegue, senza lasciarmi andare. "E io…" Fa un respiro profondo. "Voglio che la tua mente sia lucida, quando m'implorerai di scoparti."

Wow! Adesso, il computer esploderebbe.

Non mi aspettavo di sentire quelle parole uscire dalla sua bocca… ma, ora è successo, le immagini che mi danzano nella mente sono più che pornografiche.

E calde.

Così bollenti, che mi sembra di aver perso la lingua.

"Implorare?" riesco finalmente a sussurrare.

Un ghigno presuntuoso gli tira le labbra sensuali. "Suppongo che tu possa anche solo chiedere per favore."

"Per favore?"

"È sufficiente" mormora, e abbassa la testa, abbattendo le labbra sulle mie.

Sante ovaie iperattive! Ora, mi sento come se

qualcuno avesse preso i pezzettini del computer esploso e avesse cominciato a rimetterli insieme, facendo particolare attenzione alle zone erogene.

Il bacio è più vorace di quello di ieri sera.

Più primitivo.

Comincio a sentirmi le ginocchia deboli.

Lui deve accorgersene. Continuando a baciarmi, mi fa indietreggiare verso il divano e, mentre io mi lascio cadere all'indietro, lui si china sopra di me, sfiorandomi l'orecchio con le labbra, mentre mormora con voce roca: "Volevo piegarti sopra il tavolo di Starbucks la prima volta che ti ho vista."

*Errore. Errore. Sovraccarico ormonale. Funzioni vocali compromesse. Riavvio richiesto.*

Perdendo completamente la testa, impugno la sua camicia e lo trascino sopra di me.

I suoi muscoli tesi premono saldamente contro il mio corpo.

Riprendiamo a baciarci.

La mia mano scivola tra i suoi capelli folti e setosi.

Lui mi mordicchia il labbro.

Io gli succhio la lingua.

Il vapore si accumula tra la mia pelle e i vestiti. Voglio togliermeli, perciò comincio a sbottonarmi la camicetta.

Lui si ritrae leggermente, e le pupille gli si dilatano in modo impensabile.

Mi sfilo il top.

Lui si strappa di netto la camicia, facendo volare i

bottoni come proiettili per tutta la stanza. Rimasto con una maglietta bianca, si toglie anche quella.

*Sovraccarico del buffer video. Scheda grafica overcloccata.*

Vlad deve passare davvero molto tempo in palestra. O quello, oppure il suo corpo è stato scolpito nell'antica Grecia. I muscoli duri e cesellati brillano di perle di sudore, e io vorrei leccarle via tutte.

Mi slaccia il reggiseno, liberando Mignolo e il Prof. dalla loro prigione.

"Bellissima." Tocca Mignolo, e il mio capezzolo praticamente gli infilza il palmo.

Si può impazzire dalla lussuria? Ho così tanto bisogno di averlo dentro di me, che penso potrei urlare.

Gli bacio il collo, poi faccio scorrere la lingua sui suoi pettorali, lungo gli addominali ondulati e più giù, verso la striscia di peli sotto l'ombelico. Nello stesso tempo, gli apro la cerniera dei pantaloni.

Santo cielo!

Dracula gli sta quasi scoppiando fuori dalle mutande!

Vlad si sfila i pantaloni, poi mi toglie i jeans.

"Va tutto bene?" mi chiede, con gli occhi socchiusi.

In tutta risposta, mi tiro giù le mutandine.

Dopo questo, sfido chiunque a definirmi poco avventurosa.

"Bellissima." La sua voce è gutturale, da uomo delle caverne.

Monta a cavalcioni sopra di me, e la sua pelle nuda si struscia sulla mia.

Non posso credere che stia accadendo.

Mi bacia il collo, poi mi succhia il capezzolo, prima di trascinare languidamente la lingua sul mio ventre e più giù. E ancora più giù, con una lentezza stuzzicante, che mi offusca la mente.

Dopo quella che sembra un'eternità, sento il suo respiro caldo sul mio sesso.

*Divisione per zero. File non trovato.*

Mi dà una leccata di prova.

Grido.

Il materiale molliccio dell'era spaziale della Belka non è niente in confronto alla sua lingua vorticosa e sapiente. Così sapiente, che dovrebbe ottenere un dottorato onorario ad Harvard.

La pressione aumenta.

Impasto con le mani tra i suoi capelli, inarcandomi, mentre la pressione diventa insopportabile, intensificandosi ad ogni secondo che passa.

Con un forte gemito, esplodo.

Lui alza lo sguardo, con una soddisfazione maschile primordiale stampata sul bel viso. "Ancora?"

"Sdraiati." Le mie parole escono audaci, quasi come un comando. Non c'è spazio per la timidezza nel desiderio che mi attanaglia.

Lui obbedisce volentieri.

Gli tiro giù i boxer, liberando Dracula.

*Errore del driver del dispositivo di input. Allocare più*

*spazio.*

Con cautela, do una leccata alla sua asta come farei con un gelato.

Si contrae in risposta, esortandomi a continuare.

Me lo faccio scivolare tutto in bocca, estendendo le mascelle fino al limite.

"Cazzo!" grugnisce Vlad sopra di me.

Prendendolo come un incoraggiamento, disegno un cerchio con la lingua.

E poi un altro.

Dopo il terzo, lui si ritrae. "Non voglio concludere così." La sua voce è roca, il suo respiro irregolare. "Voglio essere dentro di te. Sempre che tu sia pronta."

Pronta?

Se non lo sento entrare in me, potrei morire.

C'è solo un problema.

"Non ho preservativi." Mi guardo intorno nel salotto, come se cercassi la fatina del lattice.

I suoi occhi vagano famelici sul mio corpo. "Nemmeno io. Tutti questi sviluppi sono un tantino inaspettati."

Lancio un'occhiata alla sua erezione. "Hai detto di essere sano."

Gli manca il respiro, e la voce si fa ancora più roca. "Anche tu. E prendi la pillola."

"Anche tu. Voglio dire, *io* prendo la pillola. L'unica a prendere la pillola."

Uff, perché sto farfugliando? E arrossendo di nuovo?

Invece di rispondere, mi solleva e mi sposta, fino a

scambiarci di posto: io sdraiata sul divano e lui sopra, con Dracula contro il mio ventre.

Le sue labbra si posano ancora una volta sulle mie e, mentre ricambio il bacio, sento le sue dita perverse penetrarmi.

Wow!

Ansimo nella sua bocca, mentre lui individua il mio punto G con una precisione di cui Glurp sarebbe invidioso, poi lo strofina leggermente.

Vengo con un urlo.

Con gli occhi socchiusi, lui si porta le dita alla bocca e le lecca. "Deliziosa."

Le sue dita lasciano un vuoto lancinante, che ha bisogno di essere riempito.

È ora di portare la mia audacia al massimo livello.

Avvolgo la mano intorno a Dracula e lo guido lentamente dentro di me.

*Dispositivo d'ingresso collegato. Errore. Riavvio imminente.*

L'espressione di Vlad sembra tesa, mentre lo prendo un po' alla volta, lasciando che i miei muscoli si adattino.

D'accordo. *Riesco* a prenderlo tutto. Per un attimo, mi ero preoccupata.

"Ti senti bene?" grugnisce, quando Dracula è radicato il più profondamente possibile.

Faccio un piccolo cenno con la testa.

Lui comincia a spingere, leggermente all'inizio.

Gemo.

Accelera.

Le mie unghie affondano nella sua schiena.

Le spinte s'intensificano, ma non è abbastanza.

Voglio di più.

Più forte.

Più a fondo.

Facendo scivolare le mani sui suoi glutei, m'inarco, impalandomi, quando raggiungo l'apice.

Le dita dei piedi mi si arricciano, mentre grido il suo nome.

Mentre i miei muscoli pelvici tremano intorno a Dracula, Vlad grugnisce di piacere. Lo sento indurirsi e, poi, c'è la calda sensazione del suo sfogo... che mi porta ad un altro climax.

"Cazzo!" Mi abbraccia forte, ansimando con il petto contro il mio. "È stato notevole." Rendendosi conto che potrebbe soffocarmi, si solleva puntellandosi su un gomito.

Sorridendogli, strofino il naso contro il suo, facendo emergere la mia porcellina d'India interiore. "Semplicemente notevole?"

"Incredibile. Sconvolgente." Sogghigna. "Meglio?"

"Un buon inizio." Sgattaiolo via da sotto di lui e balzo in piedi. "Continua a parlare, mentre mi raggiungi nella doccia."

Ridacchiando, corro in bagno e, mentre lui m'insegue, mi riempie di aggettivi positivi sufficienti a riempire un thesaurus.

Una volta dentro, regolo l'acqua della doccia a una temperatura confortevole e mi metto sotto il getto.

Lui mi guarda affamato, poi entra, occupando tutto il dannatissimo spazio.

Prima che io possa obiettare, comincia a insaponarmi in modo sensuale.

Ok, credo che sia tutto perdonato.

Quando sono perfettamente pulita, gli restituisco il favore, ricoprendo di sapone ciascuno dei suoi muscoli copiosi.

"Sai" gli dico, mentre insapono i suoi addominali ondulati. "Se volessi essere perfida con *mio* figlio, lo chiamerei Six."

Sogghigna. "Six Pack, addominali scolpiti. Questo sì che è *davvero* perfido."

Terminata la doccia, ci avvolgiamo negli asciugamani e torniamo in salotto.

"La tua camicia è distrutta." Tocco quel caos senza bottoni con un piede nudo.

Si stringe nelle spalle. "Posso indossare la maglietta."

Avrà davvero un look casual, per una volta? L'universo potrebbe implodere.

Vederlo con quell'asciugamano mi eccita di nuovo, e la mia ritrovata audacia non mostra segni di cedimento.

"Che cosa dovremmo fare, ora?" gli chiedo, lanciando un'occhiata alla valigetta.

Dracula si è appena mosso, sotto quell'asciugamano?

Vlad sogghigna. "Che cosa avevi in mente?"

"Ci sono toys che non abbiamo ancora testato."

Fingo innocenza, sbattendo le ciglia verso di lui. "Io, dal canto mio, trovo che sia una svista a cui bisogna porre rimedio."

Lui si apre l'asciugamano per rivelare Dracula pronto all'azione.

Insaziabile?

Lo adoro!

Euforica, scelgo un giocattolo da usare su di lui (e lo porto a un altro orgasmo). Poi, lui ricambia il favore molte volte, dato che ci sono più toys femminili.

Innumerevoli orgasmi dopo, abbiamo finito i giocattoli, e il mio stomaco brontola.

"Che cosa poco femminile." Mi do uno schiaffo alla pancia, prima di infilarmi le mutandine e i jeans.

"Sarà meglio nutrire la bestia." Lui tira fuori il cellulare. "Di che cosa hai voglia?"

"Pizza?"

Annuisce con approvazione. "Uno dei migliori posti del paese è a pochi isolati di distanza."

———

LA PIZZA A CROSTA sottile è la fine del mondo, e noi la divoriamo, con delle birre e una buona conversazione. Tra le altre cose, impariamo l'età l'uno dell'altra (lui ha trentadue anni, contro i miei ventiquattro) e i rispettivi compleanni, un argomento che porta a una discussione sul nostro reciproco scetticismo riguardo ai segni zodiacali.

Finita la cena, diamo da mangiare alle altre bestie: Oracle e Monkey.

Quando i nostri animaletti sono porcellini felici, io e Vlad ci rannicchiamo sul divano e guardiamo *Matrix*. Durante il film, cerco di non pensare alle implicazioni di quello che è appena successo e di godermi il momento. Perché, se ci pensassi, andrei fuori di testa.

Dato che sono appena andata a letto con Vlad.

Il capo del mio capo.

Il computer andrà sicuramente in tilt, se mi soffermo a pensarci.

Invece, mi concentro sul film. Recitiamo le nostre battute preferite insieme ai personaggi e, in alcuni rari casi, ci lamentiamo di qualcosa che, secondo noi, poteva essere fatto meglio.

Per esempio, perché le macchine usavano gli umani come batterie, quando i porcellini d'India avrebbero avuto bisogno di una prigione di realtà virtuale molto più semplice, per mantenerli soddisfatti?

"Penso che il motivo originario per cui le macchine avevano bisogno di esseri umani fosse come substrato computazionale" afferma Vlad. "Sembrava un'idea troppo complessa per il grande pubblico, perciò è stata ridotta alle batterie. O, forse, era solo pubblicità indiretta."

Gli rivolgo un sorrisino. "Scommetto che hai ragione."

"Questo mi ha sempre infastidito" commenta,

quando Trinity fa la classica battuta "Schiva questo" e spara in testa all'agente. "Data la velocità con cui possono muoversi gli agenti, lei non avrebbe avuto il tempo di finire la frase, prima che lui l'avesse contrastata."

Scuoto la testa con veemenza. "Quando una battuta è così d'effetto, devi solo rilassarti e non pensarci troppo."

Ride e finiamo il resto del film senza commenti. Poi, guardiamo i sequel in streaming, lamentandoci sempre più spesso, man mano che andiamo avanti.

"Dovrei andare" dice, quando sullo schermo scorrono i titoli di coda dell'ultimo capitolo della trilogia.

Ancora all'apice del coraggio, gli propongo: "Se ti va, puoi fermarti qui."

Si scopre che l'idea di rimanere gli piace molto, perciò ci dirigiamo verso la camera da letto, dove io finisco prontamente a carponi.

"È stato ancora meglio di prima" mormora con voce roca, quando entrambi siamo ridotti a due spaghetti flosci sul mio letto.

Il mio ghigno da ninfomane è impacciato. "Sai, se fossimo porcellini d'India, tu saresti ufficialmente quello dominante, dopo questo."

La sua risatina si trasforma in uno sbadiglio.

"Abbracciami." Mi esce più autoritario del previsto, ma lui sorride e lo fa.

Prima che me ne accorga, mi addormento così.

Accoccolata saldamente tra le sue braccia.

## Capitolo Ventisette

Mi sento calda e comoda, e solo parzialmente sveglia.

A volte, il sonno è come un riavvio del computer per il mio cervello e, stamattina, questo è più vero che mai: sto decisamente facendo pensieri che sono rimasti nascosti nel mio subconscio fino ad ora.

È pazzesco quanto mi senta vicina a Vlad.

Inoltre (ma, forse, sono solo io che m'illudo), mi sembra di conoscerlo. Di conoscere il vero lui, non la maschera da Impalatore che tutti in ufficio temono.

Infatti, in pochissimo tempo, ho cominciato a sentire che noi due ci incastriamo bene, come una serie di matriosche.

Sorrido, mentre ripenso a noi accoccolati sul mio divano. È stata la serata migliore che io ricordi. E il sesso è stato il più sconvolgente della mia vita.

In effetti, potrei aver avuto più orgasmi ieri, che nell'intero anno precedente.

Soprattutto, non ho mai sentito questo tipo di connessione con un ragazzo. La mia relazione più lunga è stata con Bob e, in tutto l'anno in cui ci siamo frequentati, non credo di averlo conosciuto così a fondo, né di essermi sentita così bene, o di aver goduto dell'intimità, o...

Merda!

È possibile che mi stia innamorando di Vlad?

Una scossa di adrenalina scaccia i resti della sonnolenza.

Innamorarsi di lui potrebbe essere un disastro. Potrebbe non ricambiare... ed è il mio capo al quadrato!

Merda!

Sono effettivamente andata a letto con il proprietario dell'azienda.

Se qualcuno lo scoprisse, mi accuserebbero di aver dormito con lui per fare carriera (o per passare nel dipartimento di sviluppo). E se venissi trasferita o promossa per un motivo diverso dal merito?

Uff! Queste sarebbero state ottime cose da considerare, prima di togliermi le mutandine. In mia difesa, lui si era già tolto la camicia, a quel punto, e io sono fatta solo di carne e sangue.

Apro gli occhi.

Vlad non è nel letto con me.

Al diavolo la prospettiva del capo! La mia paura, ora, è che la notte scorsa non abbia significato nulla per lui.

Il profumino di qualcosa di fritto e delizioso raggiunge le mie narici.

Scatto in piedi come un coltello a serramanico.

Forse Vlad non se n'è andato, in fin dei conti?

Mi precipito in bagno, per rendermi presentabile.

Interessante. Mi è cresciuta della peluria. Nella zona delle sopracciglia (non sulle guance!). Anche i tatuaggi temporanei resistono, ma data questa crescita improvvisa, tra qualche giorno non ne avrò più bisogno.

Lavati i denti e applicato il trucco, mi vesto e mi precipito in cucina.

Vlad è *davvero* qui.

È girato di spalle e indossa solo i pantaloni.

Quei muscoli della schiena lo fanno sembrare un vogatore o un nuotatore.

Mi viene la bava alla bocca, dovuta solo in parte agli odori delle prelibatezze fritte che sta preparando.

Dovrebbe cucinare completamente nudo, la prossima volta.

Aspetta, no. Questo potrebbe esporre Dracula a ustioni da olio bollente!

Mi schiarisco la gola sonoramente.

Lui si gira. "Ah. La gattina assonnata si è alzata. Quando mi sono svegliato, ho accidentalmente fatto un sacco di rumore, eppure tu non ti sei neanche mossa."

Sorrido. "Non ho il sonno leggero."

Indica la padella. "Spero che ti piacciano le uova sbattute."

Sbattute?

Sarebbe un messaggio subliminale? Sta dicendo che vuole sbattermi fuori, o sbattermi e basta?

Aggrotta un sopracciglio. "Una smorfia per la mia scelta delle uova? Che ne pensi se queste le mangio io, e tu mi dici come vuoi le tue?"

Ho fatto una smorfia? Merda! "Strapazzate, per favore."

"Molto americano. Accomodati." Indica il tavolo.

Obbedendo, mi siedo accanto a una sedia con sopra una camicia da uomo: una camicia con i bottoni attaccati, il che significa che non è quella di ieri.

"Dove hai preso un cambio di vestiti?" gli chiedo.

"L'ha portato Ivan, insieme alla spesa." Si volta di nuovo verso i fornelli. "Il tuo frigorifero aveva le ragnatele."

Fantastico, Ivan sa che Vlad si è fermato qui.

In realtà, essendo il suo autista, lo saprebbe comunque.

Eppure, le mie guance si scaldano. Pur non avendo mai fatto la sfilata della vergogna, scommetto che ci si sente un po' così.

Lui chiacchiera del più e del meno, mentre io tamburello le dita sul tavolo, ponderando se dovrei chiedergli direttamente che cosa pensa stia succedendo tra di noi.

Dovrei.

E lo farò.

Da un momento all'altro.

È girato di spalle. Questo rende tutto più facile, vero?

No.

Non accadrà.

Devo aver usato tutta la mia audacia e il mio coraggio ieri.

Con l'acquolina in bocca, guardo Vlad schiaffare il contenuto della padella su un piatto, poi rompere un altro uovo, aggiungerci un po' di latte e mescolare.

Caspita! Chi avrebbe mai pensato che queste minuzie domestiche potessero essere così eccitanti? Sento il mio cervello strapazzarsi insieme a quell'uovo.

Quanto sarebbe strano, se mi toccassi qui, al tavolo della colazione?

O se prendessi un sex toy?

"Tieni." Raschia la padella, trasferendo il contenuto su un altro piatto, poi porta la prelibatezza al tavolo, insieme a una bottiglietta di ketchup.

Attacco il cibo. Dopo le fatiche di ieri sera, il mio appetito è alle stelle.

"Sono le otto e quarantacinque" affermo, quando il peggio della mia fame è saziato. "Tu sei famoso per arrivare in ufficio alle prime luci dell'alba. Che ti succede?"

Si stringe nelle spalle. "Il bello di non avere un capo è che posso alzarmi quando voglio."

"Scommetto che è piacevole." Mi ficco un altro boccone di uovo in bocca. "Come sei arrivato a possedere la tua azienda?"

281

Sorride. "Dopo il college, ho lavorato per Bloomberg per un po'. Dato che vivevo con i miei, sono riuscito a mettere via un po' di soldi. Quando ho capito che, se non volevo impazzire, dovevo gestire le cose da solo, ho chiesto ai miei genitori un prestito per aiutarmi ad avviare la Binary Birch. Il resto è storia."

"Impressionante" commento, attaccando il resto delle mie uova. E lo penso davvero. Possedere una società di software di successo a trentadue anni non è cosa da poco.

"Che programmi hai per la giornata?" mi chiede.

Ingoio le uova che ho in bocca. "Trascrivere i risultati dei test Belka. Incontrare Sandra per darle la buona notizia e, con un po' di fortuna, ottenere un nuovo incarico. Dopodiché, ho un incontro con Mike Ventura."

Lui si acciglia. "Ventura? Perché?"

È gelosia quella che sento nella sua voce?

"Due chiacchiere sulla programmazione" rispondo.

"Capisco" dice, e il cipiglio se ne va. "Sai, se hai qualche domanda sulla programmazione, puoi parlarne con me. Potrei sapere un paio di cosette che Ventura ignora."

"Ti prendo in parola, adesso che me l'hai detto." Gli sorrido maliziosamente. "Vuoi che cancelli l'incontro con Mike?"

Lui infilza l'ultimo boccone di cibo. "Non fa niente. Ventura è un discreto programmatore. Dubito che i suoi consigli possano nuocerti granché."

Prendo i nostri piatti vuoti e li porto al lavandino. "E tu? Grandi progetti per la giornata?"

Con mia profonda delusione, comincia a mettersi la camicia. "Riunioni. Allenamento di Krav Maga. Pranzo con te, sempre se ti va."

Ah! È con il Krav Maga che si tiene così in forma?

"Penso che *potrei* essere libera per pranzo." Il mio ghigno impaziente rende difficile fingermi ingenua.

"Bene. Ti dispiace se lascio qui Oracle?" Indica l'acquario. "Dopo che ho dato loro da mangiare, lei e Monkey si sono divertite un mondo a giocare."

"Certo che può restare."

Soprattutto, perché questo garantisce che tu debba tornare a prenderla.

E, magari, fermarti di nuovo qui.

E…

"Vieni a chiudere la porta, dopo che sono uscito" mi dice.

Lo seguo lì.

Si mette le scarpe.

Mi sento improvvisamente timida. "Arrivederci?"

"No." Si china e mi dà il bacio d'addio più bollente della mia vita. Quando si risolleva, c'è un sorrisino puramente maschile sulle sue labbra. "Questo è un arrivederci."

Chiusa la porta, mi faccio aria con le mani.

Quell'uomo mi farà diventare dipendente dal sesso!

I miei passi sono leggeri, mentre torno in salotto saltellando. Aperto il mio portatile, finisco la documentazione dei test (arrossendo per i ricordi, mentre scrivo).

Una volta terminato, controllo le porcelline. Si stanno facendo il bagnetto a vicenda, felici come vongole in un ristorante vegano.

Dato che il mio incontro con Sandra si avvicina, mi metto in viaggio verso l'ufficio.

# Capitolo Ventotto

entre ci accomodiamo nella sala riunioni, Sandra non incontra il mio sguardo.

Strano.

Teme che stia per deluderla?

"Ho buone notizie" esordisco, e la informo che il test è completato.

"È fantastico" risponde lei, ancora senza guardarmi negli occhi. "Sono sicura che il signor Chortsky ne sarà soddisfatto."

Ha trasalito all'ultima parola?

Che cosa diavolo sta succedendo?

"Ora, sono pronta per altri progetti" affermo. "Hai qualcosa di interessante da farmi testare?"

Finalmente, mi guarda. "È un po' improvviso. Lasciami pensare e ti farò sapere."

D'accordo. Suppongo di averla presa alla sprovvista, completando questo progetto così in fretta.

Tuttavia, non posso fare a meno di percepire che si stia comportando in modo strano.

"Come ti vanno le cose, in generale?" le chiedo.

Che abbia qualche problema di salute, forse?

Si alza in piedi. "Va tutto benissimo. Ho un'altra riunione, però, quindi è meglio che scappi."

Ok, fa niente.

Aspetto che se ne vada e controllo l'ora.

Manca ancora qualche minuto, prima del mio incontro con Mike.

Vado alla sala ristoro e mi preparo il tè, chiedendomi per tutto il tempo se Vlad mi beccherà di nuovo qui.

O meglio, sperando che lo faccia.

No. Il tè finisce, senza Vlad in vista.

Arrivo in anticipo alla sala riunioni e sorseggio un'altra tazza di tè, mentre controllo la presenza di nuovi messaggi di Phantom. Se Mike risultasse essere il mio mentore misterioso, sarebbe educato mostrarmi aggiornata sui suoi saggi consigli.

Si scopre che Phantom era troppo occupato per scrivere.

Oh, beh... Forse, come me, ha avuto un lunedì impegnato.

Tiro fuori il telefono di lavoro per controllare le email, ma, prima che ci riesca, la porta della sala riunioni si apre e Butt-Head (voglio dire, Mike) entra.

Con un ampio sorriso, passa davanti a una dozzina di sedie, prima di sedersi su quella accanto a me.

Si comportano tutti in modo strano oggi, o sono io che ho qualcosa che non va?

"Dov'è il tuo portatile?" Appoggio il telefono sul tavolo. "Io non ho portato il mio."

"Portatile?" Mi fissa come se mi fosse spuntata una cresta rosa.

Lo guardo, confusa. "Non ci serve uno schermo, per guardare il codice?"

Fa scivolare la sedia più vicino a me. "In realtà, ho una confessione da fare. Non era del codice che volevo parlarti."

Come mai ho un brutto presentimento?

Allontano la mia sedia. "Di che cosa, allora?"

Si sporge in avanti, e riesco a sentire un odore di caffè stantio e di aglio ancora più stantio nel suo alito. "Gira voce che tu stia usando i ragazzi dell'ufficio per testare i sex toys, e io voglio aggiungere il mio nome alla lista."

## Capitolo Ventinove

*P*er poco non mi escono gli occhi dalle orbite! "Cosa?"

Lui aggrotta la fronte. "Credevo che fosse scattato qualcosa tra noi, lì, nell'ascensore. O inviti solo le persone che possono contribuire alla tua carriera?"

Mi alzo in piedi di scatto, con il viso che brucia come per uno schiaffone. "Questa conversazione è finita."

Lui salta su e mi afferra per il gomito. "Ehi. Io sono nel dipartimento di sviluppo. Tu vuoi trasferirti lì. Sono sicuro di poterti aiutare."

Lo fulmino con uno sguardo truce. "Lasciami andare."

"Dai. Non fare così." La sua presa si stringe. "Ho solo…"

"Lasciala. Andare."

Quella voce è puro Impalatore.

Mike allenta la presa all'istante.

Vlad è sulla soglia, e fissa il mio assalitore.

Se uno sguardo potesse uccidere, il corpo di Mike sarebbe un guscio esangue.

Impallidendo, Mike guarda me e poi Vlad. "Stavo solo…"

Prima che io possa anche solo sbattere le palpebre, Vlad si piazza tra me e lui. "Vattene."

Mike fa un passo tentennante all'indietro. "Volevo solo fare da tester, come te."

Vlad fa un passo minaccioso verso il suo dipendente. "Sei licenziato. Con effetto immediato."

Per un secondo, Mike sembra scioccato, come se il concetto di essere licenziato per aver molestato una collega fosse fantascienza, per lui. Nel momento successivo, la rabbia sostituisce lo shock sul suo volto. "Che casualità! Si libera un posto nel team di sviluppo, proprio quando la tua amante lo vuole."

"Stai passando il limite." La voce di Vlad è gutturale e spaventosa. "Un'altra parola, e ti farò allontanare a forza da questo posto." Stringe i pugni possenti lungo i fianchi, poi li allenta.

Mike impallidisce ulteriormente, mentre la sua spavalderia si sgonfia. Girando i tacchi, si affretta a uscire dalla stanza.

Vlad va verso il telefono al centro del tavolo e ordina alla sicurezza di assicurarsi che lui lasci l'edificio e non torni più.

Nel frattempo, io mi riprendo finalmente dallo shock, quanto basta per iniziare a mettere insieme i pezzi.

*Una diceria. Sui miei test.*

Era per questo che Sandra si comportava in modo così insolito? Anche lei aveva sentito questa diceria?

E che strana, tra l'altro! Io, che svolgo i test con un gruppo di uomini? Perché avrei dovuto? Me ne serviva solo uno.

E Vlad che viene in mio soccorso. Come ha fatto ad arrivare qui così tempestivamente?

Poi, ricordo che avesse parlato di osservare ipoteticamente il mio incontro con Sandra attraverso le telecamere.

Immagino che non fosse poi così ipotetico. Controlla davvero quello che succede qui, almeno quando è geloso.

Dopo aver riagganciato, Vlad rivolge il suo sguardo feroce verso di me. "Sapevo che c'era qualcosa di strano in questo incontro."

Faccio un passo indietro. "Credevo che lui fosse Phantom. Come potevo fare a…"

"Phantom?" Pronuncia la parola con un forte accento russo. "Non è lui. Sono io."

"Tu?"

Mi sento un'idiota.

Ovvio che è lui! Quella lunga conversazione con mia madre sull'opera. Il codice elegante. La preoccupazione per la privacy del mio database di foto.

Chi altro poteva essere?

"Perché non me l'hai detto subito?" gli chiedo, frastornata.

Le emozioni mi travolgono. Non ho idea di cosa pensare di tutto questo.

Si passa una mano sul viso. "Volevo la libertà di farti da mentore, senza complicare la nostra relazione già complessa. E, soprattutto, semplicemente non è saltato fuori il discorso."

Relazione complessa.

È l'eufemismo del secolo!

"Come hanno fatto a scoprire dei test?" Lancio un'occhiata furtiva agli uffici attraverso le pareti di vetro. "Sandra?"

I muscoli della sua mascella si contraggono. "Non lo farebbe. Credo che l'abbia rivelato tu. Inavvertitamente."

"Io?" La mia domanda è la cosa più simile a un ringhio che riesco a produrre. "Di che cosa stai parlando?"

"Non prendi sul serio la privacy." Le parole escono taglienti: un'accusa, se mai ne è esistita una. "Ho indovinato la password del tuo repository di controllo versione senza alcuno sforzo. Chocula2019, giusto?"

Barcollo all'indietro. "Come?"

"Il nome stravagante della variabile che hai stra-usato, più l'anno corrente. Non ci vuole una laurea. E scommetto che usi la stessa identica password per accedere al server cloud dove tieni la documentazione dei test. Dimmi che mi sbaglio."

Non si sbaglia, ma non potrebbe farmi sentire più stupida neanche se si sforzasse.

Comincio a vedere rosso. "Mi hai hackerata?"

Mi lancia uno dei suoi sguardi da Impalatore. "Qualcun altro ti ha hackerata! Io ho messo a posto quella variabile di conteggio, ricordi? Ti stavo proteggendo."

Che stronzate! "Se sapevi che la mia password non era sicura, perché non me l'hai detto?"

"Non ne ho avuto l'occasione. Inoltre, non volevo che pensassi che stavo invadendo la tua privacy."

"Giusto, certo. E adesso la mia reputazione è a pezzi." Una situazione resa infinitamente peggiore dal fatto che sia tutta colpa mia.

Non potrei sentirmi più imbarazzata neanche se ci provassi.

Lui sospira e si sistema gli occhiali. Sembra infinitamente meno arrabbiato, ora. "Dovrò indagare su questa storia delle dicerie. Per ora, dovresti cambiare le tue password ovunque ti venga in mente. Meglio tardi che mai. Anziché usare le lettere della tua parola preferita, puoi scambiarle con i numeri che corrispondono alla posizione di quelle lettere nell'alfabeto. Oppure usare semplicemente…"

"Non farmi la lezioncina!" Razionalmente, so di non essere del tutto corretta, ma non ce la faccio più. Il calderone di rabbia e imbarazzo nel mio petto ha raggiunto il punto di ebollizione. "Ho superato a pieni voti un corso di crittografia nella tua stessa università."

Aggrotta le sopracciglia. "Non intendevo…"

"Me ne vado." Lo aggiro e mi dirigo verso la

porta.

"E il nostro pranzo?" mi chiede, alle mie spalle.

"Ho perso l'appetito." Mi precipito verso gli ascensori.

Non sto scappando tanto da lui, quanto da questo ufficio, con le sue dicerie tossiche.

Con mio sollievo, nessuno incrocia il mio cammino. Non appena si apre una porta degli ascensori, mi fiondo dentro e schiaccio il pulsante per l'atrio.

Mentre le porte si chiudono, scorgo Vlad venire verso di me, con espressione cupa come la notte.

Mi sta inseguendo?

Non importa.

Le porte dell'ascensore si chiudono, prima che lui possa infilare la mano.

———

IN TAXI, mentre torno a casa, rivivo nella mia testa ciò che è appena successo.

Più e più volte.

Non importa da quale angolazione guardi la faccenda, quella che era la mia ottima reputazione alla Binary Birch è ormai storia passata.

Anche se non sanno che sono effettivamente andata a letto con il capo dell'azienda, pensano che abbia usato dei sex toys su di lui e su altri uomini (quest'ultima è una bugia che mi ferisce). Qualunque cosa accadrà ora, lo spettro del trattamento preferenziale macchierà la mia carriera, il che è terribile, perché io m'impegno duramente nel mio lavoro. Infatti, sono finita in questo casino *proprio* perché ero una così brava tester! Non che a qualcuno importerà più. Adesso, penseranno che stia usando il sesso per ottenere ciò che voglio, che si tratti di un trasferimento nel dipartimento di sviluppo oppure di una promozione.

La parte peggiore è che, se ora ottenessi quel trasferimento, io stessa non sarei sicura che sia avvenuto per i motivi giusti.

Mentre il taxi entra a Brooklyn, i miei pensieri si rivolgono a Vlad, e l'imbarazzo e la rabbia lasciano il posto a un misto di colpa e rimorso.

Non avrei dovuto piantarlo in asso così. Quello che è successo non è stata colpa sua.

Cioè, avrebbe potuto lui, il signor Privacy, gestire meglio la situazione delle password?

Probabilmente sì.

Era tenuto a darmi le informazioni su Phantom?

Non esattamente.

In effetti, le lodi di Phantom mi erano sembrate più belle, più meritate, *prima* di sapere che c'era dietro Vlad.

Il taxi si ferma vicino a casa mia.

Pago e mi precipito alla porta.

Lì, mi attende un pacchetto.

All'interno della scatola, c'è un marsupio. È di Chanel, elegante da morire, e contiene un biglietto firmato da Vlad:

*È tuo.*

Non so come dovrei sentirmi per questo. Quel marsupio deve costare migliaia di dollari.

La data di spedizione è dell'altro ieri, quindi lui non sapeva del casino di oggi, quando me l'ha inviato. Né che avremmo dormito insieme.

È un segno che gli piaccio, o un ringraziamento per un lavoro di testing ben svolto?

So che non sto ragionando lucidamente in questo momento, quindi tiro fuori il mio Tesoro e chiamo Ava.

Non risponde.

Le lascio un messaggio vocale per farmi richiamare al più presto, e le mando anche un messaggio di SOS.

Nessuna risposta.

Forse, dovrei inviarle un'email, per sicurezza? A volte, controlla la posta dal computer di lavoro, quando il suo telefono è spento.

Lancio l'email, e qualcosa nella casella di posta in arrivo attira la mia attenzione.

È quel Google alert che avevo creato per monitorare eventuali notizie che menzionassero il nome di Vlad.

Curiosa, clicco sull'avviso e apro l'articolo in questione.

È sul sito web di *Cosmopolitan*. Lo slogan afferma:

*I sex toys Belka sono così appassionanti, che il solitario CEO Vlad Chortsky non ha potuto fare a meno di testarli su di sé.*

## Capitolo Trenta

*I*l mio Tesoro mi scivola dalle dita e colpisce il pavimento con un tonfo.

Con le mani che tremano, raccolgo il povero telefono.

Lo schermo si è scheggiato, ma l'articolo è ancora visibile, e riesco a leggere il resto.

Secondo una fonte, Vlad e una tester di QA femminile non hanno saputo resistere e hanno usato i sex toys per raggiungere orgasmi multipli. L'articolo si spinge addirittura ad elencare il numero di orgasmi avuti da lui e da me, nonché ogni tipo di giocattolo usato.

Quel che è peggio è che hanno una foto di Vlad, e la riconosco. È la stessa che gli ho scattato io da Starbucks la prima volta che l'ho visto, quella usata dalla mia app.

Questa è la prova.

Vlad aveva ragione, quando ha affermato che la responsabile della diffusione di queste informazioni sono io, e non Sandra. Qualcuno ha ficcato il naso nel database di foto pubbliche utilizzato dalla mia app (lo stesso che Phantom/Vlad mi aveva suggerito di rendere più privato). L'autore della fuga di notizie ha scovato quella foto e indovinato la mia password, per ottenere i risultati dei test dalla mia documentazione. Poi, ha consegnato tutto a *Cosmo*, insieme ai pettegolezzi su Vlad, il cui nome non era menzionato nel mio documento.

Dato che quelli di *Cosmo* stavano per scrivere una storia sui sex toys Belka in ogni caso, hanno colto l'occasione per renderla più succosa.

Questo sarebbe grave anche se Vlad non fosse ossessionato dalla privacy. Così com'è, non posso nemmeno immaginare quanto s'incazzerà, quando lo verrà a sapere.

Dannazione!

Tra questo e il mio andarmene via infuriata di prima, dubito che si farà mai più sentire.

Sentendomi masochista, gli mando un messaggio con il link dell'articolo, chiedendogli: *Hai visto questo?*

Nessuna risposta.

Comincio a camminare avanti e indietro per l'appartamento.

Ad ogni secondo che non mi risponde, divento sempre più ansiosa.

Potrebbe almeno dire *qualcosa*, fosse anche "Sei licenziata" o "Non voglio più vederti".

Per calmarmi, prendo qualche leccornia e vado a dare da mangiare a Monkey.

Non è sola.

Naturalmente.

Vlad ha lasciato qui Oracle.

È semplicemente fantastico! Ogni volta che un ragazzo mi scarica, mi ritrovo con un altro porcellino d'India.

Presto, avrò un intero porcile.

Dato che non è colpa di Oracle, do da mangiare a entrambe, mentre squittiscono e corrono tutt'intorno, scoppiettando di gioia.

Le loro buffonerie carine, in realtà, mi fanno sentire un po' meglio. Questo, finché non mi arrabbio, ma stavolta non con Vlad.

È colpa dell'hacker!

La persona che ha effettivamente contattato *Cosmo* e che, senza dubbio, ha diffuso quelle voci anche in ufficio.

Chiunque sia, lo odio, ed è sempre bene conoscere chi si odia.

Balzando sul portatile, navigo nel mio account di archiviazione su cloud e controllo la cronologia degli accessi al documento di testing.

Non ci vuole molto per individuare quello che sto cercando.

Qualcuno che vive nel Queens (cioè, non io) ha acceduto regolarmente al file negli ultimi due giorni.

Digrigno i denti. L'IP della canaglia mi sembra familiare.

Tiro fuori l'IP di quell'utente CrazyOops, che aveva scritto cose cattive sulla mia app.

Eh già!

È identico.

Il che significa che ci sono ottime probabilità che, dietro tutto questo, ci sia Britney.

Non è una gran sorpresa. È famosa come hacker, mi odia a morte, e ha ficcato il naso in questo progetto fin dall'inizio. Aveva persino pedinato i nostri pranzi.

Il fatto che Vlad sia stato scortese con lei alla riunione mensile, probabilmente, non ha aiutato le cose.

Fumando di rabbia, scendo nella tana del coniglio delle ricerche su internet, per scoprire se ciò che ha fatto sia legale.

No. L'accesso non autorizzato ai sistemi informatici è un crimine.

Parlando di crimini, anche soffocare Britney non sarebbe legale, per quanto bene mi farebbe sentire.

Riprendo a camminare avanti e indietro.

Sono passate ore, ormai, e da Vlad nessuna notizia.

Tanto vale ammetterlo.

È sparito come un fantasma, e non posso biasimarlo.

La sua privacy è kaputt per colpa della mia negligenza, e sua sorella non ha avuto l'articolo che sperava.

Beh, che vada al diavolo! Evitando di parlarmi, si sta perdendo le informazioni su Britney.

In realtà, potrebbe essere meglio così. Stavo cominciando a innamorarmi di quel bastardo e, se è fatto così, preferisco scoprirlo subito.

Sì. Dovrei ringraziarlo per non avermi risposto al messaggio.

È come strappare via un cerotto.

È sempre una buona idea, giusto?

*Forse no, se il cerotto copre una ferita infetta.*

Smetto di camminare e mi costringo a mangiare qualcosa.

Tutto sa di cartone. Il mio cervello infido riproduce le scene dei pranzi con Vlad, seguiti dai ricordi di noi che ci coccoliamo ieri sera.

E gli orgasmi che mi ha dato.

Ok, ho bisogno di una grossa distrazione!

Mi immergo nei videogiochi, cosa che non facevo da un po'. Aiuta un tantino. Decapitare zombie non è soddisfacente quanto fare lo scalpo a Britney, ma almeno è più socialmente accettabile.

Forse, è questo che avrei dovuto fare con la mia laurea in informatica: programmare giochi che permettano alle persone di dimenticare i momenti di merda delle loro vite, almeno per un po'.

A mezzanotte, ogni speranza che avevo di ricevere una risposta da Vlad è svanita, perciò mi metto a letto e piango fino ad addormentarmi.

———

MI SVEGLIO al suono di un campanello.

Saltando giù dal letto, mi precipito in bagno e mi rendo semi-presentabile, prima di correre alla porta.

"Chi è?" chiedo; poi, tardivamente, mi ricordo che ora posso guardare l'applicazione video sul mio cellulare.

"Ava."

Accidenti! Non sono mai stata così delusa di sentire la voce della mia amica.

Apro la porta.

Sembra furiosa. "Chi è che scrive messaggi di SOS e poi ignora le chiamate dei suoi amici?"

Sbatto le palpebre. "Non ti ho ignorata."

Lei spinge la porta ed entra. "Ti ho scritto e chiamato un centinaio di volte. Letteralmente."

"Aspetta." Mi fiondo in salotto e prendo il mio Tesoro. "Non c'è niente da parte tua."

Lei sbuffa. "Ho chiamato e mandato messaggi. Ripetutamente."

Provo una sensazione di sprofondamento alla bocca dello stomaco, ma anche un palpito di speranza.

Controllo il mio Tesoro più attentamente.

Dannazione! Non ha solo lo schermo scheggiato. Quando mi è caduto, deve anche aver perso la capacità di ricevere chiamate e messaggi.

Il che significa che Vlad potrebbe non avermi evitata.

Ieri, ero troppo fuori di me, per rendermi conto che anche Ava era scomparsa. Se fossi stata lucida, questo mi avrebbe fatto scattare un campanello d'allarme.

Ava si mette le mani sui fianchi. "Sputa il rospo. Subito."

Ci preparo due ciotole di cereali al cioccolato e le divoriamo, mentre le racconto tutta la terribile storia.

"Scommetto che lui pensa che sia *tu* a volerlo evitare" afferma Ava. "Te ne sei andata infuriata e tutto il resto."

Poso il cucchiaio. "È quello che temo."

Lei sorseggia l'ultima goccia di latte. "E adesso?"

"Dammi il tuo telefono."

Me lo porge. Cerco il numero di Vlad sul mio Tesoro quasi defunto, e lo chiamo dal cellulare di Ava.

Lui non risponde.

Forse, blocca i numeri che non conosce?

Cerco il mio telefono di lavoro, ma non lo trovo.

L'ho forse dimenticato a casa sua, come le mutandine?

No. Dev'essere stato in quella sala riunioni.

Ricordo di averlo appoggiato sul tavolo, ma non di averlo ripreso.

Fanculo!

Salto in piedi. "Vado da lui."

Ava storce il naso. "Forse, è meglio se prima ti dai una sistemata."

"Giusto." Mollo le nostre ciotole nel lavandino. "Mi dispiace che tu sia venuta fin qui solo per vedermi uscire."

Lei sogghigna. "Non preoccuparti per me. Potrebbe essere divertente aiutarti a prepararti."

Mi precipito al mio armadio e cerco qualcosa da indossare che gridi "grande gesto romantico".

Non ci metto molto a scegliere l'abbigliamento perfetto.

È il mio costume di Halloween di molti anni di fila.

Indossato il vinile nero, torno in salotto.

"Chi l'avrebbe mai detto?" commenta Ava, scrutandomi dalla testa ai piedi. "L'ennesimo ragazzo ricco appassionato di BDSM."

Alzo gli occhi al cielo. "Dovrei essere Trinity di *Matrix*, e tu lo sai."

Sogghigna. "Lascia che ti aiuti a truccarti."

"Che ne dici di farlo per strada?"

Lei concorda e io le faccio ordinare un Uber.

Mentre aspettiamo la macchina, controllo le email di lavoro dal suo cellulare, per sicurezza.

Come sospettavo, ci sono innumerevoli messaggi di Vlad, che dimostrano senza ombra di dubbio che non mi stava evitando.

*Come mai non rispondi al telefono?* recita la prima email. *Possiamo parlare?*

Quella successiva: *Capisco perché sei arrabbiata. Puoi chiamarmi?*

Scorro giù fino alla quindicesima email.

*Ho appena trovato il tuo telefono di lavoro. Hai perso anche quello personale?*

Prima che io legga altro, il cellulare di Ava ci

informa che l'autista è all'esterno. Corriamo fuori e saltiamo in macchina, dove Ava mi trucca al limite del gotico: un tipo di make-up che sta bene con i miei capelli scuri e la mia carnagione chiara.

"Va' a prenderlo!" mi dice, quando l'auto si ferma vicino all'edificio dove lavoro. "Sei stra-gnocca."

"Grazie!" Scendo e mi metto gli occhiali da sole ispirati a Matrix, prima di precipitarmi nell'edificio.

Uscendo dall'ascensore al piano della Binary Birch, m'imbatto in un gruppo di persone con il caffè in mano. Stanno uscendo dall'altro ascensore.

Uff! Sono del team di sviluppo e, grazie alla legge di Murphy, Britney è tra loro.

Sopprimo l'impulso di prenderla per la gola. L'omicidio è una cosa sbagliata, nonché assolutamente stupida, quando si è circondati da così tanti testimoni.

Chiaramente ignara del pericolo che corre, Britney mi squadra dall'alto in basso. "È ora di testare i morsetti per capezzoli?"

Le persone intorno a noi spostano lo sguardo tra me e lei, sembrando a disagio.

Mi tolgo gli occhiali da sole, per poterla fulminare come si deve. "Le tue battute fanno schifo quanto le tue capacità di codifica."

Qualcuno degli astanti solleva un sopracciglio.

Lei stringe gli occhi. "Tu che ne sai di codifica, dilettante?"

Una nebbia rossa vela la mia visuale. Aspettavo questo momento da tanto, tanto tempo. "Più di te, di sicuro. Non usi un'indentazione coerente, non lasci commenti e sbagli a scrivere le parole nei nomi delle variabili la metà delle volte. E credo che tu non conosca nemmeno il significato di 'modularizzazione'. Devo continuare? Perché potrei."

Con mio stupore, molti dei suoi colleghi annuiscono con approvazione. Qualcuno borbotta persino qualcosa del tipo "Colpita e affondata".

Britney stringe il suo caffè così forte, da farlo fuoriuscire. "Almeno, io non ho lasciato che l'Impalatore mi penetrasse con un dildo."

Il mio sguardo può sciogliere il piombo, a questo punto. "Non ti penetrerebbe nemmeno con un palo di tre metri, questo è sicuro."

Irritata, avanza verso di me. "Come ti permetti?"

D'accordo. Niente più Fanny la Gentile. "So che sei stata tu" digrigno i denti.

Sbiancando, si ferma sui suoi passi. "Non so di cosa stai parlando."

Pronuncio a raffica il suo indirizzo IP. "Ti suona familiare? Perché ho chiamato il tuo provider di servizi internet e mi hanno confermato che è il tuo."

Non ho fatto niente del genere, ma il bluff chiaramente funziona. Lei diventa bianca come un fantasma e fa un passo indietro.

È ora di darle il colpo di grazia (metaforicamente, purtroppo). "Se rivedo ancora la tua faccia o il tuo indirizzo IP, darò le informazioni all'Impalatore. Considerando quanto è fissato con la privacy, e quanto è ricco, probabilmente si assicurerà che tu marcisca in prigione."

Diventa così verde, che sono tentata di somministrarle del dimenidrinato. "Era solo uno scherzo."

Mi rimetto gli occhiali da sole. "Come dicevo, i tuoi scherzi fanno schifo quanto il tuo codice."

## Capitolo Trentuno

*S*enza aspettare di vedere la reazione del team di sviluppo, mi affretto lungo il corridoio e irrompo nell'ufficio di Vlad.

Lui non c'è.

Dannazione!

Dove sarà?

Cerco un'agenda, ma naturalmente non siamo nel 1989 (o quand'era che tutti hanno smesso di usare la carta).

Incoraggiata dal mio abbigliamento e dall'incontro con Britney, aggiro la scrivania di Vlad e sveglio il suo computer.

È bloccato.

Figuriamoci! Politica aziendale standard; il che fa schifo, perché, se potessi dare una sbirciatina al suo calendario digitale, scoprirei dove si trova.

Se solo riuscissi a indovinare il suo codice pin…

Mi mordo il labbro, riflettendo.

I nostri codici pin sono di sei cifre, quindi ci sono milioni di combinazioni casuali diverse.

Perciò, tirare a indovinare è fuori discussione.

Devo cercare di pensare a ciò che lui potrebbe effettivamente usare.

Alzo lo sguardo e, com'era prevedibile, c'è una telecamera di sicurezza nell'angolo del suo ufficio.

È lì nel caso in cui qualcuno provi a fare quello che sto per fare io?

Beh, speriamo che lui non si arrabbi troppo con me.

Saluto verso la telecamera. "Questo è quello che ottieni per avermi spiata nelle sale riunioni."

Giusto nel caso in cui guardi il nastro, più tardi.

Per ora, provo 123456 come codice pin.

No. Sarebbe stato troppo facile.

Provo con 654321.

Ancora no.

Provo diverse permutazioni della sua data di nascita.

Nessuna funziona.

Nemmeno le cifre iniziali e finali del suo numero di telefono funzionano.

Se continuo così, il computer mi bloccherà per troppi tentativi falliti.

Poi, ricordo qualcosa che mi aveva detto, poco prima che me ne andassi infuriata da quella sala riunioni, su come si possano usare i numeri per rappresentare le lettere dell'alfabeto in una parola preferita.

Potrebbe essere così semplice?

Converto quella che ritengo possa essere la sua parola preferita (Neo) in 140515.

Bingo!

Il computer si sblocca, e la prima cosa che mi trovo a fissare è un'email che Vlad deve aver redatto prima di bloccare lo schermo.

L'oggetto recita: "Licenziamento di Britney Archibald."

Incapace di resistere, scorro il messaggio.

Naturalmente!

Vlad ha capito che era lei la talpa e la responsabile di aver diffuso le voci. In allegato, ci sono le trascrizioni delle conversazioni di messaggeria istantanea in cui lei ha raccontato a Mike di come io stessi testando i sex toys con diversi uomini della Binary Birch, incluso il tizio delle Risorse Umane, il cui nome si trova come destinatario dell'email di Vlad.

È proprio fregata!

In qualche modo, Vlad è riuscito persino a scovare le prove che Britney avesse violato gli account di social media del suo ex del reparto vendite (cosa che, fino ad ora, era stata solo vociferata).

È ufficiale.

Britney ha fatto il passo più lungo della gamba, quando ha dato il nome di Vlad a *Cosmo*.

Riducendo a icona l'email, controllo il calendario di Vlad per vedere dove si trovi.

Eh?

È alla 1000 Diavoli e, dove dovrebbe esserci scritto l'ordine del giorno, c'è il mio nome.

Starà chiedendo a suo fratello qualche consiglio sulle relazioni?

I conti non tornano. Vlad ha allegato il mio curriculum a questo incontro, nonché i link al codice della mia applicazione. Spero che queste cose non siano fondamentali per qualsiasi rapporto potremmo avere o meno.

Poi, ci arrivo.

*Mi sta trovando un lavoro!*

Balzando giù dalla sua sedia, esco di corsa dall'edificio e salgo in un taxi.

È ora di affrontare i 1000 Diavoli.

## Capitolo Trentadue

*E*sco furtivamente dall'ascensore.

No.

Nessuno mi spara.

Almeno, non ancora.

Fiondandomi verso l'armeria dei fucili Nerf, mi procuro un arsenale adeguato: due pistole che m'infilo nella cintura e una mitragliatrice a due mani.

Se lavorerò qui (e non so se accadrà), dovrò adattarmi alla loro eccentrica cultura.

Se questo significa sparare per arrivare a Vlad, così sia.

Stringendo la mitragliatrice Nerf, esco dalla stanza e striscio al piano principale.

Un proiettile arancione sfreccia verso la mia faccia, ma io lo schivo, e quello mi passa radente all'orecchio.

"Bel colpo!" esclama qualcuno.

Mi giro e pianto una pallottola nel petto di un

rosso con la pancia da birra. Me lo ricordo vagamente dalla mia ultima visita.

Una tizia salta fuori dal cubicolo sulla destra.

Schivo il suo colpo, e poi le sparo sulle tette.

Un'altra persona balza fuori da un cubicolo.

Mi scaglio dietro una colonna, evitando il proiettile.

Sbirciando per prendere la mira, gambizzo l'ultimo assalitore.

Un mucchio di dardi colpisce la colonna.

Faccio capolino e vedo una signora anziana che scarica la pistola nella mia direzione, perciò le sparo al braccio.

Un altro giro di dardi mi manca.

Sbircio ancora una volta.

Un tizio con un taglio a spazzola sta ricaricando.

Gli sparo al collo, poi scatto verso la colonna vicino alla grande sala riunioni.

Attraverso il vetro, vedo Vlad e Alex che parlano animatamente, ma non mi notano.

Non fa niente.

Tanto, non ho bisogno di rinforzi.

Facendo un respiro profondo, esco di corsa dal mio nascondiglio.

I momenti successivi si svolgono come un effetto slow-motion in *Matrix*.

Schivo un dardo, poi colpisco alla spalla la persona che l'ha sparato.

Saltando sopra un proiettile a bassa quota, lascio

cadere a terra la mitragliatrice vuota e tiro fuori le due pistole, mentre sono ancora in aria.

*Bang! Bang!*

Sparando a due mani, colpisco due persone sul mio tragitto verso la sala riunioni, e afferro la maniglia della porta.

Un'intera nuvola di dardi Nerf sta volando verso di me, ora, ma sono già dietro la porta di vetro.

I proiettili colpiscono la vetrata e cadono invano sul pavimento.

Vittoria!

"Fanny?" Vlad mi sta fissando con un misto di confusione e approvazione. "Che cosa ci fai qui? Come sei arrivata?"

Mi tolgo gli occhiali da sole. "Ho indovinato il tuo codice pin e ho dato una sbirciatina al tuo calendario. Scusami per prima. Il mio telefono era rotto. Non ti stavo evitando. Per via dell'articolo, ho pensato…" Mi fermo, cogliendo l'espressione affascinata sul volto di Alex. "Non fa niente."

Un lento sorriso si diffonde sul volto di Vlad. "È un bene che tu sia venuta. Stavamo giusto parlando di te."

Alex si alza in piedi. "Ehilà, Fanny. È bello rivederti." Mi stringe la mano. "Stavo per chiedere a quelli delle risorse umane di contattarti, ma visto che sei qui, voglio estenderti formalmente un'offerta per una posizione di sviluppatrice qui alla 1000 Diavoli."

Quindi, la mia ipotesi era corretta.

Vlad mi sta trovando un altro lavoro.

E non un lavoro qualsiasi.

Sviluppo di software: esattamente quello che voglio fare.

La mia eccitazione combatte con l'imbarazzo. Prima di procedere, devo chiedere ad Alex una cosa importante. "È perché sono andata a letto con tuo fratello?"

Sgranando gli occhi, Alex lancia a Vlad uno sguardo interrogativo. "Davvero? Suppongo... buon per voi?"

Se speravo che gli eventi recenti avessero desensibilizzato le mie guance dall'arrossire, non ho questa fortuna. Si scaldano con un entusiasmo quasi sadico, mentre lancio un'occhiata a Vlad.

Ho appena spifferato qualcosa che non avrei dovuto?

Sarà ancora più arrabbiato con me, adesso?

Il suo volto è illeggibile, anche se un angolo della sua bocca sembra contrarsi, per divertimento oppure per rabbia.

Alex si gratta la nuca. "In realtà, Fanny, volevo assumerti già quando hai trovato quel bug nel nostro gioco, ma io e Vlad abbiamo una politica di non rubarci i dipendenti a vicenda, perciò ho pensato che non fosse destino. Quando mi ha detto che stai cercando qualcosa di più divertente e stimolante, ma nell'ambito della programmazione anziché del testing, mi sono incuriosito. E dato che mi ha appena mostrato il tuo lavoro recente, non ho dubbi che saresti una risorsa qui. Al momento, stiamo lavorando a un gioco di ruolo in cui vogliamo abbinare le immagini degli utenti a un database di volti pre-inseriti dei personaggi che ci assomiglino. Ti suona familiare?"

La mia eccitazione aumenta ad ogni parola che pronuncia e, quando ha finito, non posso fare a meno di scuotere la testa su e giù ripetutamente. "È essenzialmente quello che fa la mia applicazione!" La mia voce scoppia di entusiasmo. "Basta sostituire i personaggi dei cartoni animati con quelli dei giochi."

Alex sorride. "Esattamente. Potrai metterti subito al lavoro. Sempre che tu sia interessata?" La sua espressione diventa più seria. "Prima che tu decida, posso dirtelo qui e ora: qualunque cosa accada tra te e mio fratello non avrà mai alcuna influenza sul tuo lavoro. Posso metterlo in legalese, se vuoi."

Faccio un sorriso così ampio, che lo sento fin nelle orecchie. "In questo caso, sì."

Gli tendo la mano e ce la stringiamo.

Vlad si alza in piedi. "In realtà, intende dire 'forse'. Per ottenere un sì, devi stupirla con cose come lo stipendio e i benefit."

Per poco non mi do uno schiaffo sulla fronte! "Vlad ha ragione. Il mio talento non è a buon mercato."

Alex sorride. "Sono sicuro che possiamo trovare una soluzione. È con la Binary Birch che siamo in competizione, dopotutto." Fa un occhiolino bonario a Vlad. "Per esempio, il nostro codice di abbigliamento è meno restrittivo... l'outfit da Matrix è puramente facoltativo."

Gli rivolgo un sorriso smagliante. "Grazie. È molto emozionante. Mi aspetterò un'offerta formale. Ora, se non ti dispiace, ho bisogno di parlare con Vlad." Rivolgo un sorriso esitante al mio futuro ex datore di lavoro. "Sempre che tu *voglia* parlare con me?"

Vlad inclina la testa. "Possiamo parlare... purché tu mi permetta di cucinarti un pranzo di mia scelta."

Resisto all'impulso di saltellare su e giù come una bambina. "Affare fatto!"

Mentre Alex ci accompagna fuori dall'edificio della 1000 Diavoli, prendo la decisione più facile della mia vita.

A meno che non si tratti di un enorme decurtazione di stipendio (e ne dubito molto), accetterò il lavoro alla 1000 Diavoli. Realizzare videogiochi è una cosa a cui ogni giocatore pensa, non appena inizia le lezioni introduttive di programmazione, e un'azienda come questa sembra particolarmente fantastica. La cultura alla 1000 Diavoli è eccentrica, con le pistole e tutto il resto, ma mi sembra solo un'avventura divertente, non un lato negativo.

Infatti, anche se mi daranno la possibilità di lavorare da casa, lavorerò qui in ufficio.

"Mi sei mancata" mi dice Vlad, quando le porte dell'ascensore si chiudono.

Scatto sull'attenti, dimenticando tutti i pensieri

sull'offerta di lavoro. "Anche tu mi sei mancato" rispondo, orgogliosa di quanto sia ferma la mia voce. "Mi dispiace per…"

"No." Mi prende la mano, chiudendo le dita forti e calde intorno alle mie. "Sono io quello che dovrebbe dispiacersi. Avrei dovuto licenziare Britney, dopo che ha hackerato quel tizio delle vendite. Ne hai sentito parlare, vero?"

Ops! Immagino che l'hackeraggio sia sulla sua lista dei tabù. "Mi hai sentita, prima? Sono entrata nel tuo computer. E quando l'ho fatto, ho visto l'email che stavi scrivendo su di lei. Mi dispiace di aver invaso la tua privacy in quel modo."

Mi stringe la mano con gesto rassicurante. "Io ho indovinato la tua password e tu hai indovinato il mio pin. Direi che siamo pari."

Vorrei baciarlo, ma le porte dell'ascensore si aprono e la gente ci guarda con impazienza, perciò usciamo.

La camminata verso la limousine avviene in un lampo, e io mi sento come se stessi ballando il valzer in aria per tutto il tempo. Salendo, ci sediamo l'uno accanto all'altra, e lui mi allaccia la cintura di sicurezza come se fosse una cosa normale da fare (e io la adoro).

"Come ha reagito tua sorella al fiasco dell'articolo?" gli chiedo, quando l'auto si lancia in avanti.

Sorride. "Il suo telefono è intasato di chiamate. Pensa che l'accenno di scandalo nell'articolo sia stato d'aiuto. Potrebbe avere ragione. L'originale sarebbe sembrato più uno spot pubblicitario."

Fiù! "Quindi lei starà bene?"

Il suo sorriso si allarga. "Sì."

Mi mordo il labbro. "E tu?"

"Altrettanto bene. Ho contattato *Cosmo* per una correzione dell'articolo, e l'hanno sistemato." Tira fuori il cellulare e mi mostra lo schermo.

Scorro l'articolo. Il suo nome è ancora lì, ma io non sono più indicata come una generica tester di QA.

Secondo questo articolo, sono la ragazza di Vlad.

Fidanzata.

Io.

Voglio saltare fuori dalla macchina e fare un balletto di gioia nel bel mezzo di Times Square.

"Ti sta bene, vero?" mi chiede, con le sopracciglia scure aggrottate. "Ho pensato che…"

"Mi sta più che bene!" Le parole mi escono senza fiato. "Ma perché non hai fatto togliere il tuo nome dall'articolo, già che c'eri?"

Si stringe nelle spalle. "Non volevo rischiare. Se la correzione riducesse l'esposizione per Bella?"

Annuisco solennemente. "Molto nobile. Sacrificare la tua privacy per tua sorella."

Un angolo della sua bocca si storce ironicamente. "Oppure non ho molta influenza su quelli di *Cosmo*."

La limousine si ferma e lui mi apre la portiera.

Mentre entriamo nel suo palazzo, mi parla di un allevamento di porcellini d'India che ha scoperto su al nord: un posto dove i proprietari possono far giocare i loro animaletti con moltissimi altri porcellini.

"Monkey e Oracle sembravano divertirsi insieme" mi spiega, mentre saliamo in ascensore. "Perciò, ho iniziato a chiedermi se non volessero socializzare ancora di più."

"Certo" commento, mentre l'ascensore si apre sul piano di casa sua. "Mi piace l'idea di questo allevamento. Ce le porteremo, un giorno."

La parte che mi piace di più è che lui stia facendo dei progetti che m'includono.

Prima, sono la sua ragazza e, ora, questo.

Mi sentirei più felice di così soltanto se si spogliasse!

Mmm. Forse si può organizzare anche questo?

"Dunque…" Mi tolgo gli stivali. "Non mi hai ancora fatto fare un giro di casa tua."

Mi dà un paio di pantofole, che risultano essere esattamente della mia misura, facendomi sentire come Cenerentola.

"Rimedierò immediatamente a questa svista." Apre la porta in fondo al corridoio. "Questa è la mia camera da letto."

Scacco matto! La camera da letto è proprio la destinazione di cui avevo bisogno per il mio piano diabolico.

Una volta dentro, chiudo la porta sonoramente per attirare la sua attenzione. Poi, mentre lui mi guarda, mi tolgo la maglietta.

Dracula mostra un interesse immediato, così come Vlad.

I suoi occhi brillano in modo predatorio dietro le lenti, mentre riduce la distanza tra di noi. "Il tuo abbigliamento mi sta facendo impazzire."

Mi avvicino per sbottonargli il colletto della camicia. "Idem".

"Aspetta." Mi afferra i polsi. "C'è una cosa che dovresti sapere."

"Oh?" Un caleidoscopio di farfalle sbatte le ali contemporaneamente, innescando un vortice nella mia pancia.

Lui inspira, e la sua espressione è incerta per la prima volta da quando lo conosco. Dolcemente, mi dice: "Ti sembrerà assurdo, ma non ho mai provato questo tipo di legame con nessuna, prima d'ora. Il nostro modo di stare insieme è come il codice più elegante, privo di bug, che funziona perfettamente appena finisci di scriverlo. Fannychka…" La sua voce si fa roca. "So che sono passati solo pochi giorni da quando ci siamo conosciuti, ma…"

"Tu mi ami!" sparo (e arrossisco immediatamente).

Non so proprio da dove mi venga questa affermazione audace, ma sono assurdamente certa di avere ragione.

Lui mi lascia andare i polsi, con gli occhi che brillano di divertimento. "È un'usanza americana, quella di interrompere queste cose?"

Il mio rossore già prodigioso s'intensifica. "Mi dispiace tanto. Stavi dicendo?"

Mi prende il viso tra le mani, come ha fatto l'altro giorno, quando mi ha detto che gli sarei piaciuta anche senza un solo capello in testa. I suoi occhi sono del blu più puro e profondo, mentre scrutano i miei. "Fanny Pack" annuncia solennemente. "Ti amo."

La tempesta nella mia pancia si trasforma in un vero e proprio tornado, che gira sempre più in alto nel mio petto, racchiudendo il mio cuore con il più caldo e dolce dei bagliori. "E io amo te" sussurro.

Si china, rivendicando le mie labbra nel bacio più profondo e appassionato. Con le labbra intrecciate e le lingue danzanti, barcolliamo verso il letto; i nostri vestiti cadono come per magia, e quello che succede dopo può essere descritto solo con una parola.

Fare l'amore.

Ore più tardi, mentre siamo sdraiati lì, completamente esausti, mi do segretamente un pizzicotto, per assicurarmi che questo stia accadendo davvero.

È così.

È reale.

Ho ottenuto il vampiro dei miei sogni, Vlad l'Impalatore in persona.

Chi l'avrebbe mai detto?

E pensare che tutto è iniziato con… una valigetta piena di sex toys.

## Epilogo

VLAD

### *Sei mesi dopo, Islanda.*

Sul nostro tavolo, c'è un piatto di prelibatezze islandesi particolari, tra cui squalo fermentato e testicoli di montone inaciditi.

Non mi sorprende che Fannychka abbia coraggiosamente assaggiato un morso di ogni singola pietanza, qui, e che le sia piaciuta; persino le palle del povero montone, un piatto che io personalmente ho saltato. Per (come ha detto scherzosamente lei) "solidarietà maschile".

Negli ultimi sei mesi, è diventata un'intenditrice di prelibatezze da tutto il mondo (almeno, quelle che si possono trovare a NYC, che sono molte).

È anche un'intenditrice di atti sessuali, posizioni e sex toys, con mia grande gioia. Se mai si stancherà di fare la sviluppatrice di giochi, scommetto che potrebbe scrivere il prossimo Kama Sutra.

Questa è la nostra prima vacanza ufficiale e, finora, le è piaciuta molto (anche se più grazie alle piscine geotermiche e ai paesaggi da pianeta alieno, che non alla cucina islandese).

Mantengo un'espressione neutrale, mentre la guardo bere il suo sidro di mele, anche se la vista di quelle deliziose labbra rosa avvolte intorno alla bottiglia mi fa impazzire, come al solito.

Ha la minima idea di quello che sto per fare?

Forse. Forse no. Non si può mai sapere, con lei. Sa essere subdolamente intelligente.

Scruto l'ambiente circostante in cerca di indizi.

Il tetto e le pareti di vetro del ristorante creano un ambiente ultra-romantico, che potrebbe tradirmi. Si possono vedere le luci della città in fondo alla montagna, così come il cielo notturno al di sopra.

Inoltre, siamo gli unici qui, quindi lei potrebbe giustamente dedurre che sia opera mia, e non del ristorante che soffre di mancanza di clienti.

Speriamo che la selezione del cibo non molto romantico sia stata un depistaggio abbastanza efficace.

Ora, ho solo bisogno che il meteo collabori. Le previsioni erano buone, ma se non è così, c'è sempre domani.

Voglio che lei ricordi questo episodio per sempre.

Così, porto avanti una conversazione, mentre mangiamo, ma aspetto anche il mio momento.

Com'è normale in queste occasioni, non posso

fare a meno di ripensare ad alcuni degli episodi salienti del nostro tempo insieme.

Quando l'ho vista in quello Starbucks, con la pelle chiara e i capelli neri, sembrava uscita dai film di *Underworld* (ironico, considerando tutte le battute sui vampiri che fa tuttora a mie spese).

In quel momento, ho capito che la volevo, e le ho scattato una foto di nascosto (un altro pizzico di ironia, considerando che lei ha fatto lo stesso a me con la sua app).

Quando è entrata nel mio ufficio, pochi minuti dopo, sembrava aver paura che io potessi mangiarla (cannibalisticamente), mentre la verità era che volevo divorarla in un modo molto diverso, completamente inappropriato per l'ufficio.

Ho cercato di rimanere professionale (un compito non facile, considerando il progetto in ballo), ma poi lei mi ha contattato per quell'emergenza del sex toy, e tutte le mie buone intenzioni sono finite fuori dalla finestra. Sono rimasto scioccato dalle emozioni protettive che mi ha suscitato. Una parte di me sapeva che molte persone avrebbero trovato la sua disavventura divertente, ma io ero troppo preoccupato che si facesse male.

La situazione ha cominciato a complicarsi ancora di più, quando l'ho portata fuori per il nostro primo pranzo insieme e ho cominciato a capire quante cose avessimo in comune. Quando mi ha detto di voler testare i sex toys su un ragazzo a caso, volevo farlo a pezzi.

Poi, sono iniziati i test.

Dracula diventa duro come una roccia ogni volta che ci penso (persino adesso). È un bene che io non debba alzarmi a breve, altrimenti…

"Guarda, tesoro, l'aurora boreale!" Fanny sta indicando il tetto di vetro, con gli occhi azzurri che le brillano per l'eccitazione.

Ho parlato troppo presto. Devo muovermi, erezione o meno.

Questo è il momento che stavo aspettando.

Fanny moriva dalla voglia di vedere questo spettacolo, e non posso biasimarla. Da bambino, non mi stancavo mai di guardare questa meraviglia, a Murmansk.

È una distrazione perfetta, perciò ignoro il rigonfiamento nei miei pantaloni, insieme alla splendida aurora boreale nel cielo.

Quando lei riabbassa lo sguardo su di me, sono in posizione.

In ginocchio, con un anello di diamanti in mano.

Un anello che mia sorella e Ava mi hanno aiutato a scegliere (prima, ho fatto giurare loro di mantenere il segreto, ovviamente).

"Oh. Mio. Dio!" Fanny mi fissa a bocca aperta, con le pupille grandi come due monete. "Quando ti sei messo laggiù?"

Sembra che non se lo aspettasse.

Bene.

Ignorando la sua domanda, mi lancio nel mio discorsone. "Fanny Pack, per prima cosa voglio ringraziarti per tutta la gioia che hai portato nella mia vita." So che sembra uno dei brindisi dei miei genitori, ma le parole mi vengono dal cuore, e il luccichio luminoso dei suoi occhi sembra indicare che facciano effetto. "Sei stata la cosa più importante del mio mondo negli ultimi sei mesi. Ti amo, e tu ami me. Vuoi..."

"Sposarti?" sussurra.

Sorrido. È diventata una specie di tradizione, per lei, interrompermi durante momenti come questo; l'ha fatto anche quando le ho chiesto di andare a vivere insieme.

Stringo amorevolmente la sua piccola mano. "In realtà, stavo per dire: vuoi rendermi il vampiro più felice della storia, permettendomi finalmente di trasformarti, affinché possiamo passare l'eternità insieme?"

Allarga le dita della mano libera. "Sì! Te ne prego. Ho sempre voluto brillare alla luce del sole."

Con il cuore che mi batte forte nel petto, faccio scivolare l'anello sul suo dito, rendendo la cosa ufficiale.

La nostra grande avventura insieme sta per cominciare.

## Ringraziamenti

Grazie per aver letto *Hard Code — Codice Duro*! Se ti è piaciuta la storia di Vlad e Fanny, considera di lasciare una recensione, per favore.

Non ne hai mai abbastanza della famiglia Chortsky? Leggi la storia di Bella in *Hard Ware*!

Misha Bell è una collaborazione della coppia d'autori marito e moglie, Dima Zales e Anna Zaires. Quando non ti stanno facendo sbellicare dalle risate sotto lo pseudonimo di Misha, Dima scrive romanzi di fantascienza e fantasy, mentre Anna scrive romanzi dark e contemporanei.

Se ti è piaciuto l'umorismo di Hard Code e ti sei ritrovato a desiderare che Vlad fosse un vero vampiro, da' un'occhiata alla serie *Sasha Urban* di Dima Zales.

Se vuoi più scene bollenti, specialmente con un miliardario alfa possessivo, prova *Il Titano Di Wall Street* di Anna Zaires. Gira pagina per leggere le anteprime di entrambi!

## Estratto de Il Titano di Wall Street

**Un miliardario che vuole una moglie perfetta...**

Il trentacinquenne Marcus Carelli ha tutto: ricchezza, potere e il tipo di look che lascia le donne senza fiato. Un miliardario che si è fatto da sé, dirige uno dei maggiori hedge fund di Wall Street ed è in grado di affossare le grandi società con una sola parola.

L'unica cosa che gli manca? Una moglie che sarebbe una grande conquista come i miliardi sul suo conto bancario.

**Una gattara che ha bisogno di un appuntamento...**

Emma Walsh, impiegata ventiseienne in una libreria, è rinomata per essere una gattara. Non è esattamente d'accordo con tale valutazione, ma è difficile negare la realtà dei fatti. Vestiti logori ricoperti da peli di gatto? Ce li ha. Ultimo taglio di capelli professionale? Più di un anno fa. Oh, e tre gatti in un piccolo monolocale di Brooklyn? Sì, ha anche quelli.

E sì, non frequenta un ragazzo da... beh, non riesce nemmeno a ricordarlo. Ma quella parte può essere corretta. Non è a questo che servono i siti d'incontri?

**Un caso di errata identità...**

Un'elegante organizzatrice di incontri, un'app di incontri, un fraintendimento che cambia tutto... Gli opposti possono attrarsi, ma può durare?

———

"Sì, è vero" dico con impazienza. "Voglio che sia sempre carina e curata. Deve avere un senso dello stile; è molto importante. Una bruna sarebbe la cosa migliore, ma anche una bionda andrebbe bene, purché la sua pettinatura sia conservatrice. Non deve sembrare appena uscita da Playboy, capisci?"

"Sì, certo, Signor Carelli." L'elegante bruna di fronte a me incrocia le lunghe gambe e mi rivolge un sorriso educato. Victoria Longwood-Thierry, organizzatrice di incontri per l'élite di Wall Street, è esattamente quello che ho in mente per la mia futura moglie, se non fosse che ha cinquant'anni e che è sposata con tre figli. "Che mi dici degli hobby e degli interessi?" chiede con voce attentamente modulata. "Che cosa vorresti che le piacesse?"

"Qualcosa di intellettuale" rispondo. "Voglio poterle parlare fuori dalla camera da letto."

"Certo." Victoria prende nota sul suo notepad. "E la sua professione?"

"Quella non ha molta importanza per me. Può essere un avvocato, un medico o trascorrere tutto il suo tempo facendo lavori di beneficenza per gli orfani di Haiti—non c'è problema per quanto mi riguarda. Una volta sposati, può restare a casa con i bambini o continuare la sua carriera. Mi vanno bene entrambe le opzioni."

"È molto saggio da parte tua." L'espressione della donna è immutata, ma ho la sensazione che stia ridendo segretamente di me. "Che cosa ne pensi degli animali domestici? Preferisci i cani o i gatti?"

"Nessuna delle due categorie. Non mi piace avere animali in casa."

Victoria prende un'altra nota, prima di chiedere: "E la sua altezza? Hai una preferenza?"

"Alta" dico subito. "O almeno sopra la media." Sono un metro e ottanta, e le donne basse mi sembrano delle bambine.

"Okay, bene." Victoria lo annota. "Che mi dici del tipo di corpo? Atletico o snello, immagino."

Annuisco. "Sì. Mi piace il fitness e voglio che sia in buona forma, in modo che possa stare al passo con me." Accigliato, guardo il mio orologio Patek Philippe e realizzo che ho solo mezz'ora a disposizione, prima dell'apertura del mercato. Riportando la mia attenzione su di lei, dico: "Fondamentalmente, voglio una donna intelligente, elegante e curata, che si prenda cura di se stessa."

"Ho capito. Non rimarrai deluso, te lo garantisco."

Sono scettico, ma mantengo un volto inespressivo, mentre si alza e mi accompagna educatamente fuori dal suo ufficio. Promette di contattarmi entro un paio di giorni, mi stringe la mano e torna dentro, lasciando dietro di sé una nuvola di profumo costoso. Non è troppo forte—Victoria Longwood-Thierry non sarebbe mai così pacchiana da usare un profumo forte —ma starnutisco, mentre mi dirigo verso l'ascensore.

Dovrò aggiungerlo alla lista: la candidata per diventare mia moglie non può mettere il profumo, punto.

Quando arrivo al mio edificio di Park Avenue dall'ufficio nel West Village di Victoria, i miei programmatori e trader sono incollati ai loro schermi. Solo pochi se ne accorgono, mentre mi dirigo verso il mio ufficio all'angolo. Normalmente mi fermerei alle loro scrivanie per chiedere del fine settimana e ottenere un aggiornamento sulle nostre posizioni, ma il mercato è già aperto e non posso distrarli.

Con novantadue miliardi di denaro dei miei investitori in gioco, non c'è spazio per gli errori.

Il mio ufficio è enorme e ha una magnifica vista sui grattacieli di Park Avenue, ma non mi soffermo ad apprezzarla. Un tempo, questo ufficio sembrava l'apice del successo per un ragazzaccio di Staten Island, ma ora ho fame di altro. Il successo è la mia droga, e ad ogni colpo, ho bisogno di una dose maggiore per sentirmi euforico. Non si tratta più del denaro—oltre alla mia partecipazione personale nel fondo, ho un paio di miliardi di dollari riposti in immobili e altri investimenti passivi—si tratta di sapere che posso farcela, che posso avere successo dove altri hanno fallito. La recente instabilità del mercato ha comportato perdite record sia per gli hedge fund che per i fondi comuni, ma Carelli Capital Management è in crescita, sovraperformando il mercato di oltre il quaranta percento. Fondazioni, fondi pensione, individui benestanti—stanno tutti sgomitando per correre a investire con me, e voglio ancora di più.

Voglio tutto, compresa una moglie che si adatti alla vita per la quale ho lavorato così duramente.

Apparentemente, dovrebbe essere facile. A trentacinque anni, ho soldi a sufficienza per mantenere la popolazione femminile di Manhattan con borse Louis Vuitton e scarpe Louboutin per il resto della loro vita, non ho un brutto aspetto e mi alleno tutti i giorni per mantenermi in forma. Quest'ultima cosa la faccio più per salute che per vanità, ma le donne sembrano apprezzare i risultati. Posso avere qualsiasi donna in un club nel giro di pochi minuti, ma nessuna di loro è ciò che voglio.

Voglio l'alta classe. Voglio l'eleganza.

Voglio una donna che sia esattamente l'opposto di

quella che mi ha cresciuto—da questo derivano il contatto con Victoria Longwood-Thierry e le sue altolocate conoscenze.

È stato il mio amico Ashton a indirizzarmi da lei. "Sai che il tipo di donna che desideri non frequenta i bar, giusto?" mi ha detto quando, dopo un paio di birre, ho menzionato le caratteristiche che dovrebbe avere la mia moglie ideale. "Stai parlando dell'aristocrazia americana, Mayflower e tutto il resto. Se fai sul serio per quanto riguarda il toccare una figa di fascia alta, devi parlare con l'amica di mia zia. È un'organizzatrice di incontri professionista, che lavora con politici e ricchi tipi di Wall Street come te. Ti troverà esattamente ciò di cui hai bisogno."

Ho riso e cambiato argomento, ma il germe dell'idea era stato piantato, e più indagavo sull'amica della zia di Ashton, più m'incuriosivo. Ho scoperto che Victoria ha fatto accoppiare almeno due gestori di hedge fund che conosco—uno con una ginnasta olimpica, l'altro con una biologa di Princeton, che una volta lavorava come modella. Dopo ulteriori approfondimenti, ho appreso che entrambi i matrimoni stanno andando alla grande finora, e questo, più di ogni altra cosa, mi ha convinto a dare una possibilità all'organizzatrice di incontri.

Intendo avere successo nella mia vita personale come l'ho avuto negli affari, e avere il giusto tipo di moglie è una parte importante di questo.

Sedendomi davanti alla mia scintillante scrivania in legno di ebano, accendo il monitor Bloomberg e raccolgo una pila di analisi di ricerca. Victoria sta lavorando sul caso, così allontano dalla mente la caccia alla moglie e mi concentro su ciò che conta davvero: il mio lavoro e far guadagnare soldi ai miei clienti.

———

Sono già le otto di sera, quando il mio telefono vibra per un messaggio in arrivo. Strofinando gli occhi, distolgo lo sguardo dallo schermo del mio computer e vedo che è un messaggio di Victoria.

*Ho la candidata perfetta per te,* c'è scritto. *Può incontrarti al Sweet Rush Café a Park Slope domani alle 18:00. Se va bene per te, t'invierò maggiori dettagli tramite e-mail. Emmeline vive a Boston ed è in città solo per un paio di giorni.*

Aggrotto la fronte. Alle diciotto? Non esco quasi mai dall'ufficio così presto il martedì. E Boston? Come potrei mai conoscere questa Emmeline, se non vive a New York?

Inizio a scrivere a Victoria che non posso farcela, ma mi fermo all'ultimo momento. Questo è quello che volevo: che lei mi presentasse una donna che non avrei mai incontrato da solo. Visto il curriculum dell'organizzatrice di incontri, posso ritagliarmi una sera per vedere se ci sia davvero qualcosa per cui valga la pena andare lì.

Prima di poter cambiare idea, scrivo un breve messaggio a Victoria accettando l'appuntamento e riportando la mia attenzione sullo schermo del computer.

Se domani lascerò l'ufficio prima del solito, stasera dovrò lavorare qualche ora in più.

———

Ordina subito la tua copia di *Il Titano Di Wall Street*!

## Estratto de La Veggente

Sono un'illusionista, non una sensitiva.

Apparire in TV dovrebbe lanciare la mia carriera, ma le cose vanno per il verso sbagliato.

Con il coinvolgimento di vampiri e zombie.

Mi chiamo Sasha Urban, ed è così che ho scoperto cosa sono.

———

"Non sono una sensitiva" dico all'addetta al trucco. "Quello che sto per fare è mentalismo."

"Come quel ragazzo da sogno nel programma TV?" L'addetta al trucco aggiunge un'altra punta di fondotinta ai miei zigomi. "Ho sempre desiderato occuparmi del suo trucco. Sei anche capace di ipnotizzare le persone e di leggere la mente?"

Respiro profondamente per calmarmi, ma non aiuta molto. Dall'odore del minuscolo camerino, sembra che la lacca sia entrata in guerra con il solvente per unghie e abbia fatto prigioniere alcune esalazioni dopo la vittoria.

"Non proprio" dico quando ho l'ansia, e la conseguente irritazione, sotto controllo. La consapevolezza di quello che sta per succedere mi tiene sull'orlo della sanità mentale perfino con il Valium nel sangue. "Un mentalista è un tipo di illusionista da palcoscenico, le cui illusioni hanno a che fare con la mente. Se fosse per me, lo chiamerei semplicemente 'illusionista mentale'."

"Non è granché come nome." Mi acceca con la lampada e studia attentamente le mie sopracciglia.

Provo un brivido mentale: l'ultima volta in cui mi ha guardato in questo modo, ho subito una tortura con le pinzette.

Tuttavia quello che sta vedendo adesso deve piacerle, perché indirizza la luce lontano dalla mia faccia. "'Illusionista mentale' sembra piuttosto un illusionista psicopatico" prosegue.

"Questo è il motivo per cui mi definisco semplicemente un'illusionista." Sorrido, preparandomi alla caduta del trucco come se fosse una maschera, invece resta al suo posto. "Hai quasi finito?"

"Vediamo" dice, facendo segno a un tizio con la telecamera.

Il tizio mi fa alzare in piedi e le luci sulla sua telecamera si accendono.

"Ecco qua." L'addetta al trucco indica il vicino schermo LCD che finora ho evitato di guardare, perché sta trasmettendo il programma in onda... la causa del mio panico.

Il tizio della telecamera fa tutto quello che deve e il programma ansiogeno sparisce dallo schermo, sostituito da un'immagine della nostra stanzetta.

La ragazza sullo schermo mi assomiglia vagamente. Con i tacchi sembro molto più alta del mio solito metro e settanta, così come con il completo di pelle scura che indosso. Senza trucco pesante, il mio viso è abbastanza simmetrico, ma grazie agli zigomi pronunciati sono più attraente che carina, un effetto accentuato dal mio mento forte. Il trucco comunque mi ammorbidisce i lineamenti, facendo risaltare il blu dei miei occhi e sottolineando il contrasto con i capelli neri.

L'addetta al trucco ha esagerato: sembro pronta a girare la pubblicità di uno shampoo. Sebbene non sia grande amante dei capelli lunghi, li tengo così perché, quando li avevo corti, la gente mi scambiava per un adolescente.

Un errore che nessuno commetterà stasera.

"Mi piace" affermo. "Facciamola finita, per favore."

Il tizio della TV riporta lo schermo alla diretta del

programma. Non posso evitare di lanciare un'occhiata in quella direzione e la mia pressione, già alta, subisce un'impennata.

L'addetta al trucco mi guarda da capo a piedi e arriccia minuziosamente il naso. "Insisti proprio con quel completo, giusto?"

La (secondo me) fighissima tenuta borderline-da dominatrice che ho indossato oggi serve ad aggiungere un'aria di mistero al mio personaggio di scena. Jean Eugène Robert-Houdin, il famoso illusionista francese del diciannovesimo secolo a cui si è ispirato Houdini per il suo nome d'arte, un tempo ha detto: "Un illusionista è un attore che interpreta il ruolo di un illusionista." Quando alle elementari ho visto Criss Angel in TV, mi sono fatta un'opinione di come dovesse essere l'aspetto di un illusionista, e ammetto senza molto orgoglio di intravedere delle influenze del suo look gotico da rock star nel mio stesso abbigliamento, specialmente nella giacca di pelle.

"Davvero stupendo" dice una voce familiare con un sexy accento britannico. "Non avevi questo look al ristorante."

Ruoto sui tacchi alti, trovandomi di fronte a Darian, l'uomo che ho conosciuto due settimane fa al ristorante, dove faccio magia di tavolo in tavolo... e dove l'ho colpito abbastanza da trasformare questa impensabile occasione in realtà.

Produttore senior del famoso programma *Serata con Kacie*, Darian Rutledge è un uomo magro che veste in maniera elegante e che mi ricorda un ibrido tra un maggiordomo e James Bond. Nonostante il suo ruolo da responsabile in studio e le rughe che si intersecano sulla sua fronte, direi che ha circa trent'anni, ma potrebbe essere una pia illusione visto che io ne ho solo ventiquattro. Non che sia bello nel senso tradizionale o altro, però suscita un certo interesse. Tanto per cominciare, con il suo naso deciso è uno di quei pochi uomini che se la cavano anche con il pizzetto.

"Al ristorante porto le Doc Martens" gli dico. I centimetri extra delle mie scarpe mi portano alla stessa altezza dei suoi occhi e non posso evitare di perdermi in quelle profondità verdi. "Mi hanno obbligato con il trucco" concludo goffamente.

Con un sorriso, mi porge un bicchiere che tiene in mano. "E il risultato è incantevole. Salute." A quel punto guarda l'addetta al trucco e il tizio della telecamera. "Vorrei parlare con Sasha in privato." Il suo tono è gentile, tuttavia trasmette un'inequivocabile nota autoritaria.

Lo staff schizza fuori dalla stanza. Darian dev'essere un pezzo ancora più grosso di quanto pensassi.

In maniera meccanica, bevo un sorso del drink che mi ha passato e il sapore amaro mi strappa una smorfia.

"È un Sea Breeze." Mi lancia un sorriso abbagliante. "Il barista dev'esserci andato pesante con il succo di pompelmo."

Bevo un secondo sorso garbato e metto il drink sul tavolino da toilette alle mie spalle, temendo che la combinazione di vodka e Valium possa stordirmi ancora di più. Non so perché Darian voglia parlarmi in privato. L'ansia mi ha già mandato in pappa il cervello.

Dopo avermi guardato in silenzio per un momento, Darian estrae un telefono dalla tasca dei suoi jeans stretti. "C'è una cosa non molto piacevole di cui dobbiamo parlare" dice, scorrendo con il dito sullo schermo del telefono, quindi me lo porge.

Prendo il telefono e lo stringo forte, per non farmelo scivolare via dai palmi sudati.

Sullo schermo c'è un video.

Lo guardo in silenzio, sbalordita, mentre un'ondata di paura, nonostante la medicina, mi invade.

Il video svela il mio segreto, il sistema nascosto alla base della prova impossibile che sto per mettere in atto a *Serata con Kacie*.

Sono decisamente spacciata.

"Perché me lo stai facendo vedere?" riesco a dire, una volta ripreso il controllo delle mie corde vocali paralizzate.

Darian riprende delicatamente il telefono dalle mie mani tremanti. "Hai presente ciò di cui parlavi al ristorante? Il fatto di fingere di essere una sensitiva e che sono solo trucchi?"

"Esatto." Corrugo la fronte, confusa. "Non ho mai

detto di fare qualcosa per davvero. Se è per rendere pubblico che sono una ciarlatana..."

"Hai capito male." Darian afferra il drink che ho messo da parte e beve un sorso lungo, ma in qualche modo elegante. "Non è mia intenzione mostrare quel video a qualcuno. Anzi, il contrario."

Lo guardo sorpresa. Il mio cervello è chiaramente surriscaldato per l'adrenalina e la mancanza di sonno.

"So che a un illusionista non piace rivelare i propri sistemi." Il suo sorriso diventa stranamente predatorio.

"Esatto" dico, chiedendomi se stia per fare una proposta indecente sotto forma di ricatto. In tal caso, ovviamente rifiuterei... ma per principio, non perché fare qualcosa di indecente con un uomo come Darian sia impensabile.

Quando non ne ricevi da tanto tempo, come me, ti passa regolarmente per la testa ogni genere di situazione folle.

Gli occhi verdi di Darian si fanno distanti, come se stesse cercando di guardare fino all'orizzonte attraverso la parete vicina. "So cosa hai intenzione di dire dopo la grande rivelazione" afferma, concentrandosi di nuovo su di me, e con una strana parodia della mia voce annuncia: "'Non sono una profetessa. Uso i cinque sensi, le regole dei trabocchetti e l'arte dello spettacolo per creare l'illusione di esserlo.'"

Le mie sopracciglia si sollevano così in alto, che il trucco pesante rischia di screpolarsi. Non si è avvicinato a quello che avrei detto: l'ha azzeccato parola per parola, copiando perfino l'intonazione con cui mi sono esercitata.

"Oh, non essere così stupida." Rimette il bicchiere, ora vuoto, sul mobile da toilette. "Hai detto la stessa cosa al ristorante."

Annuisco, sempre scioccata. Gliel'ho veramente detto in passato? Non mi ricordo, però dev'essere così, altrimenti come potrebbe saperlo?

"Ho parafrasato una cosa detta da un altro mentalista" spiattello. "Si tratta di rendergli il merito?"

"No, affatto" replica Darian. "Voglio semplicemente che tralasci quella stupidaggine."

"Ah." Lo fisso. "Perché?"

Darian si appoggia alla toilette e incrocia le caviglie. "Che divertimento c'è in uno spettacolo con una finta sensitiva? Nessuno vuole vedere un'imbrogliona."

"Quindi vuoi che mi comporti come una ciarlatana? Che finga che sia tutto vero?" Tra la paura da palcoscenico, il video, e adesso questa richiesta assurda, sono praticamente pronta a fare dietrofront e scappare, anche se finirei col rimpiangerlo per il resto della vita.

Lui deve percepire che sto per diventare isterica, perché l'aria predatoria abbandona il suo sorriso. "No, Sasha." Il suo tono è esageratamente paziente, come se stesse parlando a una bambina piccola. "Voglio solo che tu non dica nulla. Non dichiarare di essere una sensitiva, ma non negarlo nemmeno. Evita del tutto l'argomento. Penso proprio che non ti crei problemi."

"E se invece fosse così, mostreresti il video alla gente? Riveleresti il mio metodo?"

Provo sdegno al solo pensiero. Magari non voglio che le persone mi considerino una sensitiva ma, come la maggior parte degli illusionisti, lavoro sodo alle tecniche segrete delle mie illusioni e intendo portarmele nella tomba, oppure scrivere un libro per soli illusionisti che venga pubblicato postumo.

"Sono certo che non si arriverebbe a tanto." Darian mi si avvicina di un passo e il profumo di bergamotto della sua acqua di colonia stuzzica le mie narici dilatate. "Io e te vogliamo la stessa cosa. Vogliamo che le persone restino ammaliate da te. Non fare dichiarazioni in un senso o nell'altro, ti chiedo solo questo."

Mi allontano di un passo: la sua vicinanza è troppo per il mio stato d'animo già agitato. "D'accordo. Affare fatto." Deglutisco a fatica. "Tu non mostri il video e io non faccio dichiarazioni di alcun tipo."

"In realtà c'è anche un'altra cosa" aggiunge, e mi chiedo se non stia per lanciare la proposta indecente.

"Che cosa?" Mi umetto nervosamente le labbra, poi vedo che mi sta guardando e capisco che molto più probabilmente sto solo facendo una proposta indiscreta e inopportuna a me stessa.

"Come facevi a conoscere la carta a cui stava pensando la mia accompagnatrice?" domanda.

Sorrido, tornando finalmente nel mio elemento. Si riferisce evidentemente alla mia firma, l'effetto Regina di Cuori, quello che ha steso tutti al suo tavolo. "Per questo dovrai pagare un extra."

Inarca un sopracciglio in una domanda silenziosa.

"Voglio il video" dico. "Mandamelo per e-mail, e ti darò un indizio."

Darian annuisce e scorre alcune volte sullo schermo del telefono.

"Fatto" dichiara. "Ce l'hai?"

Prendo il mio telefono e faccio una smorfia. È domenica sera, subito prima della più grande occasione della mia vita, ma ho ricevuto quattro messaggi dal mio capo.

Decido di scoprire più tardi cosa vuole quel bastardo manipolatore, entro nella mia e-mail personale e controllo di avere ricevuto il video di Darian.

"Ce l'ho" rispondo. "Ora, per la storia della Regina di Cuori... Se sei un osservatore intelligente come penso, stasera riuscirai a indovinare il mio metodo. Prima dell'evento principale, metterò in pratica lo stesso effetto per Kacie."

"Sei meschina e sfacciata." I suoi occhi verdi si riempiono di allegria. "Allora non hai intenzione di dirmelo?"

"Un illusionista deve sempre essere almeno un passo avanti rispetto al pubblico." Gli rivolgo il sorriso distaccato che ho perfezionato nel corso degli anni. "Affare fatto oppure no?"

"D'accordo. Hai vinto." Si siede con grazia sulla sedia girevole dove ho subìto la tortura delle sopracciglia. "Ora dimmi, perché sembravi così spaventata quando sono entrato all'inizio?"

Esito, ma poi decido che ammettere la verità non mi farà del male. "Per colpa di quello." Indico lo schermo che sta ancora trasmettendo il programma in diretta. In quel preciso istante la telecamera fa una panoramica del vasto pubblico in studio che sta battendo le mani per qualche stupidaggine detta dall'ospite.

Darian ha un'aria divertita. "Kacie? Non pensavo che quel Muppet potesse spaventare qualcuno."

"Non lei." Mi asciugo i palmi sudati sulla giacca di pelle, scoprendo che non è la superficie più assorbente del mondo. "Ho paura di parlare davanti alle persone."

"Davvero? Ma dicevi di voler fare l'illusionista in TV, e ti esibisci continuamente al ristorante."

"Al ristorante il pubblico è composto al massimo da tre o quattro persone a un tavolo" replico. "Ma in quello studio sono circa un centinaio. La paura subentra quando i numeri salgono tra dieci e venti."

Darian sembra ancora più divertito di prima. "E che mi dici dei milioni di persone che ti guarderanno da casa? Non sei preoccupata per loro?"

"Mi preoccupa di più il pubblico in studio e, sì, ho colto l'ironia." Mi sforzo di non mettermi sulla

347

difensiva. "Per il mio programma TV, farei magia di strada con una piccola troupe televisiva, il che non scatenerebbe così tanto la mia paura."

Paura in realtà è un eufemismo. La mia reazione nei confronti del parlare in pubblico conferma i numerosi studi, secondo i quali questa particolare fobia tende a essere più invadente della paura della morte. Preferirei certamente essere mangiata da uno squalo piuttosto che apparire davanti a una folla numerosa.

Quando Darian mi ha chiamato per parlarmi di questa opportunità, ho scoperto la vastità del pubblico in studio di quel programma e non sono riuscita a dormire per tre giorni di fila. Ecco perché mi sento come una detenuta di Guantanamo che va verso un interrogatorio avanzato. È addirittura peggio di quella volta in cui ho fatto una serie di tirate notturne per il mio stupido lavoro quotidiano, e ai tempi ho creduto che fosse l'evento più stressante della mia vita.

La mia coinquilina Ariel non mi ha dato facilmente il suo Valium, ma ci è voluto un sacco di persuasione da parte mia e ha ceduto solo quando non riusciva più a sopportare la vista della mia espressione infelice.

Darian mi distrae dai miei pensieri armeggiando di nuovo con il telefono.

"Questo dovrebbe esserti di ispirazione" dice, mentre dei confortanti accordi di pianoforte fuoriescono, metallici, dall'altoparlante del telefono.

"È la canzone di un uomo che si trova in una situazione simile alla tua."

Mi ci vuole un momento per riconoscere la melodia. Dato che l'ultima volta in cui l'ho sentita ero piccola, aggiungo qualche anno alla stima dell'età di Darian. La canzone è 'Lose Yourself' del film *8 Mile*, dove il personaggio di Eminem ha l'opportunità di diventare un rapper. Essendo questa la mia grande occasione per ottenere quello che desidero di più, credo che la mia situazione sia piuttosto simile.

Darian comincia inaspettatamente a rappare insieme ad Eminem e, mentre una parte della tensione abbandona il mio corpo, soffoco una risatina indecente. I rapper britannici parlano tutti perfettamente come la Regina?

"Ecco finalmente un sorriso" commenta Darian, inconsapevole o indifferente al fatto che il mio sogghigno è a spese sue. "Continua così."

Prende il telecomando e alza il volume della TV in tempo per farmi sentire Kacie che dice: "Siamo vicini alle vittime del terremoto in Messico. Se volete donare alla Croce Rossa, telefonate al numero in sovrimpressione. E ora solo un attimo di pubblicità..."

"Sasha?" Un uomo infila la testa all'interno del camerino. "Devi andare in scena."

"Spacca tutto" dice Darian, lanciandomi un bacio volante.

"Con queste scarpe, potrei farcela." Fingo di catturare il bacio, lanciarlo per terra e infilzarlo con il tacco a spillo.

La risata di Darian diventa sempre più distante, mentre io e la mia guida abbandoniamo la stanza e attraversiamo un buio corridoio. Il rumore dei nostri passi sembra aumentare mentre ci avviciniamo a destinazione, riecheggiando al ritmo del mio battito cardiaco che accelera. Finalmente vedo una luce e sento il boato della folla.

Ecco come deve sentirsi chi sta andando di fronte a un plotone d'esecuzione. Probabilmente me la darei a gambe se non fosse per la medicina, al diavolo i miei sogni. Di fatto, la guida deve prendermi per un braccio e trascinarmi verso la luce.

L'interruzione pubblicitaria evidentemente finirà presto.

"Vai a sederti sul divano vicino a Kacie" mi sussurra qualcuno ad alta voce nell'orecchio. "E respira."

Le mie gambe sembrano diventare più pesanti, ogni passo è un colossale sforzo di volontà. In iperventilazione, salgo sulla piattaforma dov'è posizionato il divano e avanzo a piccoli passi, cercando di ignorare il pubblico in studio.

La mia paura è così estrema che il tempo scorre in modo strano; un attimo prima sto ancora camminando, un attimo dopo sono in piedi vicino al divano.

Sono felice che Kacie sia intenta ad usare un tablet. Non sono pronta a scambiare convenevoli, quando devo fare qualcosa di difficile come mettermi seduta.

Mi abbasso sul divano, le gambe tremanti, come un fachiro su un letto di chiodi (il che non è prova di una soprannaturale resistenza al dolore, comunque, ma l'applicazione dei principi scientifici dello stress).

Deve essersi verificata di nuovo la distorsione del tempo, perché la musica significa che l'interruzione pubblicitaria sta bruscamente terminando e Kacie alza la testa dal tablet, le labbra troppo piene che si tendono in un sorriso.

Il battito cardiaco è così assordante nelle mie orecchie, che non riesco a sentire il suo saluto.

Ci siamo.

Sto per avere un attacco di panico in diretta nazionale.

———

Ordina subito la tua copia di *La Veggente*!

## L'autore

Sono l'autore Misha Bell. Adoro scrivere storie umoristiche (spesso del genere inappropriato), con lieto fine (di entrambi i tipi) e con personaggi abbastanza stravaganti da essere definiti strambi.

Se ti piacciono le storie d'amore con una forte componente comica e vibrazioni positive, visita il sito www.mishabell.com e iscriviti alla mia newsletter.